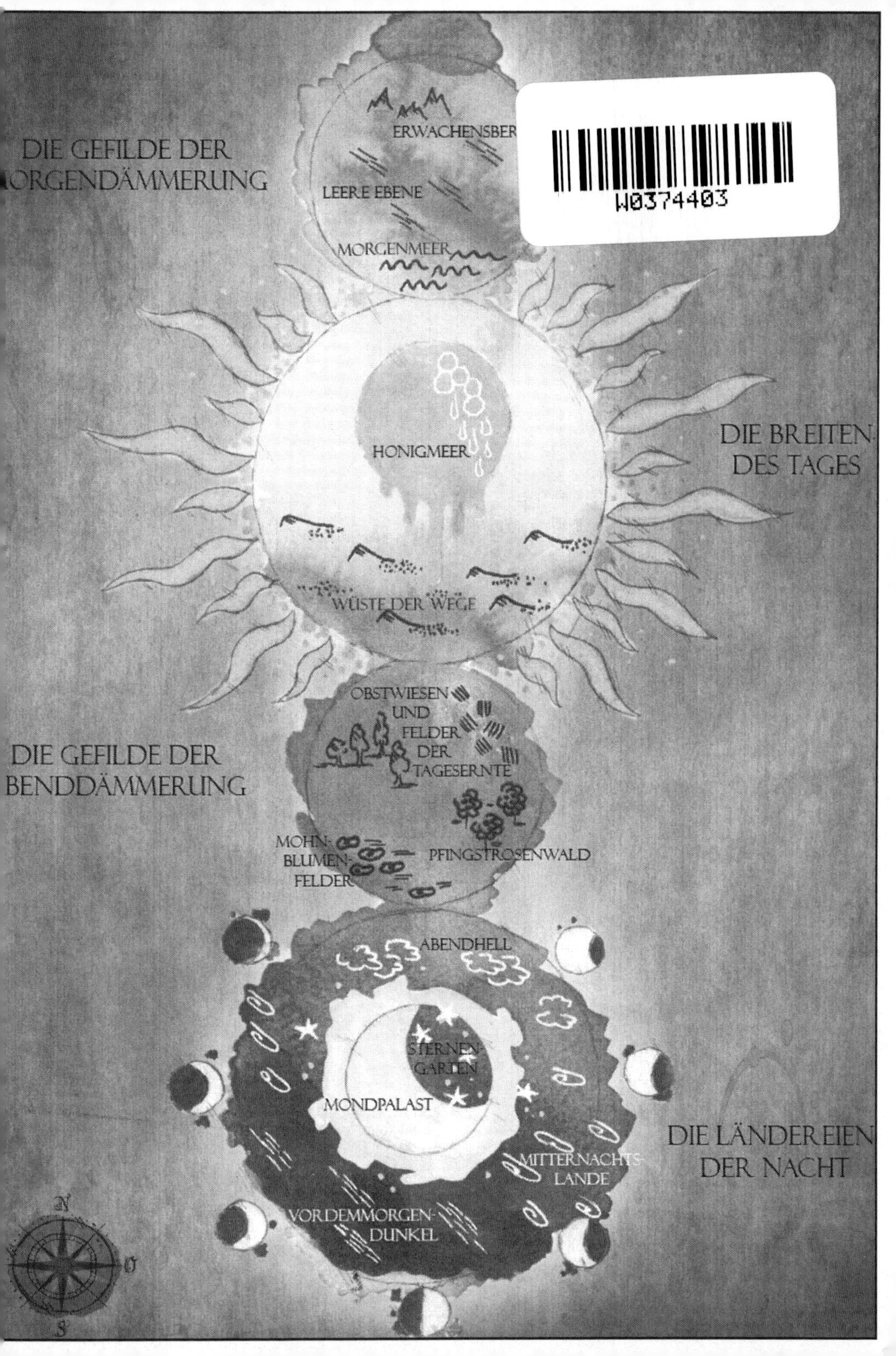
ERWACHENSBER
DIE GEFILDE DER
ORGENDÄMMERUNG
LEERE EBENE
MORGENMEER
HONIGMEER
DIE BREITEN-
DES TAGES
WÜSTE DER WEGE
OBSTWIESEN
UND
FELDER
DER
TAGESERNTE
DIE GEFILDE DER
BENDDÄMMERUNG
PFINGSTROSENWALD
MOHN-
BLUMEN-
FELDER
ABENDHELL
STERNEN-
GARTEN
MONDPALAST
DIE LÄNDEREIEN
DER NACHT
MITTERNACHTS-
LANDE
VORDEMMORGEN-
DUNKEL
N
O
S

FABIENNE SIEGMUND

DER WOLKENPHÖNIX

Edition
Roter Drache

Dieses Buch wurde klimaneutral gedruckt.

Klimaneutral
Druckprodukt
ClimatePartner.com/14701-2102-1005

1. Auflage November 2021

Edition Roter Drache, Holger Kliemannel, Am Hügel 7, 59872 Meschede
edition@roterdrache.org; www.roterdrache.org
Buchgestaltung: Holger Kliemannel
Umschlag- und Schmutztitel: Anke Koopmann, www.designomicon.de
Lektorat: Isa Theobald
Layout Karte: Patrick Hermanns
Illustration Karte: Fabienne Siegmund
Vignetten: Jana Damaris Rech
Autorenfoto: Freylin Fotografie Jonas Steingräber
Hergestellt in der EU

ISBN 978-3-96815-023-9

Prolog

Das Mädchen, das mit dem vollen Mond an der Leine spazieren ging, betrachtete fasziniert den Regentropfen, der in ihrer kleinen Hand lag. Der Himmel über ihr hatte die tiefe Farbe von Flieder, jenes dunkle Purpur, das weder Tag noch Nacht verhieß. Trotz des Zwielichts konnte die Kleine in dem Tropfen ebenso Liebe wie Schmerz erkennen. Sie sah einen Mann und eine Frau, einen eisblauen und regengrauen Phönix und eine Biene, gelb und schwarz und summend.

Kurz spiegelte sich Schreck in den silbergrauen Augen, deren Blicke so viel älter und weiser schienen, als der kindliche Körper vermuten ließ. Beinahe hätte sie die Schnur losgelassen, die den Mond hielt.

Rasch griff sie das dünne Band fester, das ein wenig an Nebel, Staub und Spinnenseide erinnerte. Der Mond machte einen kleinen Hüpfer in der Luft.

Das Mädchen seufzte tief, schloss die Hand mit dem Regentropfen und flüsterte Worte, die Melodie und Geheimnis zugleich waren. Als sich die Hand wieder öffnete, lag eine Murmel darin, das durchsichtige Glas von bernsteingelben und tintenschwarzen Schlieren durchzogen. Kurz begutachtete die Kleine ihr Werk, fast meinte sie, ein Summen aus dem Inneren zu vernehmen, dann steckte sie die kleine Kugel in die Tasche ihres Rockes. Und obwohl die Tasche gänzlich leer war, klickerte es leise, als würde die Kugel dort auf ihre Schwestern treffen, die mit ihr geboren worden waren.

Dann ging das Mädchen weiter, den Mond im Schlepptau. Als die Sonne den Horizont fast berührte, wollte sie die Schnur loslassen, doch ihre Finger hatten sich darin verheddert. Sie sprang in die Luft, wedelte mit der Hand und die eben erst eingesteckte Murmel sprang aus ihrer Rocktasche. Unbemerkt landete sie auf dem Boden.

TEIL EINS

Die Reise beginnt

Kapitel 1

Der kleine Laden der Madame Mireia Mabel war eines jener Geschäfte, die mitunter ihren eigenen Willen zu haben schienen. Er tauchte nur unter bestimmten Bedingungen oder bei gewissen Ereignissen auf. Wenn sich fünf Linkshänder gleichzeitig an der zweiten Kreuzung von rechts aufhielten. Am Tag einer Sonnenfinsternis. Zwischen der zweiten und der dritten Stunde eines Freitags. Oder wenn man das Ende eines Regenbogens etwa dort vermuten konnte, wo er sich für gewöhnlich befand. Manchmal waren es auch so profane Dinge wie der erste Schnee, der letzte Herbsttag, Vollmond oder schlichtweg bei Ostwind. Niemand wusste, wann was dazu führte, dass er plötzlich da war.

Nun, die Madame wusste es natürlich. Der Laden tauchte immer genau dann auf, wenn er gebraucht wurde. Wie ein empathisches Lebewesen spürte er, wann sich ihm ein Mensch näherte, bei dem dies der Fall war. Es hatte sogar eine Zeit gegeben, da war er für einen ganzen Monat geöffnet gewesen, und die Madame hatte nicht weniger als 42 Kunden bedienen müssen, ehe er wieder verschwand.

Freilich war er für die Madame selbst nie fort.

Denn die Madame Mireia Mabel war ein Teil des Ladens, sie sammelte all die kuriosen Waren zusammen, die man dort auf die ein oder andere Weise erwerben konnte. Dazu muss man wissen, dass die Dinge im Laden für jeden einen anderen Preis hatten, und nicht selten war das, was man für ein paar Pfennige, Schillinge oder Cents kaufte, weitaus mehr wert. Manchmal gab man dann kostenlos noch ein Lächeln, eine Träne, ein Seufzen oder etwas anderes dazu, oftmals tauschte man aber auch gegen etwas, das man bei sich trug. Einen Glücksbringer. Eine Postkarte. Alte Eintrittskarten oder Einkaufslisten. Kunden, die das Wesen des Ladens bereits kannten, brachten Dinge, wie man sie auch im Inneren des kleinen Geschäftes schon finden konnte. Manche von ihnen sparten ein Jahr oder länger, sammelten Dinge, wie auch die Madame es tat.

Einige sagten, dort würden Erinnerungen in Flaschen gesperrt und Gefühle verkorkt, und vielleicht stimmte das sogar. Denn in den Regalen des Ladens gab es viele kleine und große Flaschen, in denen Muscheln, Sand, Blüten, vierblättrige Kleeblätter, Schmetterlings- und Libellenflügel, getrocknete Käfer, Kräuter, winzige Steinchen, Tannennadeln und viel mehr zu sehen waren. Sie standen sorgfältig aufgereiht in Halterungen oder lagen in den Regalen und den Auslagen. Dazu gab es noch allerlei andere Dinge: Schlüssel aller Formen, kleine Figuren, Glücksbringer jeder Art, Schmuck – teils wertvoll, teils Tand –, Briefe und Fotografien, die ihren einstigen Besitzern aus den Händen geweht, verloren gegangen oder einfach vergessen worden waren. Ein riesiger Korb mit Murmeln und Flummies. Alte Puppen, denen teilweise Augen oder Gliedmaßen fehlten. Abgegriffene Teddybären und andere Stofftiere. Handtaschen und Geldbörsen. Unmengen von Büchern aller Genres, Seitenzahlen und Umschlagarten – irgendwo aus Versehen liegengelassen oder bewusst ausgesetzt. Ähnlich verhielt es sich mit den Landkarten. Und man hätte diese Liste vermutlich ewig fortführen können, denn alles, was Menschen verloren oder liegenließen, das gab es bei der Madame.

Eine Besonderheit muss man aber noch erwähnen. Denn das vermutlich einzige, was man im Laden nicht kaufen konnte, waren Spielkarten. Dabei fand die Madame immer mal wieder welche – aus Skat-, Doppelkopf- oder Rommé-Spielen, Quartetten und Memorys oder Abenteuerdecks. Natürlich auch Orakelkarten oder ganze Tarotdecks. Oft schickte man ihr die Karten auch zu – aber keine von ihnen fand ihren Weg in das Angebot des Ladens. Sie kamen in eine mit kunstvollen Schnitzereien versehene Holzschachtel, die nie voll wurde, gleich, wie viele Karten die Madame auch hinzufügte.

Sie nannte diese Sammlung das Tarot der tausend Stimmen.

Denn die Madame war auch eine Wahrsagerin. Manchmal dachte sie versonnen an alte Zeiten, in denen sie mit einem Zirkus umhergezogen war, der nur ein Traum in einem Zauber gewesen war. Doch schnell schüttelte sie diese Erinnerungen dann ab. Sie war in diesem Traum gestorben, und die Kälte jenes Moments steckte ihr immer noch in den Knochen. Damals hatte sie den Süden verlassen und war in den Norden gegangen, und irgendwann hatten der Laden und sie sich gefunden. Vielleicht, weil sie Zeit ihres Lebens eine Sammlerin gewesen war. Vielleicht auch einfach so, aber das schien ihr unwahrscheinlich. Die Madame wusste, dass es keine Zufälle gab. Meistens verließ sie nach solchen erinnerungsschwangeren Minuten den Laden und ging hinaus. Unter dem freien Himmel fühlte sie sich sicher.

Oft fand sie bei diesen Spaziergängen Neues für den Laden.

Der Tag, an dem sie im Wald die Murmel fand, in deren Herz das Summen einer Biene eingeschlossen war, war tristgrau und regennass. Sie hatte wieder an den Zirkus gedacht, an die beiden Trapezkünstlerinnen, den Feuerschlucker, die Schlangenfrau, die Tänzerin und natürlich an den Zauberer. Sie und er waren die einzigen gewesen, die den Traum beim Erwachen nicht vergessen hatten. Kurz fragte sich die Madame, wie es dem Zauberer wohl ergangen war, dann aber war die Kälte gekommen und sie war aufgestanden, um in den Wald zu gehen. Sie nahm keinen Schirm mit, das tat sie nie. Eine große Kapuze schützte ihr Haar und ließ ihr schmales Gesicht in den Schatten verschwinden.

Die Murmel lag auf dem Weg, angestrahlt von einzelnen Mondstrahlen, die durch die Wolkendecke fielen, Scheinwerfern gleich. Kurz argwöhnte die Madame, dass die Nacht selbst ihre Finger im Spiel haben könnte, dass sie den Blick ihres silbernen Herzens absichtlich auf die kleine Glaskugel gerichtet hatte. Aber sie verwarf den Gedanken, denn am Ende spielte es keine Rolle.

So hob die Madame die Murmel auf, betrachtet kurz die gelben und schwarzen Schlieren, lauschte ebenso lang dem vermeintlichen Summen und dem Lied, das darunter verborgen war und steckte sie dann in den bunten Pompadourbeutel, den sie stets zum Sammeln bei sich trug. Darin klimperte es schon verheißungsvoll: in einer Glasphiole schillerten die bläulichen Flügel einer Libelle, die sie am Bach aufgelesen hatte, und das kleine Gefäß schlug sacht gegen einige Steine und eine Münze. Letztere würde sie in eine Spardose stecken, das geschah immer mit gefundenem Geld. War die Dose gefüllt, landete ihr Inhalt in Form einer anonymen Spende beim örtlichen Waisenhaus.

Ein Regentropfen traf die Madame an der Nase und riss sie aus ihren Gedanken. Prüfend warf sie einen Blick nach oben. Selbst durch die dichten Baumkronen konnte sie erkennen, dass der Himmel sich verdunkelt hatte. Graue Regenwolken hatten sich wie ein Vorhang vor den Mond gezogen. Dem einen Tropfen folgten weitere, ein plötzlich aufkommender Wind schob ihr die Kapuze vom Kopf, und so beeilte sie sich, zurück in den Laden zu kommen. Trotzdem war sie pitschnass, und selbst die Harlekinrosen, die rankenartig über die ganze Decke im Inneren des Ladens wuchsen, ließen ihre Blätter auf sie fallen, als hätten sie sich beim prasselnden Regen angesteckt. Vorwurfsvoll warf die Madame den rot-weißen Blüten einen Blick zu. »Ihr müsst euch nicht den örtlichen Wetterverhältnissen anpassen«, grummelte sie. Die Rosen reagierten mit einem gleichgültigen Blätterrascheln. Vermutlich würden sie bei anderer Gelegenheit Rache üben. Sie stechen, wenn sie mal wieder an eins der Regale musste, neben denen die dornigen Ranken sich in die Höhe emporreckten. Die Madame unterdrückte ein missbilligendes Schnauben und begann, sich ihrer nassen Kleidung zu entledigen.

Sie hatte gerade einmal ihren tropfenden Mantel über einen Stuhl gehangen und die Fundstücke in Sicherheit gebracht, da erklang die Türglocke des Ladens.

»Jetzt?«, presste sie hervor. Und: »Wirklich?«

Aber letztendlich wunderte sich die Madame überhaupt nicht – der Laden öffnete und schloss, wenn es nötig war, mit oder ohne sie. Seufzend griff sie nach einem Handtuch und rubbelte sich zumindest das Haar ein wenig trocken, ehe sie es zu einem Dutt hochsteckte und nach vorne ging. Der Duft der Harlekin-Rosen, den sie sonst kaum wahrnahm, stieg ihr schwer in die Nase.

»Merkwürdig«, dachte sie noch, ehe sie des Mannes gewahr wurde, der in der offenen Ladentür stand. Kurz wurde die Madame von einer weiteren Erinnerung übermannt und glaubte fast, in dem Fremden den Zauberer von einst zu erkennen – aber natürlich war er es nicht. Das war eine andere Zeit gewesen, ein anderer Ort, ein ganz anderer Mensch. Tief durchatmend richtete sie ihre Konzentration auf das Hier und Jetzt und trat auf den nächtlichen Kunden zu. Wie sie selbst war auch er tropfnass.

»Teewasser wäre gut gewesen«, schoss es ihr durch den Kopf, als das Pfeifen des Teekessels durch den Raum schrillte. Auch das war der Laden – manchmal mehr Magie, als es möglich schien.

Lächelnd trat sie auf den Fremden zu, der sich verwundert umsah, als könne er selbst nicht glauben, wie und warum er an diesen Ort gekommen war. Die Madame setzte gerade zu einem Gruß an, da vernahm sie ein Flüstern. Es kam aus ihrer hölzernen Schachtel. Und ebenso wie sie wusste, dass nur sie es hören konnte, wusste sie, dass sie ihrem Gast die Karten legen würde.

Aber erst später. Nach einem Tee und vielleicht einer wärmenden Decke.

»Hallo«, sagte sie in die Stille des Raumes hinein. Das Wort ließ die Rosenblütenblätter zittern. Der Mann hob erschrocken den Kopf. »Oh. Guten Abend. Oder wie sagt man um diese Zeit?« Er fuhr sich mit den Händen durch das nasse Haar. »Ich weiß nicht, wie ich herkam. Ich war plötzlich einfach hier.« Dunkle Augen blickten die Madame fragend an. Ihr lagen die Worte »Weil Sie hier sein müssen« auf der Zunge, aber der Fremde knetete die obere Kante eines Stoffbeutels in den Händen, in dem es klackerte.

Vor Überraschung sog die Madame die Luft scharf ein, fast wie eine Ertrinkende. Ihre Blicke schnellten zu dem Beutel mit ihren eigenen Fundstücken.

Manchmal, dachte sie, *mahlen die Mühlen des Schicksals schnell.*

Zu dem Mann gewandt sagte sie: »Die Murmeln haben Sie hergeführt.« Dabei deutete sie auf den dunkelblauen Stoffbeutel in seinen Händen. Eine silberne Schnur hielt ihn geschlossen.

Die Augenbrauen des Fremden zogen sich misstrauisch zusammen. »Woher wissen Sie von den Murmeln?« Er zog das Bündel an sich, das Klackern und Klickern war erneut zu hören.

»Deswegen«, gab die Madame wahrheitsgemäß zurück. »Dieses Geräusch. Das machen nur Murmeln aus Glas, nichts sonst. Glasscheiben und Kieselsteine klingen anders, ebenso wie Kugeln aus Metall.«

Die Stirn des Mannes entspannte sich deutlich. Ein Funkeln trat in seine Augen.

»Dann können Sie mir helfen? Damit ich sie wieder zusammenfügen kann? Ihre Federn?« Seine Lippen waren blau vor Kälte und er zitterte, aber aus dem Funken in seinen Augen war ein loderndes Feuer geworden.

Er legte den Beutel vor sie und zog die Schnur auseinander, sodass sie die Murmeln im Inneren sehen konnte. Es waren viele, vielleicht sogar hunderte. Alle waren blau, weiß und grau, manche von Schlieren durchzogen, andere transparent, wieder andere matt und milchig. In einigen tanzten goldene Sprenkel wie Sterne oder kreisten silbrige Wirbelstürme. Sie alle hatten etwas gemeinsam. Sie sangen. Nicht nur das Klickern und Klackern, wenn man sie bewegte, sondern auch, wenn sie ganz still dalagen. Die Madame lauschte. Das Lied war ihr vertraut, auch wenn da kein Summen war wie in der Murmel, die sie eben gefunden hatte. Ihr Kunde musterte sie aufmerksam. »Sie können es auch hören, nicht wahr? Ihr Lied. Sie kennen es schon.«

Mireia Mabel nickte, ohne es zu wollen. Ihr Gegenüber bemerkte den Widerspruch in der kleinen Geste.

»Es tut mir leid«, sagte er, aber die Madame wiegelte ab.

»Das muss es nicht. Sie können nichts dazu. Ich ... ich hatte nur nicht damit gerechnet. Nicht jetzt jedenfalls. Das ist alles.«

Ein Lächeln stahl sich auf das Gesicht des Mannes. »So ist es doch immer, nicht wahr? Ereignisse kommen überraschend, Veränderungen aus dem Nichts.«

Mireia lächelte ebenfalls. »Ja«, meinte sie.

Der Fremde hielt ihr den Murmelbeutel näher hin. »Sie können sie berühren.«

Unsicher hob die Madame die Hand und ließ sie wieder sinken. Der Mann ließ die Murmeln auffordernd klackern, sodass sie die Hand doch in den Beutel gleiten ließ. Kühler Stoff berührte ihren Handrücken, dann erreichten ihre Finger die Murmeln. Die Augen der Madame weiteten sich vor Erstaunen. Sie spürte kein Glas. Es war, als würden ihre Fingerkuppen über glatte Federn gleiten, dann über nackte, weiche Haut. Der Moment war so intim, dass ihr Herz einige Takte schneller schlug und sie die Hand rasch zurückzog. Ihre Fingerspitzen schienen zu glühen.

»Sie ist da«, bestätigte der Fremde.

»Wer?«, hauchte die Madame.

»Celia«, lautete die Antwort. »Oder wie man sie früher nannte: Der Wolkenphönix.«

Kurz herrschte Stille. Selbst die stetig raschelnd-raunenden Harlekinrosen waren stumm. Mireias Herz, das eben noch so schnell wie die Flügel eines Vogels geschlagen hatte, der einem Käfig zu entkommen suchte, schlug abrupt langsamer. Die Madame spürte, wie ihr die wenige Farbe aus dem ohnehin schon blassen Gesicht wich.

»Das ist nicht möglich«, hauchte sie.

Der nächtliche Kunde hob die Augenbrauen. »So unmöglich, wie die Nacht zu lieben und in einem Traum gefangen zu sein?«

Wieder übernahm die Stille einen Moment die Macht über den Laden, auch wenn die Luft voller unausgesprochener Worte war. Die

Madame und der Mann starrten einander an. Und es war die Madame, die den Blick als erste senkte. »Ich mache Tee«, sagte sie.

Der Mann mit dem Beutel voller Murmeln nickte. »Kann ich Ihnen helfen?«

»Nein.« Die Ablehnung klang barscher als beabsichtigt. Die Madame atmete tief ein und aus. Es kam nicht oft vor, dass das Schicksal sie überraschte oder sie gar mit ihren eigenen Geheimnissen konfrontiert wurde. »Überlegen Sie sich, wie Sie Ihre Geschichte beginnen wollen. Denn deswegen sind Sie hier.« Sie deutete auf einen kleinen Bistrotisch mit runder Marmorplatte. Der schmiedeeiserne Fuß spiegelte sich in den Beinen der beiden Stühle wieder. Überbleibsel aus einer anderen Welt, Reste des Zirkuswagens. Der Fremde nickte und ging zu dem angewiesenen Platz, den Beutel mit den Murmeln ans Herz gedrückt.

Die Madame unterdessen ging in die Küche, wo der Teekessel sie mit einem fröhlichen Pfeifen begrüßte. Kurz dachte sie darüber nach, ob das Geräusch zwischendurch verklungen oder einfach nur von ihrer Wahrnehmung in den Hintergrund geschoben worden war, dann schüttelte sie den Kopf. Da waren wichtigere Dinge, über die sie nachdenken sollte. Dinge, deren Bedeutung sich schwer auf ihre Schultern legte.

Sorgsam goss sie den Tee auf, einen milden Darjeeling, und stellte Milch, Zitrone und Zucker auf das Tablett. Sie wünschte, sie könnte aus den nassen Sachen heraus, aber dem Laden würde vermutlich etwas einfallen. Tatsächlich wehte eine leichte Sommerbrise um den kleinen Tisch, als sie dort ankam.

»Wären Sie bitte so freundlich?« Mit einem Nicken deutete sie auf die übereinandergestapelten Teetassen.

»Selbstverständlich.«

»Danke.« Die Madame ließ den Mann mit dem Tee alleine und ging hinüber zur Kassentheke, um jene hölzerne Schatulle zu holen, in der sich das Tarot der tausend Stimmen befand. Ehe sie sich ihrem Gast gegenüber setzte, stellte sie die Kiste an den Rand des Tisches. Der Tee dampfte wohlriechend in seinen Tassen.

»Soll ich Ihnen nun meine Geschichte erzählen?« Das Blau aus seinen Lippen war fort, sein Haar beinahe schon trocken. Die Madame schüttelte den Kopf.

»Nein«, erwiderte sie bestimmt. »Bitte nennen Sie mir zuerst ihren Namen. Bei manchen Geschichten sollte man ein Stück Fremdheit ablegen, ehe man sie erzählt.«

Es war der Madame nicht möglich auszumachen, ob ihr Gast sich wunderte oder nicht. Er räusperte sich kurz und sagte schließlich: »Mein Name ist Arian. Arian Galeno.«

Lächelnd stellte die Madame sich ihrerseits vor und nahm dann einen Schluck Tee. Arian Galeno tat es ihr gleich, dann stellte er die Tasse wieder ab. Es gab einen kleinen, melodiösen Laut, als das Porzellan auf den Marmor traf. Er zog den Beutel mit den Murmeln an seine Brust.

Kapitel 2

Das Klickern und Klackern der Glaskugeln weckte das Raunen und Rascheln der Rosenblüten. Es war wie die Komposition eines neuen Liedes, das aus zwei längst vergessenen Melodien entstand. Arian Galeno wog den Kopf hin und her. »Ich weiß nicht, wo ich beginnen soll«, gestand er. Er fuhr sich durch das lockige Haar, das nicht länger nass und platt an seinem Kopf klebte.

Die Madame schwieg, denn sie konnte ihm seine Entscheidung nicht abnehmen. Manche Geschichten wollten von Anfang an erzählt werden, andere hingegen begann man am Ende und wanderte mit seinen Worten zurück.

»Wolkenphönixe«, begann Arian Galeno schließlich, »sind Geschöpfe der Nacht. So wie ein Tropfen Sonnenlicht bei Anbruch des Tages ihre feurigen und flammenden Geschwister ins Leben ruft, so ist es der letzte Mondstrahl der Neumondsichel, der dem Wolkenphönix Leben einhaucht, wenn sich Regen und Schnee, Tränen aus Freude und Kummer und das Funkeln eines sterbenden Sterns in einer Sekunde zu einer Wolke verbinden.«

Der Mann hob den Kopf. Der Blick seiner graublauen Augen suchten die der Madame. »Es ist immer ein Funke, mit dem alles beginnt«, flüsterte er. Die Madame nickte. Ja, es waren die Funken, die Feuer entfachten, immerzu. Kleine und wärmende, aber auch große, wilde, ungehemmte von schier zerstörerischer Wut. Brennende Häuser, Wohnwagen, Zirkuszelte und Figuren aus Papier flammten vor ihrem inneren Auge auf. Doch Arian Galeno fuhr fort, und die Bilder zerfielen zu Asche.

»Man sagt, der Tag mit seinem Sonnenherz habe der Welt im Laufe der Jahrtausende hunderte Feuervögel geschenkt. Die Nacht aber, deren Mondherz sich wankelmütig Licht und Schatten entgegen dreht, habe nur einen einzigen Wolkenphönix erschaffen.«

Wie zur Bestätigung nickte die Madame, obwohl da keine Frage gewesen war. Ihr Gegenüber lächelte dankbar, unterbrach seine Erzählung aber nicht: »Die Nacht hütete ihre Phönixtochter wie einen Augapfel. Ein Palast in den Tiefen des Mondes war ihr Zuhause, die Sterne ihre Wächter. Der Wolkenphönix durfte die Dunkelheit durchstreifen, in alle Ecken der Finsternis eintauchen. Manchmal verlor sie eine ihrer Federn, die zu einem Tropfen wurde und mit dem nächsten Regen in den vielen Wassern der Welt versank, von ihrer Besitzerin nicht weiter beachtet.

Die Jahre verstrichen, und wie es der Phönixe Art ist, wurde es für den Wolkenphönix Zeit, zu sterben. Die Wolken eilten ihrem Tod voraus, bauten dunkelgraue Bollwerke am nächtlichen Firmament. Sie verdeckten der Sterne Blicke.

Die Phönixtochter aber stieg auf, das wolkenweiße, regenblaue und gewittergraue Gefieder stumpf, die Flügel kraftlos. Dennoch entfesselten sie einen Sturm, und mit dem ersten grellen Blitz zerbarst der Wolkenphönix zu Myriaden von Tropfen, begleitet von einem stummen Donnern. Danach waren die Nächte dieser Welt voller Regen, aber es ahnte wohl niemand, dass sich auch die Tränen der Nacht selbst darunter mischten, die ihr mondenes Herz verfinsterte.

Nach einer Ewigkeit aber, die acht mal acht Tage oder acht mal acht Jahre gedauert haben mochte, sammelten sich die Federtropfen des Phönix wieder am Nachthimmel, und aus der Wolke heraus stieg die Phönixtochter erneut, hell und strahlend, einen Mondregenbogen hinter sich herziehend.

So wiederholte es sich, wenn es an der Zeit war. Der Phönix zerfiel und wurde neu geboren, flog durch die dunklen Gefilde der Nacht, gleichermaßen behütet und gefangen von den funkelnden Sternen.

Doch dann geschah, was vielleicht geschehen musste, weil Käfige dazu da sind, gesprengt zu werden.

Die Phönixtochter, der die Dunkelheit Heimat und die Inseln aus Sternenlicht genug gewesen waren, kostete vom Glanz des Morgens. In jener Nacht war sie zu weit vom Herz der Nacht weggeflogen, um bis zum Ende der Nacht wieder dort zu sein. Die Sonne berührte ihr Gefieder und malte einen Regenbogen auf die weißen Flügel. Und in dem Phönix erwachte eine nie gekannte Sehnsucht.

Sie verschlief nicht länger die Tage im silbernen Palast, sie studierte durch die Fenster den Tag mit seiner gleißenden Helligkeit, seinen bunten Farben, all dem Leben, das so anders war als alles, was sie kannte. Und so flog die Phönixtochter immer weiter und länger, badete im Morgenlicht, doch nie kam sie weiter als bis zum letzten Funkeln der Sterne.

So ging sie zur Nacht und bat darum, den Tag erkunden zu dürfen, aber die Nacht erlaubte es ihr nicht und hieß den Palast ihrer Phönixtochter an, nur noch auf der dunklen Seite ihres Herzens zu verweilen. ›Dein Reich ist die Dunkelheit mit ihren Orten aus Finsternis und Schatten‹, lauteten ihre Worte und sie schickte den Phönix fort.«

Arian Galeno machte eine kurze Pause, nippte an seinem Tee. »Sie war traurig dort in ihrem Palast aus Silber und Spiegel, eingeschlossen in der Dunkelheit, um ihren Ausblick ins Licht bestohlen«, stellte er fest. Die Madame wartete schweigend und betrachtete ihrerseits die tanzenden Teeblätterfragmente am Boden ihrer Tasse.

»Allein«, setzte ihr Gast erneut an, »Freiheit findet meistens ihren Weg, und so entkam auch der Wolkenphönix der Nacht. Sie, die alle Gefilde der Dunkelheit kannte, nahm den Weg zur Hexe des Zwielichts auf sich, deren Reich mal ganz im Westen liegt, wenn die Nacht ihren Anfang nimmt, und mal im Osten, wenn der Tag beginnt.

An der Grenze zur Abenddämmerung traf sie sie und nannte ihren Wunsch.

Die Hexe gewährte ihn ihr und verlangte zum Austausch eine Feder ihres Kleides, für den sie den Schweif einer Sternschnuppe erhielt – mit ihm, so die Hexe, würde sie über die Grenze des Morgens fliegen können. So geschah es, und der Wolkenphönix setzte sich dem ersten Zauber aus.«

Der lockige Kopf hob sich, die Blicke suchten erneut die der Madame. »Man hat nur drei Zauber in einem Leben, wissen Sie?«

Die Madame nickte. Ein Schauer rann ihr über den Rücken, als sie weiter der Geschichte lauschte.

»Der Phönix verließ also die Nacht, indem sie auf der Sternschnuppe durch Dämmerung und Zwielicht in die Gefilde des Morgens flog. Ihr Herz schlug vor Glück schneller, und sie überhörte in ihrer Freude das Klagen von Nacht und Sternen. Die Phönixtochter tanzte über den Himmel, genoss das süße, honiggelbe Sonnenlicht, die Farben, die sich wie Prismen an ihrem Gefieder brachen.

Sie beobachtete die Menschen, und sie, die sich nie allein gefühlt hatte, spürte plötzlich die Einsamkeit in ihrem Herzen und die Bürde, die einzige einer Art zu sein. Sie spürte Sehnsucht und sogar Begierde, denn obwohl sie Augen oft vor dem Leid abwenden musste, dass die Menschen einander und ihrer Umwelt antaten, so sah sie zwischen all den Kriegen, den Katastrophen und dem Hass auch die Liebe in all ihren Facetten und Wundern.

Und so folgte dem Wunsch nach Freiheit der Wunsch nach Liebe.

Wieder flog sie zur Hexe des Zwielichts, dieses Mal bis an den Rand des Morgens, und wieder erfüllte ihr die Hexe den Wunsch, dieses Mal, ohne einen Gegenwert dafür zu verlangen. ›Der Wunsch allein ist der Preis‹, sprach sie, ›denn die Liebe ist niemals umsonst und deinen nächsten Wunsch werde ich dir nicht erfüllen können.‹

Ehe sie sich von der Phönixtochter verabschiedete, sagte sie noch zu ihr: ›Für die Liebe musst du dich fallen lassen.‹

Damit schloss sie die Türen der Dämmerung hinter sich und der Wolkenphönix flog weiter, auf der Suche nach der Liebe, die man fast nie finden konnte, weil man meist gefunden werden musste.

Und als der Wolkenphönix dies verstand, da ließ sie sich vom Himmel fallen. Eine gleißende Wolkenschnuppe schoss über das Firmament, malte ein Bild auf das helle Blau des Tages, aber weder verglühte noch zerbarst sie. Sie wurde einfach nur zu einem Menschen, der am Rande eines Meeres das erste Mal den Himmel sah, wie wir Menschen es tun.

Die ersten Tage waren schlimm für sie, denn das Leben als Mensch mit all seinen Bedürfnissen, Empfindungen und Gefühlen ist kein einfaches, und eine Beobachtung sagt nie alles. Doch sie schaffte es, auch weil ihr ein alter Mann namens Wilhelm Kleidung, Essen und ein Dach über dem Kopf anbot. Er war es, der ihr als erster zeigte, was es hieß, Mensch zu sein. Er gab ihr einen Namen, um ihrem Leben mehr Halt zu geben, und sie lernte Freundschaft und Verlust kennen. Denn obgleich nun ein Mensch, war sie immer noch ein Wolkenphönix – unsterblich und nicht fähig, zu altern. Frühling, Sommer, Herbst und Winter wechselten oft das Kleid, und während Wilhelm älter wurde, blieb Celia, wie sie war. Sie lernte den Winter mehr zu mögen als den Sommer, auch wenn die Erträge des Meeres dann reicher waren.

Sie hörte Geschichten, hunderte, tausende.

Doch dann, eines Herbstabends, starb Wilhelm. Er legte sich hin, um zu träumen, doch der Traum ließ ihn nicht mehr gehen. Tod war das Wort, dass Celias Herz zum ersten Mal brechen ließ, denn auch wenn sie in der Hütte nie die Liebe selbst gefunden hatte, war doch Freundschaft eine enge Schwester der Liebe.

Sie blieb in dem Haus am Meer, bis der Schmerz nachließ und die Einsamkeit, die den Platz erobert hatte, sie fast erdrückte. Da verließ sie es und wanderte weiter, doch wann immer sie auf Menschen traf oder wagte, erneut irgendwo ein Zuhause zu finden, achtete sie darauf, nirgends mehr zu lange zu bleiben. Sie wollte nicht noch einmal den Schmerz eines Abschieds spüren, aber da waren auch neue Gefühle, die ihr entgegenschlugen. Neid, ihrer jugendlichen Schönheit wegen; Misstrauen, weil sie kein Alter nennen konnte und keine Geschichte hatte, die glaubhaft war. So lernte Celia schnell, dass die Lüge manchmal die einzige Rettung war, die es gab – aber sie verstand auch, dass es mehr als eine Form der Einsamkeit gab. Manchmal, wenn die Sterne besonders funkelten oder der Mond sein Himmelslachen lachte, verspürte sie so etwas wie Heimweh nach den Gefilden der Nacht, doch kein Alleinsein auf der Welt war in ihren Augen schlimmer als das im Himmel.

Sie wusste nicht, dass sie der Nacht damit einen Riss in ihrem Mantel verursacht hatte, der eine Straße aus milchigem Licht auf die Karte der Dunkelheit malte. Sie wanderte einfach weiter, durchmaß die Welt, hatte viele neue Namen – für jeden Ort, für jedes neue Leben einen anderen. Und doch blieb Celia immer Celia, gleich, wie viele Masken sie auflegte und mit wie vielen Lügen sie sich kleidete. Sie war der Wolkenphönix, und manchmal, wenn sie wieder einmal weinte, dachte sie, dass diese Ausbrüche ihr Sterben wären und das Lachen danach ihr Wiederentstehen.«

Arian Galeno hob den Kopf. Ein Lächeln umspielte seine Lippen. »Ihr ahnt gewiss, was nun kommen muss.«

»Die Liebe«, wisperte die Madame stockend und die Worte raubten ihr den Atem. Der Mann nickte und griff nach seiner Tasse. Längst war der Tee kalt geworden, aber das schien ihn nicht zu interessieren.

»Ja, schlussendlich fand sie die Liebe, nach all den Jahrzehnten, all der Einsamkeit, den vielen Fluchten und neuen Anfängen, die doch nie Änderung mit sich gebracht hatten.« Er strich sich die Haare aus dem Gesicht, obwohl sie ihn kaum gestört haben konnten. Eine nervöse Geste, die einen neuen Teil der Geschichte ankündigte.

»Wir begegneten uns an einem Herbstabend. Die Sonne ging gerade zwischen den Häusern am Fluss unter. Ich beobachtete das Schauspiel von einer Brücke aus, noch nicht wissend, welche Geheimnisse sich hinter dem Lauf von Tag und Nacht verbargen. Vielleicht wäre ich mit dem Wissen von heute fortgegangen, aber wahrscheinlich wäre ich trotzdem geblieben. Weil es jede Sekunde, sogar die schlimmsten, wert gewesen wäre.

Aber zurück zu eben jenem Herbstabend, zurück an den Fluss, über dem die Abenddämmerung den Himmel einfärbte und ich dem stummen Ringen zwischen Tag und Nacht zusah. Celia stand plötzlich einfach da, wie ich die Blicke auf die Farben gerichtet. Als die Dämmerung versiegte und die Nacht sich erhob, sandte sie einen Handkuss in den Himmel. Ich glaube, es war dieser Moment der meine Neugierde weckte – und ich, der mit Frauen nie ein glückliches Händchen bewiesen hatte, ging die wenigen Schritte zu ihr hinüber und sprach sie an.

Natürlich erwartete ich die Geschichte eines Verstorbenen, dem sie einen Gruß entrichten wollte, und zu jeder anderen Gelegenheit hätte ich eine solche wohl auch gehört. Aber Celia, die eben erst in dieser Stadt angekommen war und noch keinen neuen Namen gewählt hatte, war der Lügen müde und so sagte sie mir die Wahrheit. ›Die Nacht ist meine Mutter und die dunklen Gefilde waren wie der Palast im Herz des Mondes mein Zuhause.‹ Ich glaubte ihr kein Wort, nicht in diesem Moment. Das kam erst später. Ich hielt sie für eine Träumerin, und es schien, als würden mir genau die Träume im Leben fehlen. Ich lud jene Fremde also auf einen Spaziergang durch die Stadt ein, und auch wenn das Misstrauen kurz in ihren Augen aufblitzte, ging sie mit mir.

Wir folgten dem Verlauf des Flusses und ich erfuhr, dass sie stets dorthin ging, wo Wasser war und umgekehrt ließ ich sie wissen, dass mir vor den Untiefen und Strömungen in Meeren, Seen und Flüssen grauste. Aber so wie man die Nacht nicht gänzlich fürchten kann, wenn man die Sterne liebt, kann man auch keinen Wolkenphönix lieben, ohne die Wasser nicht auch ins Herz zu schließen.

Denn mit jedem Schritt, den wir taten, jedem Tropfen Wasser, der den Fluss hinab strömte, erwachte die Liebe zwischen uns. Zuerst waren es nur Funken in unseren Augen, doch sie sprangen auf unsere Herzen über, entfachen tausende kleine Feuer. Manche von ihnen starben, andere wuchsen zu einer Feuersbrunst heran. Beim ersten Kuss glaubte ich, ich würde vor Glück zerspringen, als wir uns das erste Mal liebten, brachte Celia die Nacht mit ihren Sternen zu einer Explosion – hunderte, womöglich tausende Sternschnuppen regneten auf uns herab, und jede Maske, jede Lüge, die uns das Leben aufgezwungen hatte, fiel von uns ab.

Als wir eins im Höhepunkt wurden, sah ich kurz die Flügel des Wolkenphönixes erstrahlen, hielt es aber für eine Illusion der Ekstase.

Erst nach einigen Jahren erfuhr ich die volle Wahrheit. Längst waren wir Mann und Frau, lebten in einer Wohnung mit Blick auf den Fluss, hatten ein zufriedenes Leben. Dass Celia mir erst so spät ihr wahres Wesen voll und ganz offenbarte, lag an ihrer Angst, mich zu verlieren. Schließlich war sie nicht nur ein Wesen, an das unsere Zeit kaum noch zu glauben vermochte, sondern auch uralt in den Augen eines Menschen. Genug Gründe, die zu trennen vermochten, doch schwerer wog die Tatsache für mich, dass sie so lange geschwiegen hatte. Dann aber erinnerte ich mich an jenen ersten Abend, und dass sie mir damals schon all das gesagt hatte, ich es aber nicht hatte glauben können. Und so vergaß ich meinen Groll, denn die Liebe war so viel stärker – jung wie ich war, dachte ich, dass nichts sie würde erschüttern können. Unnötig zu erwähnen, dass ich mich irrte. Denn eines hatte ich nicht bedacht. Den Zahn der Zeit und wie er an uns nagt. Während ich alterte, blieb Celia, wie sie bei unserer ersten Begegnung gewesen war. Und wo ihre Schönheit für mich jeden Tag größer wurde, wuchs in mir der Neid auf jede Sekunde ihres Lebens. Denn ich würde verwelken und sterben, sie aber weiterleben. Dem Neid folgte der Zorn, dem Zorn die Traurigkeit. Celia wollte fortgehen, wie sie es so oft getan hatte, doch in all der Dunkelheit, die wir beide zuvor nie gekannt hatten, gab es immer noch unsere Liebe. So rauften wir uns zusammen.

Eines Morgens aber erwachte ich und Celia war fort. Auf dem Küchentisch lag ein Zettel. *Ich komme wieder*, stand drauf geschrieben.

Acht Tage und Nächte wartete ich. Mit jeder Stunde wuchsen das Vermissen und die Sehnsucht, aber auch die Angst. Was, wenn sie nicht wiederkam? Wenn ich sie verloren, nein, vertrieben hatte? Wie getrieben rannte ich in unserer Wohnung auf und ab, wagte nicht, Besorgungen zu machen oder zu schlafen, aus Furcht, ihre Rückkehr zu verpassen.

Und dem Himmel sei Dank, sie kam wieder.

Ich fiel ihr um den Hals, nicht fähig, mein Glück in Worte zu fassen, ich sprach mit Küssen und Berührungen. Lange schon hatten wir uns nicht mehr mit dieser Intensität geliebt, es war wie ein Aufbäumen aller Gefühle. Da waren Wut und Verzweiflung, aber auch Leidenschaft, Vertrauen und vor allem die Liebe.«

Für einige Minuten verlor Arian Galeno sich in der Vergangenheit, aber er schaffte den Weg zurück in die Gegenwart von selbst.

»Doch als wir erschöpft nebeneinander lagen, Haut an Haut, mein Kopf lag an ihrer Brust, da hörte ich es. Das Summen der Biene. Ich setzte mich auf, suchte Celias Blicke, wollte Fragen, was dieses Geräusch in ihrer Brust zu bedeuten hatte. Nur, dass ich die Antwort erkannte, kaum dass ich mir ihr so vertrautes Gesicht ansah. Da waren winzige Fältchen um ihre Augen, und kleine Grübchen neben ihren Lippen, dort, wo ihr Lächeln anfing. Dünne Linien, wie die Erinnerung an jedes Lachen ihres Lebens. Sie erwiderte meinen Blick mit einer Mischung aus Stolz, Kummer und Glück in dem ihren.

›Was hast du getan?‹, flüsterte ich.

Eine dunkle Ahnung umfasste mein Herz, presste mir den Atem aus den Lungen. ›Ich war bei meiner Tante‹, lautete ihre schlichte Antwort. Und als ich sie bloß verständnislos ansah, erklärte sie mir: ›Der Tag ist eine Bienenkönigin, und für den, der sie nicht fürchtet, kann die Sonne ein Bienenstock mit Meeren aus Honig sein. Sie hat mich von diesem Honig kosten lassen, als ich um einen Zauber bat, unsere Liebe zu retten.‹ Celia schloss die Augen, und mein Herz pochte so schnell, dass es wehtat, während sich meine Gedanken überschlugen. Dies war ihr dritter Zauber gewesen.

›Es war der dritte Zauber‹, knüpfte Celia an meinen Gedanken an, als hätte sie ihn gehört. ›Und damit der letzte, um den ich je habe bitten dürfen. Es war mein innigster Wunsch, mehr noch als die Freiheit und die Liebe selbst. Ich bat die Bienenkönigin um ein Dasein als wirklicher Mensch, mit einem Leben, das endet, und somit jeden Augenblick unendlich kostbar macht. Und wie die Hexe zuvor, gewährte ihn meine Tante mir. Jedoch nicht ohne mir zu sagen, was es mir abverlangen würde. Ich nahm an, ohne zu zögern. Ich hatte alles, was ich wollte – dich und die Liebe und die Freiheit. Und so setzte meine Tante eine ihrer Bienen auf den Löffel Honig, den sie mir in den Mund laufen ließ, so dass ich das Insekt schluckte.

Die Biene ist die, die den Preis des Zaubers einfordert, Stück für Stück, von Zeit zu Zeit. Und am Ende werde ich sterben, so wie du.‹

Ich war unfähig, etwas zu sagen und starrte sie aus großen Augen an. Das hatte ich nicht gewollt, niemals. Celia wiederum lächelte, auch wenn ich auf ihren Gesichtszügen den Abschied lesen konnte, denn dies alles für sie bedeutete. ›Das Summen wird leiser werden‹, tröstete sie mich. ›Bald werden wir es nicht mehr hören. Jetzt gerade wandert die Sonnenbiene in mein Herz. Ist sie dort, wird sie still sein und wir können glücklich leben bis ans Ende unserer Tage.‹«

Arian Galeno lachte bitter. »So begann, was so einfach klang. Glücklich sein. Aber nachdem ich verarbeitet hatte, welches Opfer sie für unsere Liebe gebracht hatte, gelang es uns, das Leben auszukosten. Es gab nichts mehr, dass noch zwischen uns stand, und was wir zu verlieren hatten, so dachten wir, würden wir am Ende gemeinsam verlieren: unser Leben.«

Jetzt war es die Madame, die unruhig auf ihrem Stuhl hin und her rutschte. Dies war der Augenblick, in dem die Geschichte umschlagen würde, in dem die Schatten sich auf die Handlung legten und das Schicksal sic schwarz färbte. Selbst die Harlekinrosen raschelten unheilvoll, eine Blüte zerfiel in ihre weiß-roten Blätter. Und tatsächlich bestätigten die Worte Arian Galenos ihr Gefühl.

»Alles kam anders. Natürlich kam es das, denn man kann nicht einfach eine Sonnenbiene in seinem Herzen tragen, ohne dass es Konsequenzen hat. Denn das menschliche Herz ist wie eine Blume, die mit der Zeit verblüht, sich schließt und zwischen all dem immer weiter verwelkt, und Sonnenbienen sind mitunter hungrige Wesen. Und so zehrte diese eine von Celias Leben. Zuerst merkte man es kaum – ein graues Haar, eine Falte, ein Altersfleck, obwohl sie nach unseren Maßstäben doch nicht einmal vierzig war. Wir gingen zu Ärzten, von denen keiner die Biene bemerkte, aber sie stellten andere Diagnosen und schnitten nach und nach Stücke von Celia ab oder aus ihr heraus. Maligne Muttermale wurden ebenso entfernt wie ein Teil ihrer Leber und ein Stück ihres Dünndarms. Ein Finger musste amputiert, eine Niere entnommen werden. Ich flehte sie an, erneut um einen Zauber zu bitten, egal wen – die Hexe des Zwielichts, den Tag, der eine Bienenkönigin ist oder die Nacht selbst. Aber stets lautete die Antwort gleich: ›All meine Zauber sind verbraucht, und ich habe alles, was ich wollte.‹ Und dann küsste sie mich, weil sie mir zeigen wollte, dass alles gut war. Aber das war es nicht. Jede neue Diagnose, jeder Krankenhausaufenthalt, jede OP, gleich wie groß oder klein sie war, belastete uns. Sie stahlen uns Kraft, Zeit, und sie raubten mir auch Celia. Sie veränderte sich. Verlor die Leichtigkeit und die Freude an den kleinen Dingen, ihre Leidenschaft und ihre Lebensenergie. Es war, als würde man ihr für jedes Stück, das man ihr nahm, Traurigkeit, Bitterkeit und Wut einpflanzen. Einzig unsere Liebe blieb. Aber wo ich versuchte, jeden Moment zu nutzen, sie aufmuntern und wieder glücklich sehen wollte, ging Celia einen anderen Weg. Sie zog sich von Zeit zu Zeit von mir zurück, wann immer die Dunkelheit in ihr zu übermächtig wurde, damit ich all dem nicht ausgesetzt sein musste. Wie der Wolkenphönix kartographierte sie die Kontinente ihrer Dunkelheit allein, nur waren da dieses Mal keine Sterne, die ihr den Weg leuchteten. Wenn es ihr aber gut ging und sie vollkommen bei mir war, dann waren wir unzertrennlich. Wir lernten fliegen und fallen, rappelten uns auf, tanzten, sangen, und als Celia schließlich starb, lag ein Lächeln auf ihren Lippen.

›Ich habe gelebt wie ein wahrer Phönix‹, flüsterte sie. ›Ich bin in Flammen aufgegangen und verbrannt.‹

Mir lag auf der Zunge, dass es keine Asche geben würde, aus der sie erwachen konnte, aber ich schwieg und gab ihr einen letzten Kuss, während mein Herz brach.

Nur vierzehn Jahre hatte uns das Schicksal geschenkt. Wir waren noch so jung – zumindest nach menschlichem Ermessen.

Mit ihrem letzten Atemzug kletterte eine Biene aus ihrem Mund, umgeben von einem Licht, so hell wie eine kleine Sonne. Sie flog summend davon. Und noch ehe ich meine Frau ein allerletztes Mal umarmen konnte, war sie plötzlich fort. Ihr Bett war leer, nicht einmal ihre Wärme war noch da.

Ich stürzte zum offenen Fenster, durch das die Biene in die Nacht entschwunden war. Ihr Leuchten strahlte durch die Dunkelheit Richtung Sonnenaufgang, dann aber – urplötzlich, verschwand ihr Leuchten. Alles war dunkel, nur der Mond schien noch, voll und rund, das silberne Licht voller Schatten. Womöglich, dachte ich noch, weiß auch die Nacht um ihren Verlust, da flatterte eine Gammaeule in das hell erleuchtete Zimmer und setzte sich mit sanft schlagenden Flügeln auf die weiße Wand über Celias Bett. Die gammaähnlichen Zeichen auf ihren Flügeln malten goldene Schlieren in die Luft, schrieben Worte, aber ich konnte sie nicht lesen, es war zu hell und meine Tränen ließen alles verschwimmen.

Doch dann blitzte es, es folgte ein Donner, der die Nacht erschütterte. Und mit dem Einsetzen des Regens begriff ich. Die Nacht hatte einen Zauber für ihre Phönixtochter gewebt.

Am nächsten Morgen fand ich eine Murmel auf Celias Kissen. Ich hob sie auf und sofort hörte ich die Melodie ihres Lachens. Ein Geräusch lenkte mich ab. Die Gammaeule flog mit einem dumpfen Pochen gegen das Fenster, dass ich irgendwann geschlossen hatte. Ich ließ sie frei und blickte der Sonne entgegen, die mir so viel geschenkt und auch alles genommen hatte. Zum ersten Mal sah ich in ihrem Blenden den Bienenstock, aber ehe ich einzelne Tiere ausmachen konnte, zwang mich die Helligkeit, die schmerzenden Augen zu schließen. Ich hielt die eine

Murmel fest und drückte sie an mein Herz. Als die Nacht erwachte und Myriaden von Sternen am Firmament schrien, verstand ich.

Celia war nicht verloren. Celia war der Wolkenphönix, ein letztes Mal vergangen in ein Meer aus Tropfen und Tränen – und von der Nacht in Murmeln gerettet, bis sie gefunden und zusammengesetzt werden kann.«

Arian Galenos Hand legte sich auf den Murmelbeutel. »Seither suche ich«, schloss er. »Reise durch die Welt, sammle die Murmeln, die Celia waren, vielleicht noch sind. Seit mehr als sieben Jahren bin ich unterwegs, und ich weiß, dass die Reise bald enden muss. Der einfache Teil ist vorbei. Und ich glaube, dass das Weiter hier beginnt.«

Kapitel 3

Mireia Mabel ließ die Worte verklingen. Die Stille aber blieb aus. Es raschelte in den Blättern der Rosen, knarzte in den Regalen, klirrte melodiös bei den Gläsern und Phiolen und knisterte bei den Büchern und Pergamenten. Ein Geräusch aber schwebte über allem: Das leise Summen und die Melodie der Murmeln.

Und im Inneren der Madame tobte ein Sturm. Sie dachte an all die Dinge, die sie bemerkt, denen sie jedoch keine Bedeutung geschenkt hatte. Viele verwelkte Rosen. Die Karten, die unterschwellig eine Trennung angekündigt hatten. Gegenstände, die ihr verloren oder kaputt gegangen waren.

In anderen Zeiten hätten diese Zeichen sie alarmiert, aber der Laden hatte ihr ein sicheres Gefühl vermittelt. Vielleicht zu sicher, denn Sicherheit war nichts als eine Illusion. Nichts war für immer. Die Madame bereute eine Sekunde, nicht selbst das Tarot um Rat gefragt zu haben, als es angefangen hatte, oder eben, nachdem sie die Murmel gefunden hatte. Jetzt war es, wie es war. Es ließ sich nicht rückwirkend ändern.

Die Rosen raunten ihr mit einer Duftnote zu, dass dafür keine Zeit gewesen war, und Mireia nickte im Inneren, äußerlich aber blieb sie regungslos. Neben all den Gedanken musste sie zudem eine Entscheidung treffen.

Gab sie ihrem Gast zuerst die Murmel oder die Karten in die Hände? Ein Rosenblatt landete mit einem leisen Flüstern auf der Kiste mit dem Tarot. »Danke«, wisperte die Madame, ehe sie aufsah. Arian Galeno konnte seine Ungeduld nicht ganz verstecken, auch wenn er augenscheinlich ruhig wirkte – seine Augen waren Verräter. Er hungerte nach Antworten, verlangte nach Wissen – und er hörte das Summen. Vermutlich wollte er auch umgehend weiter, doch so lagen die Dinge nicht. Nicht hier, nicht jetzt.

Die Madame ließ ein Räuspern vernehmen und die Gesichtszüge ihres Gastes entspannten sich merklich. »Sie wissen schon, dass ich ein Stück dessen, was sie suchen, besitze. Ebenso werden Sie jedoch bemerkt haben, dass dies ein besonderer Ort ist, mit eigenen Regeln. Und manchmal lautet eine von ihnen, dass zuerst Fragen gestellt und Antworten gefunden werden müssen.«

Sofort richtete Arian Galeno sich auf. »Stellen Sie mir Fragen. Jede, die Sie wollen. Ich werde sie alle beantworten.« Die Aufregung machte ihn sehr viel jünger, die Madame aber schüttelte den Kopf und griff nach dem Kästchen.

»Hier werden Fragen anders gestellt«, erklärte sie, »und Antworten erhält man von tausend Stimmen.« Damit öffnete sie die Schatulle und holte die Karten hervor. Es waren so viele, dass sie beide Hände brauchte. Die unterschiedlichen Kartenformate machten es nicht leichter, schon rutschten einige der kleineren Karten zwischen den größeren hervor, aber die Madame schob sie geschickt zurück in den Stapel. Dann mischte sie die Karten gründlich.

»Sie müssen gleich sieben Karten ziehen, ohne sie aufzudecken. Legen Sie sie einfach aufeinander, eine nach der anderen.«

Arian Galeno nickte und wartete, dass die Madame ihm die Karten aufgefächert hinhielt. Sorgfältig wählte er seine erste Karte und legte sie auf den Tisch. So ging es weiter. Doch als er nach der siebten Karte griff, fassten seine Finger zwei Karten. Die Madame bemerkte es erst, als sie schon auf den anderen sechs Karten lagen. Damit gab es kein Zurück mehr. Acht Karten gaben die Antwort, vielleicht auch den Weg oder nur ein Rätsel. Sie würden es gleich wissen. Eine nach der anderen deckte die Madame die nunmehr acht Karten auf.

Manche waren vollkommen klar.

Die Herz-Acht für die Jahre, die zum größten Teil schon vergangen waren.

Eine Orakelkarte mit der Aufschrift »Die Wege, die du gehen musst, ergründen sich von selbst«.

Danach, aus einem Abenteuerspiel und verschiedenen Tarot-Decks eine unbeständige Hexe, die Sonne, der Stern und der Mond.

Die siebte Karte war das Kreuz Ass. Ein Tag, ein Abschied.

Die achte Karte aber, jene die nicht hätte aufgedeckt werden dürfen, zeigte das Bildnis einer Wahrsagerin mit einer Kristallkugel und Tarotkarten – die Madame selbst.

Kurz trafen sich ihre Blicke. Ob Arian Galeno erkennen konnte, dass ihr diese Karte fast die Kehle zuschnürte?

Sie konnte die Frage in seinem Gesicht ablesen, ehe seine Lippen die Worte formten: »Was ist Ihre Rolle auf meinem Weg? Warum sind Sie meine Begleitung?«

Die Fragen waren wie ein Echo in den Gedanken der Madame, hallten hin und her, ohne einen Halt zu finden. Leere breitete sich in ihr aus und es dauerte, bis sie zu einer Reaktion fähig war. »Das werden meine Fragen sein«, sagte sie leise und hielt die Karte mit der Wahrsagerin fest, während sie Arian Galeno eine nach der anderen erläuterte. »Wir brechen morgen auf«, schloss sie, auf das Kreuz-Ass deutend.

»Wann morgen?« Ungeduldig rutschte ihr Gegenüber auf seinem Stuhl nach vorne.

»Wenn alles soweit ist«, erwiderte die Madame.

»Und die Murmel? Das Summen …« Sein Kopf machte eine zuckende Bewegung in die Richtung, in der der Pompadourbeutel lag.

»Zu seiner Zeit«, lautete die knappe Antwort.

Die Enttäuschung stand Arian Galeno ins Gesicht geschrieben, aber er sagte nichts. Es war die Madame, die ihn tröstete. »Es ist ein sehr weiter Weg und man sollte ihn nicht ohne eine gewisse Vorbereitung gehen. Da ist ein Gästezimmer, dort bei den Büchern die Treppe hinunter. Sie werden alles finden, was Sie brauchen. Achten Sie bitte nur auf die Rosen. Sie sind eigenwillig.«

Er nickte. »Was werden Sie tun?« Neugierde. Anspannung.

»Nach Antworten suchen. Abschied nehmen. Einen kleinen Koffer packen.« Jetzt war es die Traurigkeit, die ihr die Worte stahl. Sie wollte den Laden nicht verlassen, aber sie konnte ihn auch nicht mitnehmen. Würde er so lange geschlossen bleiben?

Kurz lauschte sie, ob die Rosen etwas raschelten, aber dem war nicht so. Fast enttäuscht räumte sie das Teegeschirr zusammen und Arian Galeno half ihr. Beim Anblick ihrer leeren Tasse hielt die Madame kurz inne, doch auch der Teesatz ließ sie kein Bild erkennen. Mit einem Klirren stellte sie die Tasse zurück auf das Tablett. Der Laden schwieg, wie er es sonst nur mit Fremden tat. Die Madame zog den Kopf ein. Morgen würde ihr das vermutlich Rückenschmerzen bescheren, jetzt wusste sie sich nicht anders zu helfen. Sie schaffte es noch, Arian Galeno das Zimmer zu zeigen, dann zog sie sich mit zitternden Händen und bebenden Lippen in ihr eigenes Schlafzimmer zurück, begleitet von dem Pompadourbeutel und dem Tarot der tausend Stimmen.

Sie spürte die Tränen, die hinaus wollten und zwang sich, mit ruhigen Schritten in ihr Zimmer zu gehen – dort würde sie ihre Gefühle hinauslassen.

Doch die Tränen versiegten beim Anblick des Pergaments, das auf ihrem Bett lag. Sie war sich sicher, es nie zuvor gesehen zu haben. Nicht, dass das im Laden von Bedeutung war – niemand, nicht einmal sie, kannte alles.

Das Pergament, das auf komplizierte Weise gefaltet schien, lag halb im Licht und halb im Schatten. Dort, wo es hell war, sah man nur das Beige des Pergaments, leicht angeraut und wellig. Dort aber, wo es im Dunkeln lag, waren feine Linien und Worte darauf zu sehen, geschrieben in Tintenschwarz, Sternengold und Mondsilbern. Aufgeregt trat die Madame näher, legte Tarot und Beutel beinahe beiläufig ab und schob das sonderbare Pergament komplett in die Schatten.

»Die Karte der Nacht«, konnte sie lesen, und »Sichtbar nur für jene, die das Dunkel nicht fürchten«. Darunter war ein Phönix gezeichnet, dessen Schwanzfedern sich in feine Tropfen auflösten.

Die Madame sog scharf die Luft ein und nahm die Karte auf, um sie dankbar an die Brust zu drücken. Die Rosenblüten, die auch ihre Zimmerdecke bedeckten, bebten freundlich.

Trotzdem legte Mireia Mabel die Karte danach zur Seite, gleich, wie schnell ihr Herz schlug, und wandte sich dem Tarot zu. Sie nahm auf der glattgezogenen Bettdecke Platz und legte sorgsam die Karte mit der Wahrsagerin vor sich, die Arian Galeno zuvor gezogen hatte.

Das war sie selbst.

Anders als ihr Gast zog sie jedoch nur drei Karten – das, was war; das, was ist und das, was womöglich sein würde – alles mit der einen Frage verbunden: Warum ich?

Sie wusste, dass es darauf kaum eine Antwort geben konnte, aber es gab keine drängendere Frage, und sonst war alles klar.

Sie hatte die Murmel gefunden und aufgehoben. Damit hatte sie ihren Weg mit dem von Arian Galeno verbunden.

Aber all die anderen Zeichen …

Nach und nach deckte sie die Karten auf.

Der Tod aus einem Jugendstil-Tarot: Ende und Neubeginn. Die Madame quittierte die Vergangenheit mit einem Nicken.

Die Karte für das Hier und Jetzt zeigte einen Engel, der ein Licht in Händen hielt. Sonst war die Abbildung in Schwarz gehalten. »Du bist Licht«, stand in goldenen Lettern darunter geschrieben. Die Madame nickte abermals. Man brauchte das Licht, um in der Dunkelheit bestehen zu können. Das Licht und das Wissen um die eigenen Schatten. Die dritte Karte blieb der Madame ein Rätsel. Sie stammte wie die unbeständige Hexe aus einem Abenteuerspiel für Kinder und zeigte einen Wirbelsturm aus Federn. Der darunter stehende Text half ihr auch nicht weiter. Es ging um Tribute, Beschwörungen und Lebenspunkte – Dinge, die für das Spiel wichtig waren, aber für sie keinerlei Bedeutung besaßen – oder zumindest keine, die sie jetzt verstand.

Am Ende wusste sie nur, dass sie gehen würde.

Sie wollte die Karten schon weglegen, da zog sie einer Intuition folgend noch eine einzelne Karte. Vielleicht hingen hunderte Fragen an ihr, vielleicht aber nur eine: »Was ist mein Ziel?«

Das Tarot der tausend Stimmen legte ihr die Karte mit dem Abbild einer einzelnen Rose in die Hand.

Erleichterung bereitete sich in der Madame aus. Am Ende war das Ziel ihr Zuhause. Der Laden mit den Harlekinrosen.

Lächelnd räumte sie die Karten zurück in ihre Schachtel und nahm den Pompadourbeutel zur Hand. Bis auf die Murmel räumte sie alle Fundstücke aus und legte sie auf einen kleinen Schrank. Sie würde sich nach ihrer Reise darum kümmern müssen.

Ehe sie den Beutel wieder schloss, holte sie die Murmel noch einmal hervor und drehte sie zwischen den Fingern. Die Schlieren glichen schon viel mehr einer Biene, und neben dem Summen und der Melodie nahm die Madame nun auch noch etwas anderes wahr: Wärme und Licht. Sie konnte den Wolkenphönix spüren, mehr noch, als sie es bei der Berührung der anderen Murmeln getan hatte. Einen Moment überlegte sie, die Murmel auf die Karte der Nacht zu legen, wie einen Kompass, aber etwas sagte zu ihr, dass die Gefilde der Nacht erst am Ende ihrer Reise stehen würden, daher steckte sie die Murmel zurück in den Beutel. Sorgfältig verschlossen legte sie ihn unter ihr Kissen. Es war besser, die Murmel nicht greifbar zu machen. Arian Galeno würde sich womöglich einfach aus der Ladentür stehlen, wenn er sie hatte, und die Madame kannte die Wege des Schicksals gut genug um zu wissen, dass dies falsch wäre. Sein Weg war der ihre, zumindest für eine gewisse Zeit.

Der Gedanke ließ sie innerlich zugleich lächeln und frösteln, und sie nahm ihren alten Reisekoffer mit den aufgestickten Rosenblüten mit gemischten Gefühlen aus dem hohen Wandschrank. Sie hatte so viele

Fragen, aber sie bezweifelte, dass das Tarot der tausend Stimmen Antworten für sie hätten. Dennoch waren die Karten das erste, was sie einsteckte.

Als sie ins Bett ging, tasteten ihre Finger prüfend nach der Murmel in dem Beutel. Sie war noch da – natürlich war sie das – man hörte ihr leises Summen durch Stoff und Daunen. Beruhigt schloss die Madame die Augen, doch kaum hatte der Schlaf sich eingestellt, stürmten Bilder auf die Madame ein, altvertraute und gänzlich unbekannte. Wie selbstverständlich war da der Zirkus, die Artisten hingegen waren vollkommen neu, ihre Gesichter und Darbietungen lagen entweder in einem diffusen Licht oder gänzlich in den Schatten, nur eine Figur war erkennbar – eine Frau mit hellen Haaren und wasserblauen Augen, die über der Manegenmitte schwebte. Sie hatte tausend Risse, überall, aus denen Licht und Wärme flossen. Die Risse breiteten sich aus, bis alles in Regen verging.

Mit einem Keuchen wachte die Madame auf. Sie war sich vollkommen sicher, dass sie soeben das Wesen des Wolkenphönix gesehen hatte. Mit wild trommelndem Herzen griff sie unter ihr Kissen. Alles war noch dort.

Seufzend ließ sie sich zurücksinken. Fahles Morgenlicht fiel in ihr Schlafzimmer. Und die Madame, die längst glaubte zu wissen, wie schnell ihr Herz im Taumel der Gefühle schlagen konnte, wurde eines Besseren belehrt.

Alle Harlekinrosen über ihr – im ganzen Raum – hatten ihre stolzen Köpfe entweder geschlossen oder waren verwelkt. Ihr Bett, der Boden, die Schränke – alles war mit rot-weißen Blütenblättern bedeckt. Nie zuvor hatte es einen Tag gegeben, an dem sie nicht geblüht hatten. Eine oder hunderte blühten immer. Mit einem Satz war die Madame aus dem Bett, stürzte zur Tür und riss sie auf. Draußen im Laden erwartete sie der gleiche Anblick. Alles war voller Blütenblätter, keine einzige Rose zeigte mehr einen Harlekinstern am grünen Blätterhimmel. Den Schmerz, den die Madame empfand, war wie Feuer und Eis zugleich, verbrannte sie und ließ sie erstarren.

Es dauerte Sekunden, womöglich waren es auch Minuten, bis sie sich wieder rühren konnte. Sie lief zurück zu ihrem Bett und holte das Tarot aus dem Koffer, den sie daneben gestellt hatte. Sie nahm sich weder die Zeit, den Stapel richtig zu greifen noch die Karten zu mischen. Die Madame drehte die Kiste einfach um und ließ die Karten auf die zerwühlte Bettdecke fallen.

Dann atmete Mireia Mabel tief durch und zog erneut drei Karten.

Der Turm eines Tarots, gefolgt von einem Wagen aus einem anderen Spiel. Und ein Joker. Die Madame betrachtete das vor ihr liegende Bild und klaubte die Karten dann wieder zusammen, um sie zurück in ihre Schachtel zu legen. Sie wusste nichts und doch genug – sie musste gehen und der Laden nahm Abschied von ihr, bis sie sich wiedersehen würden. Es war, wie es sein musste.

Immerhin würde ihre Reise unter einem guten Stern stehen, weil das die Bedeutung des Jokers war. Hilfe. Sichere Wege.

Die Madame packte die Karten wieder in ihre Tasche, richtete ihr Bett und zog sich an. Ganz am Schluss holte sie auch den Pompadourbeutel mit der Murmel unter dem Kissen hervor.

Sie warf einen letzten Blick auf ihr Schlafgemach, ehe sie zur Ladentür ging, um sie ein letztes Mal zu öffnen – zumindest so lange, bis ihr Gast erwachen würde. Dann war es Zeit, zu gehen. Die nunmehr rein grünen Ranken der Harlekin-Rosen schwiegen.

Kurz blieb sie reglos stehen, spürte ihren Herzschlag und das nervöse Zittern ihrer Finger. Sie ging zu einem Buchregal, um ihren Händen eine Beschäftigung zu geben. Sie war so tief in das Umsortieren der Bücher versunken, dass sie das leise Klingeln gar nicht wahrnahm. Erst, als sie ein Räuspern hörte, drehte sich um, sicher, dass es Arian Galeno sein würde und es nun Zeit war, aufzubrechen. Stattdessen fand sie sich einer kleinen Dame in einem grünen Kleid gegenüber, die weder dick noch dünn, sondern etwas dazwischen war. Ihr ovales Gesicht war von schwarzen Haaren umrahmt, die braunen Augen von einer grüngefassten Brille seltsam vergrößert.

»Guten Tag. Ich bin Tamina Theodora. Ich soll hier eine Stellvertretung übernehmen. Ich nehme an, es ist die Ihre?« Tamina Theodora streckte der Madame eine Hand hin. Überrascht ergriff diese sie wortlos. Sie konnte nicht einmal nicken. So einfach war es für den Laden, sie zu ersetzen? Sie verspürte einen Stich in der Brust, etwa dort, wo sich ihr Herz befand.

Tamina Theodora, die sich aufmerksam umsah, schien ihre Gedanken erraten zu können. »Es ist ganz und gar nicht einfach für ihn. Ich bin nicht Sie. Ich kann nicht in Dingen lesen, ich weiß allerdings, welcher Tee zu welcher Zeit eines Menschen passt, nichts weiter. Sie sehen es an den Rosen – ich glaube kaum, dass ich sie blühen sehen werde.« Die neue Hüterin des Ladens sagte das vollkommen neutral, dennoch überkam die Madame ein schlechtes Gewissen. Sie hatte nicht unhöflich sein wollen. Wieder lächelte Tamina Theodora und stellte einen Korb auf den Tresen, in dem allerlei Teedosen und Bündel getrockneter Kräuter lagen. »Das waren Sie nicht«, beruhigte sie die Madame. »Und unter anderen Umständen wäre der Laden womöglich mit ihnen gereist, aber mir wurde gesagt, dass Sie an Orte reisen werden, die dies unmöglich machen.«

Nachdenklich nickte die Madame. »Sie verkaufen also Tee?«, erkundigte sie sich dann.

»Für eine Weile«, gab Tamina Theodora zurück und begann, ein leeres Regal hinter ihnen mit den mitgebrachten Dosen und Kräuterbündeln zu befüllen. Eben noch, da war die Madame sich sicher, hatten Kerzen in den Fächern gestanden, alte und neue, ordentlich heruntergebrannte oder mit Tropfnasen versehene und verformte. Kurz sah sie der anderen Frau zu, wie sie den Tee einräumte, hin und herschob und umsortierte. Mireia Mabel wollte sich schon abwenden, um eine vorerst letzte Runde durch den Laden zu drehen und vielleicht selbst einmal Kundin zu sein, da hielt Tamina sie zurück.

»Ich habe etwas für Sie. Für die Reise.«

Verwundert runzelte die Madame die Stirn und nahm den kleinen Gegenstand entgegen, der ihr gereicht wurde.

Es war ein kleines Täschchen, gerade einmal fünf mal fünf Zentimeter groß, schwarz und auf der einen Seite über und über mit schwarzen Perlen bestickt, die das Wort Hoffnung umrahmten, das aus weißen und kupfernen Perlen geschrieben war. Vorsichtig öffnete sie den Reißverschluss und fand darin eine winzige Sanduhr und einen Schlüssel.

Fragend sah sie ihre Vertretung an.

»Ein wenig Zeit kann man immer brauchen, denn jeder Moment hat die Macht einer Ewigkeit«, meinte diese. »Und dieser Schlüssel kann, richtig angewendet, alles öffnen. Jedes Schloss. Und sogar Herzen.«

Damit wandte sie sich ihrem Tee zu, während auf der Treppe von unten her Schritte erklangen. Arian Galeno war aufgestanden.

TEIL ZWEI

Morgendämmerung

Kapitel 4

Die Madame kam sich nackt und haltlos vor, weil sie ohne Schlüssel den Laden verließ. Aber sie ging fort, und egal wie die Dinge auch standen, sie würde eine Weile fort bleiben. Tamina Theodora würde den Schlüssel benötigen. Ein wenig in Sorge war die Madame schon – vieles im Laden hatte mit den Rosen zu tun, und wenn diese wirklich geschlossen blieben … unruhig wollte sie sich umdrehen, aber sie ließ es. Man sollte nicht zurückblicken, wenn man fortging, das verschlimmerte nur den Abschied. Und mitunter war es sogar gefährlich.

Und so war die Straße mit dem Laden bald außer Sichtweite, sogar die kleine Stadt lag schnell hinter den beiden Reisenden. Arian Galeno trug ein kleines Kofferradio bei sich, aus dem, von einem stetigen Rauschen unterlegt, Musik erklang. Lieder, die die Madame kannte und solche, die ihr fremd waren.

»Hören Sie immer Musik?«

Arian Galeno nickte. »Das Radio war ein Geschenk von Celia. Ich glaube, es hilft mir bei der Suche. Manche Lieder sind Teil von ihrem eigenen.» Er zögerte einen kurzen Augenblick. »Kann ich sie sehen? Nur kurz? Ich will sie nicht haben, ich denke, es ist noch zu früh …«

Die Madame lächelte und holte die Murmel hervor.

»Erinnerungen an die Biene«, murmelte ihr Begleiter. Entgegen den Erwartungen der Madame versuchte er nicht einmal, die kleine Glaskugel zu berühren, sondern schaute sie nur an, bis sie sie wieder einsteckte.

»Wohin gehen wir?«, fragte die Madame.

Arian Galeno lachte leise. »Ich dachte, Sie sind die Wahrsagerin.«

»Die Karten wiesen uns zur Sonne«, überlegte sie laut.

»In den Tag kann man nur durch die Dämmerung gehen«, schloss ihr Reisegefährte.

Die Madame nickte nachdenklich. Sie hatte sich mehr Gedanken darum gemacht, ob sie heimkehren würde, als darüber, wie der Weg verlaufen sollte. Durch die Dämmerung in den Tag … jetzt war nicht einmal Mittag, vor dem nächsten Morgen lagen fast ein ganzer Tag, eine lange Nacht und zwei Dämmerungen. Kurz dachte sie an der Karte in ihrem kleinen Koffer, aber die Nacht war noch weit, und darüber hinaus brachte ihnen das Pergament nichts. Wohin aber sollten sie sich wenden?

Im Radio begann ein neues Lied, und Arian Galeno sagte: »Celia meinte immer: Wenn man nicht alles weiß, soll man sich an das wenige halten, dem man sich sicher ist.«

»Das ergibt Sinn«, erwiderte die Madame und sie nahmen den Weg in Richtung Sonnenaufgang. Lange Zeit schwiegen sie und hingen ihren Gedanken nach. Bis Arian Galeno sich irgendwann zu der Madame umwandte und fragte: »Wie kommt es eigentlich, dass Sie mich einfach so begleiten können? Ist da niemand, mit dem Sie leben, sind Sie nicht verheiratet?«

Die Frage traf die Madame unvorbereitet. Sie merkte, wie ihr kurz die Gesichtszüge entglitten. Schnell fasste sie sich wieder. »Ich hatte immer andere Wege zu gehen«, antwortete sie ausweichend. »Liebe gehörte nie zu den Karten, die mir das Schicksal aufgedeckt hat.«

Arian Galeno blieb stehen. »Aber das ist schrecklich«, entfuhr es ihm.

Die Madame zuckte mit den Schultern und ging wortlos weiter. Sie hatte nicht die Wahrheit gesagt – die Liebe hatte das ein oder andere Mal ihren Weg gekreuzt, zwei Mal war sie sogar recht lange geblieben. Aber das eine Mal hatte es für sie beide nur Schmerz und vergiftete Gefühle bedeutet – und das zweite Mal – nun, es war perfekt gewesen, nur schien die Madame nicht dafür gemacht, glücklich zu sein. Sie zog sich von dem Glück zurück, stieß es von sich, bis es sie schließlich verließ.

Aber das erzählte sie ihrem Begleiter nicht. Sie hütete ihre Geheimnisse vor ihm, der fremd war, weil sie auch Vertrauen nie wirklich gelernt hatte. Und nun, wo sie so alt war, wie sie nun einmal war, hatte sie den

Traum von der Liebe ebenso begraben wie den von der Ehe und einer Familie. Manchmal hatte sie einen Liebhaber, seltener eine Liebhaberin, aber es waren immer nur einzelne Nächte, nichts von Bedeutung und noch weniger von Dauer. Der Laden war ihr genug und obwohl sie kaum ein paar Stunden weg war, sehnte sie sich bereits zurück.

Sie bemerkte, dass ihr Reisegefährte sie musterte und versuchte, den Blick abzuschütteln. Sie wollte kein Mitleid, sie war nicht unglücklich. Er schien ihr Unbehagen zu bemerken, denn er richtete seine Aufmerksamkeit wieder auf den schmalen Feldweg, auf dem sie unterwegs waren. Sand, Erde und kleine Steinchen knirschten unter ihren Füßen. Die Sonne schien, und die Madame stellte sich die Frage, ob der Tag wusste, dass sie auf dem Weg zu ihr waren.

»Es ist nie zu spät«, sagte Arian Galeno da plötzlich. Verwirrt schaute die Madame auf.

»Für was ist es nie zu spät?«

»Für die Liebe«, lautete die schlichte Antwort, auf die sie nichts zu entgegnen wusste.

Also sagte sie bloß: »Wir sollten überlegen, wie wir in die Dämmerung kommen. Wir sind keine Geschöpfe der ewigen Gefilde, es wird für uns nicht einfach sein, die Hexe zu erreichen.«

Arian Galeno zuckte mit den Schultern. »Was ist schon einfach?« Er deutete auf ihren Koffer. Freilich hatte er angeboten, ihn für sie zu tragen, aber das hatte sie nicht gewollt.

»Sie meinen das Tarot?« Sie schüttelte den Kopf. »Es ist ein Wegweiser, aber Richtungen kennt es nicht.«

»Das wäre vermutlich auch zu leicht gewesen«, stellte Arian Galeno fest. »Und wie wir gerade angemerkt haben, ist es das nie.« Er lächelte. »Vielleicht sollten wir einfach weitergehen. Osten scheint mir nach wie vor die beste Richtung.«

Sie folgten verschiedenen Wegen und Straßen, kamen durch kleine Dörfer und einen Wald. Die meiste Zeit schwiegen sie, aber es war ein angenehmes Schweigen, eines in dem man den jeweils anderen wertschätzen lernte, weil man in der Stille nicht allein war und die Gedanken eine andere Richtung nahmen als in der Einsamkeit.

Hin und wieder bemerkten sie Dinge am Wegesrand, die die Madame sonst für den Laden aufgehoben hätte. Sie machten kleine Pausen, in denen sie Alltäglichkeiten übereinander erfuhren.

Aber es war die Dunkelheit, die sie ein wenig ihrer Fremdheit beraubte. Sie hatten entschieden, in einer Scheune Unterschlupf zu suchen, um beim ersten Anzeichen der Dämmerung bereit zu sein. Ihre Betten bestanden aus Strohballen und die Mäntel, die sie am Tag getragen hatten, waren ihre Decken.

Die Füße der Madame schmerzten. Innerlich hatte sie sich schon mehrfach verflucht, nicht sorgsamer bei der Schuhwahl gewesen zu sein. Trotz der widrigen Umstände versuchte sie, es sich für ein paar Stunden so behaglich wie möglich zu machen und entgegen aller Bedenken schlief sie fast augenblicklich ein. Sie erwachte, weil sie ein leises Wimmern hörte. Ihr erster Gedanke war, dass sich ein Kätzchen in den Laden verirrt haben musste, dann stach ihr ein Strohhalm in die Handfläche und erinnerte sie daran, wo sie wirklich war. Vorsichtig richtete sie sich auf. Bleiches Mondlicht schien durch ein Loch im Dach auf ihre Lager und leuchtete Arian Galeno ins Gesicht. Seine Augen waren weit aufgerissen, Tränen liefen über seine Wangen, und dann stieß er wieder dieses leise Wimmern aus. Er bemerkte sie nicht. Die Madame rief leise seinen Namen. Er reagierte nicht. Sie streckte den Arm aus, bereit, ihn an der Schulter zu rütteln, um ihn aufzuwecken, entschied sich dann aber dagegen und griff nach seiner Hand. Sanft drückte sie sie. Sofort wurde er ruhiger und seine Augen schlossen sich. Nur die Tränen flossen weiter und er wimmerte manchmal noch, aber seltener. Er drückte ihre Hand mal leichter, mal fester, als wüsste er genau, dass sie da war – irgendwo, wo er gerade nicht sein konnte. Und dann begann die Melodie der Murmeln anzuschwellen. Arian Galeno erwachte, ebenso orientierungslos wie die Madame zuvor. Er bemerkte ihre Hand in der seinen, drückte sie noch einmal und sagte leise: »Ich danke dir.«

Die Madame schenkte ihm ein Lächeln. Kurz dachte sie über das Du nach, aber jemanden durch einen Albtraum zu geleiten war wohl genug, um aus einem Sie ein Du werden zu lassen.

Sie ließen einander nicht los, bis Arian sich ebenfalls aufgerichtet hatte. Der Beutel mit den Murmeln hatte ihm als Kissen gedient, jetzt zog der den Stoff auseinander und sie sahen das feine Leuchten, das von den Glaskugeln ausging. Es war wie Nebel, der vom Licht tausender Monde und Sterne durchwebt wurde. Mireia und Arian schauten sich an. Beiden lag die unausgesprochene Frage auf den Lippen, was das zu bedeuten hatte. Die Murmeln bebten leicht, klackerten mit einem feinen Klirren und Klingen aneinander und sangen ihr Lied. Die Madame griff ihrerseits nach dem Pompadourbeutel. Schon durch den Stoff hörte man das tiefe brummende Summen, und als auch sie den Beutel öffnete, leuchtete die Murmeln ebenso wie ihre Schwestern in der anderen Tasche – mehr noch – ihre gelben Schlieren bildeten einen Pfeil, der ihnen die Richtung wies.

Noch immer Osten – doch dieses Mal auch ein bisschen gen Süden. Arian schloss lächelnd den Beutel, Mireia tat es ihm gleich. Ihre Füße protestierten mit einem stechenden Schmerz, als sie von ihrem Strohballenbett aufstand und Arian nach draußen begleitete. Kein Stern stand am Himmel, und es dauerte einige Sekunden, bis Mireia begriff, dass die Nacht von schwarzen Wolken verhangen war. Das Lied der Murmeln war wieder leiser geworden und vermutlich leuchteten sie auch nicht mehr. Sie kannten nun den Weg, der Zauber war vorbei.

Arian wirkte blass, auf seinen Wangen glitzerten immer noch die getrockneten Tränen. Er bewegte sich langsam, der Traum steckte ihm noch in den Gliedern. Mireia fragte ihn nicht danach, sie ging einfach nur humpelnd und mit zusammengepressten Lippen weiter. Arian schien weder Müdigkeit noch schmerzende Füße zu kennen. Bald schon fiel sie zurück. Doch schon war er wieder bei ihr und musterte sie mit einem prüfenden Blick. »Du kannst kaum laufen«, stellte er fest. Mireia nickte und hakte sich ein, als er ihr den Arm zur Stütze anbot. »Es tut mir leid«, sagte er unvermittelt. Fragend hob die Wahrsagerin den Kopf. »Dass ich fortgelaufen bin, gerade. Es mag nur ein Stück gewesen und dir nicht so vorgekommen sein, aber ich bin vor dir geflohen.« Er machte eine Pause, dann fügte er eilig hinzu: »Weil du es gesehen hast.«

Mireia nickte verstehend. »Schon gut«, sagte sie. Es war nie leicht, jemanden die eigenen dunklen Momente zu zeigen, nicht einmal wenn man schlief und der andere nur ein Zaungast gewesen war, außerhalb der wirklichen Schatten. Doch Scham lauerte überall und ließ sich nur schwer vertreiben.

»Danke«, wiederholte Arian und führte sie behutsam weiter, während leichter Nieselregen einsetzte, der sich einem feinen Nebelschleier gleich um sie legte und es unmöglich machte, weiter als zehn Schritte zu sehen. Sie hatten alle Mühe, auf dem unebenen Weg nicht ins Stolpern zu geraten, so dass sie den Anbruch der Dämmerung beinahe versäumt hätten. Es war die Madame, die das Orangerot, das den neuen Tag ankündigte, zuerst auf ihrer Haut spürte, und sie war es auch, die den Regenbogen bemerkte, der wenige Meter vor ihnen begann und sich dem Morgenrot entgegenstreckte. Überrascht hielten sie an und betrachteten das Farbschauspiel am Himmel, dann stieß Arian sie leicht mit dem Arm an.

»Das könnte unser Weg zur Hexe des Zwielichts sein«, wisperte er. »Eine Einladung, sie zu besuchen.«

»Möglich«, räumte Mireia ein. Versuchsweise machten sie einige Schritte auf den Regenbogen zu. Er blieb, wich nicht zurück oder verschwand einfach, und als sie davor standen und die Hände ausstreckten, konnten sie ihn berühren.

Arian löste seinen Arm von Mireia und setzte prüfend einen Fuß auf das durchschimmernde Bunt. Lächelnd wandte er sich ihr zu. »Ich glaube, wir haben den Weg in die Dämmerung gefunden.« Einladend strecke er ihr den Arm entgegen. Mireia ergriff seine Hand nach einem

Wimpernschlag und betrat den Regenbogen. Die ersten Schritte waren wackelig, der Untergrund war weich, fast als würde man über Wolken gehen. Im nächsten Moment zog Arian sie mit einer Drehung zu sich, er lachte und gemeinsam drehten sie sich das Band aus Farben hinauf, ihr Lachen ein Teil der Melodie, die sie begleitete.

Irgendwann aber war der Augenblick des Schwebens und Tanzens vorbei. Die eben noch so breit scheinende Regenbogenbrücke verlor sich in der Weite des Morgenrots, das Rot am Rand verschwand sogar fast gänzlich im Ton der Dämmerung. Die Madame hielt sich in der Mitte, den Blick fest auf Arian Galeno gerichtet, der vor ihr ging. Es war seltsam, über einen Regenbogen zu wandern. Gutgläubige wähnten vielleicht den Kobold mit seinem Topf voll Gold auf der anderen Seite, aber es hieß auch, er wäre die bunte Schwelle zum Tod … und wer konnte schon sagen, welches die Seite mit dem Goldtopf war? Vielleicht stand man längst auf ihr und das Leben selbst war der Schatz?

Der Gedanke ließ sie kurz lächeln, aber nur bis eine neue, vollkommen andere Frage es von ihren Lippen wischte und sie bis ins Mark erschütterte: Was, wenn das alles nur ein Traum war? Ihre Knie wurden weich. Die Beine schienen sie keinen Zentimeter mehr tragen zu wollen. Hektisch tastete sie nach der Sicherheitsnadel, die sie immer in der Tasche ihres Mantels trug – eine Gewohnheit, ihre Versicherung dafür, nie wieder in einem Traum gefangen zu sein. Sie wusste, wie paradox es war – es gab Träume, aus denen man nicht so einfach mit einem Nadelstich erwachte, aber sie musste Gewissheit haben. Mit zitternden Händen öffnete sie die Sicherheitsnadel und stach sich mit der offenen Spitze in die Fingerkuppe ihres Zeigefingers. Dunkelrot bildete sich ein kleiner Tropfen Blut über der Wunde. Erleichtert atmete Mireia durch und drückte noch ein wenig mehr Blut aus dem Stich, sodass ein voller Tropfen fiel, als sie die Hand drehte.

Sie wollte gerade den nächsten Schritt machen, um wieder zu Arian aufzuschließen – er hatte weder ihr Zögern noch den Stich mit der Nadel gesehen – da spürte sie, dass da nichts mehr unter ihr war, das sie noch hielt. Für den Bruchteil einer Sekunde stand sie einfach nur da, vollkommen frei in der Luft – der sichere Regenbogen zwei, vielleicht auch drei Meter entfernt. Ihr Herz trommelte wie wild, sie spürte es bis in den Hals hinein, als würde es versuchen wollen, aus ihrem Mund zu fliehen. Sie dachte an Millionen von Dingen und doch an gar nichts.

Und dann fiel sie. Ein Schrei löste sich von ihren Lippen. Reflexartig suchten ihre Hände nach Halt, aber ihre Arme ruderten vergeblich durch die Luft. Sie sah Arian, wie er auf dem Regenboden, der dort, wo er war, noch fest und leuchtend war, herumwirbelte und sich mit ausgestreckten Armen über den Rand beugte. Sie glaubte, Entsetzen in seinen Augen zu lesen, aber dafür war sie längst zu weit von ihm entfernt.

Es gab nur noch den Schrei und den Fall, tiefer und länger als möglich. Das Rot des Himmels explodierte um sie und ging in orangenen, gelben und goldenen Flammen auf.

Mireia versuchte, sich auf den Aufprall vorzubereiten. Sie spannte ihren Körper an, versuchte, sich in der Luft zu drehen, um ihrem Ende wenigstens entgegen sehen zu können und die Ungewissheit zu vertreiben – es gelang ihr nicht. Sie fiel weiter rücklings, und die Angst hockte ihr auf der Brust und beschleunigte ihren Sturz.

***

Weit oben, dort, wo der abgerissene Regenbogen immer noch eine Brücke bildete, lag Arian Galeno auf dem Bauch, die Arme in die Tiefe ausgestreckt, die Hände zu Fäusten geballt, weil er die Madame nicht hatte halten können. Der Beutel mit den Murmeln lag neben ihm. Die Melodie der Glaskugeln hatte eine traurige Färbung angenommen.

Lange lag er einfach nur da, ehe er hektisch von der Kante wegrutschte. Er griff nach dem Beutel und kam auf die Füße, bereit, dem Weg des Regenbogens weiter nach oben zu folgen – nur, dass er es nicht tat.

Weil er wusste, dass der einfache Weg fast nie der richtige war. Weil die Madame jene eine Murmel hatte. Vor allem aber, weil er längst begriffen hatte, dass er den Weg ohne sie nicht schaffen würde. Es war nie gut, allein in der Dunkelheit zu sein, und sein Herz flüsterte ihm leise zu, dass er sie mit der Madame nicht nur aushalten, sondern auch überstehen konnte.

Langsam, den Murmelbeutel fest an die Brust gepresst, ging er auf das abgeschnittene Ende des Regenbogens zu. Wie ein Stück Stoff wehte es leicht in der Luft, aber der Rand hielt sein Gewicht. Arian atmete noch einmal tief ein und trat einen kleinen Schritt nach vorne. Dorthin, wo die Leere begann. Mit geschlossenen Augen verlagerte er sein Gewicht nach vorne und ließ sich fallen.

Kapitel 5

Der Aufprall kam, aber er war anders, als die Madame erwartet hatte. Da war kein dumpfer Aufschlag, kein schriller Schmerz. Ihr Schädel zerbarst ebenso wenig wie ein Knochen brach oder auch nur ein Stück Haut aufplatzte. Einzig in ihrem Zeigefinger pochte ein leichter Schmerz, dort, wo die Nadel durch die Haut gedrungen war. Mireia lag plötzlich einfach auf dem Boden, umgeben von strahlendem Morgenrot. Da war keine Wiese, kein Feld, nicht einmal der Weg, von dem sie abgekommen waren.

Sie setzte sich auf. Die Bewegung entlockte ihr ein leichtes Stöhnen, weil ihre verspannten Muskeln protestierten. Sonst aber ging es ihr gut, was einem Wunder glich.

»Ich habe gesehen, dass du nicht den einfachen Weg gehen würdest. Ich bin wie du. Wir sind Schwestern, du und ich.« Die Stimme hatte den Klang von reißendem Papier, auf das man ein neues, leeres Blatt legte. Suchend drehte Mireia den Kopf in alle Richtungen, ohne jemanden zu entdecken, der sprach.

»Ich bin hier«, sagte die Stimme erneut, raschelnd und knisternd, aber irgendwie weicher. Mireia sah wieder nach vorne und erblickte eine schmale, fast magere Frau, die in ein Kleid aus Seide gehüllt war. Am Kragen war der Stoff des Kleides hellrosa wie das erste blasse Rot eines Morgens, nach unten hin wurde es dunkelrot wie die aufgehende Sonne. An den Säumen war es bestickt mit Kirschblüten, die sich bewegten, als würden sie von einem Wind davon geweht. Das Haar der Frau reichte ihr bis über die Hüfte, tiefschwarz floss es an dem schmalen Gesicht mit den leicht schräg stehenden Augen vorbei. Es stand außer Frage, dass diese Frau die Hexe des Zwielichts war, das Alter, das durch die fast jugendlichen Züge durchschimmerte, verriet sie. Mit einer grazilen Bewegung hob die Hexe eine Hand und betrachtete sie. »Am Morgen ist jeder jung. Es ist der Abend, der uns altern lässt.« Sie ließ die Hand wieder sinken und richtete ihre Blicke auf Mireia und musterte sie von oben bis unten. Die braunen Augen lasen in ihr.

»Du kennst die Nacht«, stellte sie fest. Die Madame nickte und beobachtete, wie die Hexe des Zwielichts auf sie zukam und ihr schließlich die zweite Hand reichte, damit sie leichter auf die Beine kam. Sie hatte immer noch weiche Knie, konnte sich aber aufrecht halten. Ja, sie kannte die Nacht. Hatte sie durchtanzt und durchweint, hatte in ihr und mit ihr geträumt. Und trotz der Schrecken, die sie in den Nachtstunden mitunter erfahren hatte, war es, wie die Karten gesagt hatten. Sie fürchtete die Dunkelheit nicht.

Die Hexe nickte, abermals um den Gedanken wissend. »Dieses Mal ist es anders. Du begleitest jemanden in seine Dunkelheit, und somit wird er automatisch zu Gast in der deinen, wenn du ihn lässt. Und du solltest, denn man kann es nicht trennen, nicht dort, wo alle Finsternis, Schatten und Dunkelheit zusammentreffen und Licht nur aus kleinen Inseln besteht, die verglühen und untergehen.«

Mireia schwieg. So etwas hatte sie sich gedacht, ohne sich aber um die konkrete Bedeutung Gedanken zu machen. »Warum bin ich gefallen?«, fragte sie unvermittelt.

»Das sagte ich bereits. Weil du nicht den einfachen Weg nehmen konntest. Weil du kein Vertrauen hattest.«

»Das habe ich nie«, dachte die Madame bitter und nun war es die Hexe, die wissend schwieg.

»Was muss ich tun?« Mireia hob den Kopf und richtete ihren Blick auf die Hexe. Sie ahnte wohl, dass die Antwort Rätsel und Geheimnis zugleich sein würde, denn sie sprach von Wahrsagerin zu Wahrsagerin.

»Ihn finden. Den Weg mit ihm gehen.«

Überrascht hob die Madame eine Augenbraue. Das war viel klarer als erwartet. Sie wagte eine zweite Frage. »Und was wird es mich kosten?«

Schulterzucken. »Vielleicht viel, womöglich fast nichts. Einen Kuss – aber auch ein einzelner Kuss hat die Macht, Herzen zu brechen.« Die

Hexe des Zwielichts drehte sich, und kurz war auch das Abendrot in ihr zu erahnten. Mireia verstand, dass es zwei Hexen gab, ebenso wie zwei Dämmerungen, und doch war da nur eine Person, nur ein Ort. Als die Hexe wieder stehenblieb, verschwand das tiefe Purpur des Abends aus dem immer heller werdenden Morgenrot. Die Hexe veränderte sich, alles an ihr wurde heller. Und wieder beantwortete sie Mireias ungestellte Frage. »Der Tag beginnt bald, aber weder dieser Ort noch ich werden untergehen. Du bist hier, und für eine Weile wirst du es bleiben.«

»Wie lange?«

»Bis du ihn findest«, wiederholte die Hexe, was sie schon auf die erste Frage geantwortet hatte. Mireia biss sich auf die Lippen. Sie wusste, dass sie nicht enttäuscht sein durfte, die Antworten einer Wahrsagerin waren so, und Hexen waren noch einmal etwas anderes. Kurz ballte sie die Fäuste, dann fasste sie sich und stellte eine weitere Frage, wohl wissend, dass es vielleicht eine zu viel war.

»Die Karten sagen, ich werde eine sichere Reise haben. Nur …«

»Ist deine Reise nicht sicher, genauso wenig wie irgendetwas sonst. Eine Karte war eine Lügnerin. Sie war gezinkt.«

Jeder Gedanke, den die Madame gerade noch gedacht hatte, jede Frage, die ihr schon auf der Grenze zwischen Lippen und Zungenspitze gelegen hatte, wurde mit einem Rutsch fortgeweht. Mireia sank auf die Knie und legte ihren Koffer vor sich. Die ganze Zeit hatte sie ihn festgehalten wie einen Anker, weil darin das einzige war, dass sie als Konstante bezeichnet hätte – das Tarot der tausend Stimmen. Und nun das?

Sie nahm die Kiste aus dem Koffer, holte mit zitternden Händen die Karten hervor. Alles war vergessen: Die Hexe, die Reise in die Nacht, der Wolkenphönix und Arian Galeno. Es gab nur noch sie und die Karten und die bittere Angst vor der Enttäuschung, die sich wie ein viel zu schwerer Umhang auf ihre Schultern legte. Denn obwohl sie nur allzu oft gelernt hatte, dass nichts sicher war – das Tarot war ihr bester und oftmals einziger Freund gewesen. Langsam suchte sie die Karte heraus und drehte sie um, so dass ihr Rücken offen zu sehen war. Stückchen für Stückchen inspizierte sie das filigrane Muster aus Ranken, Blättern und Blumen, die hier und von kleinen Figuren unterbrochen wurden. Und dann sah sie es. Eine Blume hatte ein Blütenblatt weniger als die anderen. Vermutlich unterschied sie sich auch von allen anderen Karten aus dem Spiel, aus dem sie stammte. Tränen schossen der Madame in die Augen, und in ihrer Wut zerriss sie die Karte zu Schnipseln.

Die Hexe des Zwielichts beobachtete sie stumm. Es war jedoch ihre Hand, die einen Lufthauch nach den Schnipseln greifen und sie einfangen ließ. Mit einer kleinen Bewegung ihres Zeigefingers bildeten die Papierfetzten eine Linie, die sich auf den Boden legte, als der Wind verebbte.

»Das ist der Anfang des Weges, eine neue Richtung. Vielleicht vermag so aus der Lüge doch noch eine Wahrheit werden, es liegt nicht an mir.« Wie automatisch murmelte Mireia: »Wege entstehen durch jene, die sie gehen.«

Die Hexe nickte. »Leb wohl, Schwester. Dieses Mal bis du gefallen, aber beim nächsten Mal wirst du fliegen.«

Mireia brauchte eine Weile, bis sie die Worte realisierte und noch ein wenig länger, bis ihr klar wurde, dass die Hexe fort war. Es gab nur noch sie und die flüchtige Spur aus Papierschnipseln, an der bereits der Wind zupfte, um sie mit auf eine andere Reise zu nehmen. Dennoch konnte sie Madame sich nicht aufraffen, dem Weg zu folgen. Ihre Hände umklammerten immer noch die Kiste mit den Karten. So viel Zeit hatte sie mit ihnen verbracht, so lange hatte sich von ihnen beraten lassen – nein – sie hatte sich von ihnen leiten lassen, gleich wie sehr sie geglaubt und sich eingeredet hatte, nicht auf sie zu hören. Sie hatte es getan. Wie eine Marionette an Fäden war sie geführt worden.

Ihre Finger ertasteten das Bild in dem Holz. Sie war dem Glauben erlegen, die Karten ebenso gut zu kennen wie die geschnitzten Linien, sich jede noch so kleine Furche, jedes noch so kleine Detail genau eingeprägt zu haben. Jetzt musste sie erkennen, über ein einzelnes Blütenblatt gestolpert zu sein. Wind strich ihr über das Gesicht und trocknete eine Träne, die ihr unbemerkt aus dem rechten Auge gefallen war. Auch die Papierschnipsel bewegten sich erneut, wehten ein Stück nach links, ein bisschen nach rechts – die Spur verschob sich. Bald würde sie sich ganz verlieren, aber es war egal. Nie wieder wollte die Madame den Karten folgen, nicht einmal in Form eines Weges, den die Hexe dieses Ortes für sie gelegt hatte. Der einfache Weg würde nicht funktionieren. Das begriff Mireia, jetzt mehr noch als durch den Fall vom Regenbogen.

Ein letztes Mal wog sie die Schatulle mit den Karten in den Händen, dann stellte sie sie auf dem Boden ab, dort, wo der Weg der Papierschnipsel begann. Vielleicht war dies der Weg eines anderen. Der ihre war es nicht.

Sie drehte sich auf dem Absatz um und ging genau in die entgegengesetzte Richtung. Kurz glaubte sie, ein Lachen in der Luft zu vernehmen, aber es konnte auch abermals nur der Wind sein. Am Ende war es egal.

Sie lief einfach weiter und setzte einen Fuß vor den anderen. Zum ersten Mal sah sie sich wirklich um. Ihr war vorher nicht aufgefallen, wie leer und karg die Umgebung war – es gab weder Bäume oder Sträucher noch das geringste Anzeichen einer Behausung, nicht einmal Gräser oder ähnliches. Nichts hob sich von dem Boden ab, der mit feinem rotem Sand bedeckt war und sich fest wie Stein anfühlte. Die Madame suchte einen Horizont, aber der rotglühende Himmel verschmolz mit der Landschaft, die sie durchquerte. Als die Hexe bei ihr gewesen war, hatte sie diese Leere nicht wahrgenommen – vielleicht war aber genau das die Macht der Hexe – die Morgendämmerung überblendete die Leere eines neuen Tages ebenso wie die Schatten, die die Nacht oft hinterließ.

Vielleicht, dachte Mireia bei sich, *ist es auch für mich an der Zeit, die Leere aufs Neue zu füllen. Einen neuen Tag zu beginnen – ein neues Leben.* Kurz schien der Gedanke alles um sie herum zu erhellen, aber das Licht verblasste, kaum, dass sie es wahrgenommen hatte. Sie lächelte. Ein Funke Hoffnung reichte, um weiterzugehen, selbst wenn man weder Weg noch Zeit kannte. Es war nur wichtig, zu gehen.

Und das tat die Madame. Sie lief, ohne einer Richtung zu folgen. Um sie herum änderte sich nichts. Irgendwann kam Mireia der Gedanke, dass die Morgendämmerung der am Abend weichen musste, aber alles blieb gleich. Weder wurde Mireia müde noch verspürte sie Hunger, Durst oder ein anderes menschliches Bedürfnis. Die meiste Zeit dachte sie über den Weg ihres Lebens nach, den die Karten ihr gewiesen hatte. Es gab vieles, das sie unter anderen Umständen bereuen könnte, aber sie tat es nicht. Jeder Schritt, jedes Ereignis hatte sie hierher gebracht, sie mit Arian Galeno zusammengeführt und eine innere Stimme sagte ihr, dass dies genau richtig war, auch wenn sie in der Dämmerung gestrandet war. »Ich hätte die Hexe fragen sollen, warum Arian auch hier ist. Er hätte das Ende des Regenbogens erreichen können.«

Jetzt war es zu spät. Niemand war da, um ihr eine Antwort zu geben und die Karten waren fort. Sonst hätte sie zwischen ihren Bildern, Zahlen, Worten und Symbolen nach Antworten gesucht. Die Einsamkeit, die dieser Erkenntnis folgte, überrollte sie wie eine Welle, und einen Moment war sie versucht, wieder zurück zu rennen, aber das ergab keinen Sinn. Es gab keinen Weg mehr zu den Karten. Der Wind hatte längst ihre Spuren verweht. Sie würde den Ort ihres Aufbruchs nicht mehr finden. Vielleich sollte sie sich ausruhen, auch wenn sie nicht erschöpft war. Aber ihr Verstand sagte ihr, dass die ungewohnte Anstrengung der letzten Tage ihr in den Knochen stecken musste. Und vor allem sickerte der Schmerz, den der Abschied von den Karten mit sich brachte, nun trotz allem in ihr Herz, gleich wie sehr sie sich sagte, dass es so besser war. Er steckte in ihren Füßen, vermischte sich dort mit den vielen Schritten, die sie die letzte Zeit gegangen war. Jetzt konnte sie auch die Tränen nicht mehr aufhalten, und sie wollte gerade dem Impuls ihres Körpers folgen, sich auf den Boden sinken zu lassen, als sie das Rauschen hörte.

Mit einem Satz war die Madame wieder hellwach und vollkommen klar. Vergessen war das Kartenspiel, sogar die Tränen auf ihren Wangen und die Traurigkeit. Sie lief, ihre schmerzenden Füße ignorierend, weiter, immer dem Geräusch nach. Es schwoll an, wurde zu einem Tosen, und dann sah Mireia es.

Das Meer.

Es war wie jedes, das sie kannte, und doch ganz anders. Da waren Wasser und Wellen, Gischt und Brandung wie überall und doch – das Wasser war golden wie Bernstein und leuchtete in den Tiefen nachtblau und dunkellila, die auf den Wellen tanzende Gischt schickte irisierende Luftblasen in den roten Himmel, sodass es fast war, als würde das eine Meer ein anderes aus Sternen ans Firmament malen. Kurz stellte Mireia ihren Koffer neben sich ab und betrachtete einfach nur das Meer. Früher hatte sie dunkle Gedanken in Muscheln geflüstert und sie ins Wasser hinausgeschleudert, aber hier gab es keine Muscheln, und etwas sagte ihr, dass dieses Wasser anderen Regeln unterlag als das aller Meere und Ozeane, an deren Ufern sie bisher gestanden hatte. Mireia beschloss, noch etwas näher zu gehen. Sie hob ihren Koffer hoch und betrat den eigentlichen Strand, der sich kaum von dem Boden unterschied, über den sie bisher gelaufen war. Ein bisschen weicher eben, sandiger.

Als sie sich dem Wasser näherte, kam das Summen wieder auf. Kurz suchte sie nach einer Biene oder Hummel, aber dann fiel ihr die Murmel in dem Pompadourbeutel in ihrer Manteltasche wieder ein, die Murmel, die zu all den anderen in Arian Galenos Beutel gehörte.

Ihre Murmel bewegte sich in ihrem Stoffgefängnis und zog sie in Richtung der Küstenlinie, immer am Wasser entlang. Mireia folgte dem sanften Ziehen. Sie wurde der beiden Gestalten im fast gleichen Augenblick gewahr. Die eine, die ihr klein in weiter Ferne entgegenkam und die andere, die am Strand lag, die Beine bis zu den Knien in der Brandung, der Körper unter einem nassen Mantel begraben. Eine Hand ragte unter dem Stoff hervor, ausgestreckt nach einem anderen, kleineren Bündel, vielleicht hielt sie es sogar schon. Durch das diffuse Licht der Dämmerung konnte sie keine Farben erkennen, aber die Madame wusste, welche Farbe das kleinere Bündel, jene Tasche aus Stoff hatte. Genauso wie sie wusste, wer dort lag.

Arian Galeno.

Sie begann zu rennen, und im selben Maße, wie sie es tat, wurde auch die andere, fremde Gestalt schneller, als wäre es ein Wettlauf. Kurz wähnte die Madame die Hexe in der Fremden, aber der Gedanke war vollkommen abwegig. Die Herrin des Zwielichts hatte gesagt, was sie zu sagen hatte. Und die Gestalt hatte eine andere Kontur. Kleiner, nicht so schmal.

Und als sie Arian erreichte, stellte sie sich als Frau heraus, etwa so alt wie sie selbst, auch wenn das schwer zu sagen war, denn alles an ihr war mit grauem Staub bedeckt. Zeitgleich gingen die beiden Frauen auf die Knie, es war jedoch Mireia allein, die Arian berührte.

Die Fremde hockte einfach nur da, die staubbedeckten Hände in den Sand gestützt. Der Madame lagen Fragen auf der Zunge, aber keine von ihnen war nun wichtig. Sie befreite Arians Gesicht von dem Mantel und drehte ihn auf den Rücken. Er war blass und schien ohne Bewusstsein, aber er atmete und, soweit sie es beurteilen konnte, war er unverletzt. Fast schien es, als schliefe er bloß. Mireia strich ihm das Haar aus dem Gesicht. Seine Augen flackerten unter den geschlossenen Lidern hin und her. Eine Sekunde später wand der sich wie unter Schmerzen im Sand, die Hand, die den Beutel mit den Murmeln hielt, schlug um sich. Der Stoff öffnete sich, Murmeln kullerten in den Sand. Sofort fing die Fremde hektisch an, die Murmeln zusammen zu klauben und die Madame wollte sie schon anfahren, es nicht zu tun, da verstand sie, dass die Fremde die Murmeln nicht für sich wollte. Sie hielt sie davon ab, von der hungrigen Brandung ins Meer gezogen zu werden und legte sie nun sorgsam in einem Halbkreis um Arian Galeno. Dankbar nickte Mireia ihr zu und beugte sich wieder über Arian, der nun stöhnte und sich den Bauch hielt.

Die Madame öffnete seinen Mantel, sein Hemd – da war nichts außer nasser Haut. Kurz dachte sie, dass er sein Radio verloren haben musste, dann suchte sie wieder nach dem, was ihn quälte.

»Es sind die Bienen«, wisperte die Fremde mit leiser, rauchiger Stimme. »Er träumt sie.«

Die Madame verstand. Sie legte Hände fest auf Arians Schultern, rief seinen Namen und versuchte, ihn gleichermaßen zu beruhigen und aufzuwecken. Die Fremde wich ein Stück zurück, aber sie fuhr fort: »Es ist das Meer. Er ist hineingefallen, hat zu viel Tag und Nacht zugleich geschluckt. Er träumt ihre Träume und fühlt ihren Schmerz. Aber es ist nicht echt, es ist nur ein Trugbild.« Sie ließ eine Murmel durch ihre Hände gleiten, hin und her, her und hin.

Arian Galeno bäumte sich unter Mireia auf, mehr Murmeln kullerten aus dem Beutel in den Sand.

»Aber er leidet«, schrie die Madame. Sie konnte ihn kaum halten, und egal wie fest sie an ihm rüttelte oder wie laut sie nach ihm rief, er wurde nicht wach. »Was kann ich tun?«

Die Fremde gab keine Antwort, sie schlang bloß die Arme um sich, als wollte sie verhindern, auseinanderzubrechen. Und obwohl auch ihre Arme nass geworden waren, waren sie immer noch von Staub bedeckt. Die Madame nahm es wahr, ohne es zu verstehen. Sie war inzwischen dazu übergegangen, Arian einfach in den Armen zu halten und beruhigend auf ihn einzureden, aber ihre Worte verloren sich im Rauschen der Wellen und im Summen der Bienen. Es war zu laut und zu vielstimmig um nur von der einen Murmel zu stammen, aber nirgendwo war ein Insekt … es gab nur das Meer und die Fremde, in deren Augen die Angst stand. Auch sie war es nicht, die summte, sie sortierte abermals Murmeln, rettete sie weiterhin vor dem Wasser. Erst, als sie alle eingesammelt hatte, rutschte sie wieder etwas näher und nahm Arian Galeno vorsichtig den Beutel aus der Hand, um auch ihn in Sicherheit zu bringen. Mireia beobachtete all das stumm. Arian war ruhiger geworden, seine Lippen formten Worte ohne Klang, derer sie nicht habhaft werden konnte. Die Fremde stützte ihre Hände wieder in den Sand. »Er weiß, dass du da bist. Es ist gut, dass du dich kümmerst.«

Mireia nickte und hielt ihn noch ein wenig fester. Die Frau auf seiner anderen Seite schwieg und schaute aufs Meer hinaus. Die Angst in ihren Augen war einer Mischung aus Wut und einer traurigen Sehnsucht gewichen. Mireia konnte Feuer in ihren Blicken erkennen, und sie begriff, dass es kein Staub war, der die Fremde bedeckte. Es war Asche.

Wie aus dem Nichts bäumte sich Arian Galeno abermals auf. Die überraschende Bewegung brachte die Madame zu Fall. Sie landete in der Brandung, ihr Kopf wurde vom Wasser überspült, es drang in ihren Mund ein, sie würgte, wollte sich aufrichten, aber Arians Gewicht drückte sie in den Sand. Dann zog sich das Wasser zurück, Mireia schnappte nach Luft, schaffte es irgendwie, Arian von sich zu rollen. Keuchend setzte sie sich auf, aber ihr blieb keine Zeit, durchzuatmen. Jetzt griffen die Wellen nach Arian, mehr noch, das Wasser kam weiter den Strand hinauf, schon leckte die Gischt an den ersten Murmeln. Die Fremde wich bereits vor dem Wasser zurück, machte keine Anstalten, wie zuvor die kostbaren Glaskugeln zu retten.

»Warum hilfst du uns nicht?«, brüllte Mireia sie über das Geräusch der Wellen hinweg an. »Warum läufst du weg?« Das war weder fair noch richtig, die Fremde war ja noch da, aber das Zurückweichen vor dem Wasser war eine Flucht, im Grunde war es vollkommen egal, solange die Fremde nur reagierte. Endlich rührte sie sich, und während Mireia Arian Galeno höher zog, sammelte sie abermals die Murmeln ein. Nur am Rande registrierte die Madame, dass sie sie dieses Mal direkt in den Beutel zu ihren Schwestern steckte und festhielt. Auch wich sie nicht zurück, als Mireia Arian neben sie legte. Stattdessen sagte sie: »Du musst die Bienen vertreiben. Sie sind es, die ihn dort festhalten.«

Die Bienen vertreiben? Der Madame schwirrte der Kopf. Wie sollte sie das anstellen, wenn sie Arian Galeno nicht wecken konnte?

Sie stellte die Frage laut, ihre Stimme kämpfte gegen das tosende Rauschen und das Summen an, das ihr beinahe den Verstand zu rauben schien.

»Du kannst sie hören«, erwiderte die Fremde, und obwohl sie leise sprach, waren ihre Worte wie ein Donnerschlag. Ja, die Madame konnte die Bienen hören. Folglich musste sie sie auch auf irgendeine Weise sichtbar machen können. Wenn nicht für die Augen, dann … Sie hob Arians Oberkörper sanft hoch und bettete seinen Kopf in ihren Schoß. Sein Gesicht war eine verzerrte Grimasse, Schweißperlen standen auf seiner Stirn. Die Madame atmete tief ein und aus und schloss die Augen. Mit jedem weiterem Atemzug konzentrierte sie sich mehr auf Arian und blendete nach und nach das Rauschen des Meeres aus, bis da nur noch das Summen war. Und Arian Galeno. Ganz deutlich sah die Madame ihn vor sich, wie ein Schattenabbild seiner selbst, in Weiß, Schwarz und allen Grauabstufungen dazwischen. Wie auch im Außen war sein Oberkörper entblößt, doch wo sie zuvor nur blasse, an der Brust leicht behaarte Haut gesehen hatte, konnte sie jetzt unzählige Narben erkennen – und hunderte Bienen. Sie krabbelten emsig summend über seinen Bauch. Einige waren tot, sie mussten ihn gestochen haben. Mireia sah die Stichmale. Zögerlich streckte sie eine Hand nach dem wuselnden Insektenschwarm aus. Sofort stoben die Tiere auf, ohne jedoch fortzufliegen, sie umkreisten ihre Hand, das Summen ungleich bedrohlicher als zuvor. Mireias Atem beschleunigte sich ebenso wie ihr Herzschlag, sie schluckte und musste sich zwingen, die Augen nicht zu öffnen. Schon setzten sich die ersten Bienen auf ihren Arm, ihre Hand, ihre Finger. Tränen traten der Madame in die Augen, ließen die Bienen hinter einem Schleier zu einer Masse aus schwarz-gelben Schlieren werden, ganz wie in der Murmel. Mireia presste die Lippen zusammen und schüttelte die Bienen von ihrer Hand, fest dazu entschlossen, ihnen keine Macht einzuräumen. Sie waren nur eine Illusion, waren nicht wirklich. Das hier waren Traumbilder, Traumbienen. Und die Bienen, die eben noch auf ihrer Hand gesessen hatten, verschwanden. Mireia griff abermals nach dem Schwarm. Das Brummen hatte sich ein zweites Mal verändert. Es war von Angst und Traurigkeit erfüllt, fast, als müssten die Bienen wirklich sterben und fürchteten ihren Tod. Tatsächlich spürte die Madame einen schmerzhaften Stich in ihrer Handfläche – eins der Tiere musste sie gestochen haben. Sie ließ sich nicht beirren. Biene um Biene verschwand auf diese Weise, bis nur noch eine einzige übrig blieb. Sie war winzig klein und krabbelte verwirrt über ihre Hand, von einer Seite zur anderen, bis hoch auf ihre Fingerspitzen. Ihr Summen war kaum hörbar, ihre Fühler tasteten hilflos durch die Luft. Mireia betrachtete sie. Eigentlich hätte sie ihre Hand einfach nur zur Faust ballen müssen, um auch diese Biene unschädlich zu machen, aber sie brachte es nicht übers Herz. Vorsichtig schloss sie die Finger um das Insekt und bildete so einen Käfig. Und sie schlug die Augen auf. Sofort tönte das Rauschen der Wellen wieder in ihren Ohren, das hellrote Zwielicht blendete sie für einen Moment. Es regnete, nein, nur ihre Wangen waren nass. Sie weinte. Einen Moment verstand sie nicht, weshalb, bis ein Schmerz in ihrer Hand sie erinnerte. Die Bienen. Sie weinte um sie, um jede einzelne. Rasch wischte sie sich den Tränenschleier mit dem Ärmel weg, dann öffnete sie die geschlossene Hand.

Darin krabbelte eine Biene.

Kapitel 6

Für die Bruchteile von Sekunden gab es nichts anderes mehr – nur noch das kleine, gelb-schwarz gestreifte Insekt mit den durchsichtigen Flügeln, die im Dämmerlicht wie winzige Flammen wirkten. Die zarten Fühler tasteten über ihre Finger, der spitze Stachel blitzte kurz auf und die Welt kehrte zurück. Arian Galeno lag nicht mehr in ihrem Schoß. War er herunter gerollt, hatte sie ihn von sich gestoßen? Sie konnte sein Gesicht sehen. Seine Züge waren friedlich, hinter seinen Augenlidern flackerte keine unstete Bewegung mehr.

»Er wird aufwachen.« Eine Stimme wie verloschene Glut. Die Fremde. Beinahe hätte Mireia sie vergessen. Sie schluckte, ihr Hals war wie ausgetrocknet. Es dauerte, bis sie nach einem Räuspern sprechen konnte. »Wirklich?«

»Ja.« Da war etwas, das nach einem ausgelassenen »Aber« klang, doch die Fremde saß plötzlich so dicht neben ihr, dass die Madame den Geruch von erkaltetem Feuer und Asche wahrnehmen konnte. Ihre Augen waren dunkelbraun, doch die Nähe ließ sie goldene und rubinrote Sprenkel erkennen, Funken gleich. Mireia fröstelte, zum ersten Mal spürte sie, dass von der Frau neben ihr auch Gefahr ausgehen konnte. Besorgt schielte sie auf den Beutel mit den Murmeln. Die Fremde hatte sich die Schlaufe lose um das Handgelenk gewickelt, die Tasche selbst lag im Sand, die Melodie drang leise an ihre Ohren. Neben ihr regte sich Arian Galeno, aber er drehte sich nur, seine Augen blieben geschlossen.

»Wann wird er aufwachen?« Die Sorge hatte ihr die Frage über die Lippen geschubst.

»Wir haben noch Zeit«, antwortete die Fremde ausweichend. »Er muss sich ausruhen. Seine Wunden müssen heilen.«

Die Madame nickte und betrachtete die Biene auf ihrer Hand. Die Fremde starrte abermals aufs Meer hinaus. Die Flut nahm zu, die Wellen schickten ihre schaumige Brandung höher den Strand hinauf, ohne sie erreichen zu können. Längst war das Rauschen zu einem Hintergrundgeräusch verkommen.

»Wer bist du?«, fragte die Madame nach einer Weile in die Stille hinein, in der es nicht still war.

Die Fremde zuckte bei der Frage zusammen. Ihre Schultern schoben sich zu den Ohren, sie zog den Kopf ein. Kurz sah Mireia ein Zittern durch ihren ganzen Körper laufen, wie eine Welle aus … ja, aus was? Die Frage blieb ebenso unbeantwortet wie ungestellt. In diesem Moment straffte sich die Fremde, wuchs sogar ein wenig über sich hinaus. Kerzengerade saß sie da, das Gesicht dem Meer zugewandt. Schatten tropften aus ihren Augen und legten sie in Höhlen.

»In meiner Geschichte bin ich das Sonnenmädchen, aber ich bin auch die Aschefrau. Für dich werde ich wohl beides sein, denn ich bin wie sie. Nur anders.« Sie legte ihre Hand auf den Beutel mit den Murmeln, ganz kurz nur, ehe sie die Hände mit einigem Abstand vor ihr Gesicht hob, sodass auch die Madame ihre Handflächen betrachten konnte. Asche und Sand bedeckten sie, und beides vermischte sich mit Wundsekret, das aus aufgeplatzten Blasen kam. Mireia schnappte nach Luft. Die Fremde musste immense Schmerzen haben! Und nicht nur das – die Wunden mussten gesäubert werden. Ihre Hände tasteten bereits nach ihrem Koffer. Er war nicht da, natürlich nicht, sie hatte ihn in all der Aufregung um Arian Galeno aus den Augen verloren. Rasch ließ sie ihre Blicke nach links und rechts schweifen, da stand er, nur ein paar Meter von ihr weg, sicher vor der hungrigen Flut entfernt. Beruhigt atmete sie ein. Die Fremde, die ihr trotz der Erklärung nach wie vor ein Rätsel war, sah sie abwartend an. Entschuldigend neigte Mireia kurz den Kopf. Die Fremde nickte.

»Ich war einmal ein Sonnenstrahl«, begann sie, leise, die Worte vom Klang eines gerade erwachenden Feuers begleitet. »Geboren im Sonnenmeer, mit meinen Bienenschwestern und Strahlengeschwistern, genährt vom Honig, aus dem alles Leben tropft. Mein Licht trug mich und meine Schwestern und Brüder wie ein Netz über die Welt, kometenschnell oder so langsam, dass alles stillzustehen schien. Wir nährten uns von der Hitze, die wir selbst waren, von den wärmenden Feuern, die wir selbst überall legten – wärmend und schützend, alles verzehrend und vernichtend. Wir alle waren gleich – strahlende Tänzer und Tänzerinnen, nichts unterschied uns, wir formten Wüsten und schufen neue Wälder, verdorrten Ernten und ließen sie wachsen. Manchmal fielen uns ganze Dörfer, Städte, gar ganze Landstriche zum Opfer, aber euresgleichen fand eigene Gründe für uns: Trockenheit, Brandstiftung … ihr Menschen seid erfinderisch, wenn es darum geht, der Kraft und Magie der Natur mit logischen Erklärungen den Zauber zu nehmen.«

Beiläufig nickte die Madame, aber die Frau, die einst ein Sonnenstrahl gewesen war, schenkte dem keine Beachtung.

»Es gab keine Regeln für uns – selbst, wenn wir für die Welt hinter Wolken verschwunden sein mochten, tanzten und brannten wir weiter. Wer unserem Feuer zum Opfer fiel, der tat es – es war Reinigung und Neubeginn, der Kreislauf des Lebens. Doch dann, eines Tages, da kam der Winter. Ich kannte ihn nicht, war jung und ungestüm, verstand nicht, dass er mit all seiner Kälte, seinem Tod und der Dunkelheit ebenso wichtig war wie die Sommersonne, die langsam im Herbst starb. Die Wellen des Sonnenmeers verebbten, das Licht wurde matter. Und ich, ich wollte es in Ordnung bringen, wollte das Sterben verhindern.«

Die Aschefrau drehte den Kopf zu Mireia. Ihre Blicke trafen sich.

»Ihr Menschen wisst, dass Dinge mitunter vergehen müssen, eine Pause brauchen, und der Winter ist nichts anders als ein Innehalten der Welt. Für uns, die keinen Tod kennen, war dies fremd, und ich versuchte, den Winter zu verbrennen. Allen Schnee, alles Eis wollte ich schmelzen, ich brannte heißer als je zuvor, und so war es nicht die Kälte des Winters, die verbrannte, sondern ich selbst. Die Bienenkönigin muss mich aufgefangen und gerettet haben, aber das ist nur eine Vermutung, denn als ich verbrannte, wurde alles schwarz um mich, und als ich erwachte, war ich hier, wo nichts ist und sich kaum etwas ändert. Die Hexe des Zwielichts offenbarte mir, dass ich hier an diesem Meer Erlösung finden würde.« Beinahe sehnsüchtig streckte sie ihre Arme zum Wasser aus, ließ sie dann wieder sinken. »Ich kann es nicht berühren, weißt du? Es beginnt in der Sonne und endet in der Nacht, ist das Dazwischen, und ich kann nichts anfassen, was Tag oder Nacht ist. Deswegen haben mich auch die Murmeln verbrannt. Aber Anfangs dachte ich, ich müsse nur hineinspringen, hineintauchen, um wieder zurück zu kommen, aber das Wasser verbrannte mich immer wieder aufs Neue, legte Ascheschicht um Ascheschicht um meinen Körper. Dann wollte ich es überqueren, wie die Menschen es in ihren seltsamen Nussschalen aus Holz oder Metall tun, aber hier gibt es nichts, aus dem man etwas bauen kann. Und irgendwann begriff ich, dass allein ein Zauber mir zu helfen vermag. Weil auch mein Herz verbrannte, und allein eine Sonnenbiene kann mich retten. Weil in ihr immer ein Tropfen Sonnenhonig ist, der mein Herz retten kann.« Die Blicke der Aschefrau wanderten zu der kleinen Biene, die weiterhin unruhig über Mireias Hand lief. Als die Madame fragend den Blick hob, nickte der einstige Sonnenstrahl. »Ja. Dies ist mein Weg zurück in den Tag, vielleicht sogar zurück zu einem Leben als Sonnenstrahl. Aber ich weiß nicht, ob es richtig wäre. Ob ich genug verstanden habe.«

Die Madame schwieg eine Weile, dann erkundigte sie sich: »Warum hast es nicht einfach probiert? Du hättest auch nach seinen Bienen greifen können, du hast sie ebenso gehört wie ich. Für dich waren sie ebenso wirklich.«

Betrübt neigte das Sonnenmädchen den Kopf. »Ich kann nicht nehmen, was mir nicht gehört.«

»Dinge können ihre Bestimmung ändern«, sagte die Madame, die dies vom Laden gelernt hatte. Was dem einen Tand, war dem nächsten ein Schatz, und worüber jemand die Nase rümpfte, bedeutete einem anderen vielleicht die Welt.

Die Biene saß inzwischen ganz still auf der Kuppe ihres Zeigefingers, nur die Fühler bewegten sich zart hin und her. Es wunderte die Madame, dass das Tier nicht längst fortgeflogen war. Es war fast, als würde es auf etwas warten. »Was würde passieren, wenn du zurückkehren könntest?«

Die Aschefrau dachte kurz nach. »Ich müsste vermutlich lernen, wieder zu leuchten. Ich bin die einzige unter uns, die Kälte, Dunkelheit und das Zwielicht kennengelernt hat. Meine Unbeschwertheit ist fort, der Weg durch die Sonnenstunden wäre beschwerlicher. Ich bin …«, sie zögerte … »gealtert. Ich fühle mich nicht mehr nach Sommer, so sehr ich es mir auch wünsche. Ich bin mehr … Herbst.«

Der Gedanke war so groß, dass sie nicht weitersprechen konnte. Eine Weile ließ die Madame sie allein mit ihren Gefühlen, denn ohne, dass es ihr erklärt worden war, begriff sie, dass Sonnenstrahlen solche Gefühle von Natur aus fremd waren. Schließlich aber sagte sie: »Auch im Herbst wärmt die Sonne. Um im Winter macht sie alles heller.«

»Und dann blendet sie alle mit dem Spiegel des Schnees«, wisperte die Aschefrau. An ihren Augen war zu sehen, dass Mireias Worte sie nicht aus ihren Gedanken hatten reißen können, obwohl sie reagierte. Wieder lief der Madame ein Schaudern über den Rücken, und ganz plötzlich war ihr kalt. Sie zog den Mantel ein wenig enger zusammen und schaute besorgt zu Arian. Er schlief immer noch, sein Atem ging ruhig und gleichmäßig.

»Ihr müsst bald weiter. Dieser Ort ist für Menschen nicht gemacht. Die Leere zerfrisst euch.« Die Aschefrau. Mireia zuckte zusammen. Jetzt war sie in Gedanken vertieft gewesen, die sie nicht benennen konnte.

»Die Hexe sagte, wir würden eine Weile hier sein«, gab sie zurück. Der einstige Sonnenstrahl lachte bitter auf.

»Eine Weile. Das kann vieles bedeuten, nicht wahr? Aus dem Mund einer unsterblichen Hexe womöglich aber auch nur wenig …«

Ertappt biss Mireia sich auf die Lippen. Das hatte sie nicht bedacht. Aber ja. Sie hatte Arian Galeno gefunden, und damit war die Weile schon verbraucht. Bis du ihn findest …

Die Biene auf ihrer Hand lenkte sie mit einem Summen ab, zielsicher flog das Insekt von einem Finger auf einen anderen.

»Darf ich sie dir schenken? Damit du zurück kannst?« Sie hielt die Hand mit dem schwarz-gelben Tier der Aschefrau entgegen.

»Niemand wird dich aufhalten«, lautete die schlichte Antwort. Im Augenfeuer des gefallenen Sonnenstrahls tanzten Sehnsucht und Begierde, ihre linke Hand zuckte schon in ihrem Schoß, aber sie hob sie nicht. „»Du musst wissen, dass diese Biene nicht nur für mich ein Weg ist. Sie ist auch euer Weg in den Tag, die Möglichkeit, hier fortzukommen. Und sie würde ihm die Schmerzen nehmen.« Am Ende deutete sie mit einem kleinen Kopfnicken auf Arian Galeno.

Mireias Magen zog sich zusammen. Die Möglichkeit, direkt in den Tag zu kommen und Arian die Schmerzen zu nehmen, war mehr als verlockend. Aber was würde geschehen, wenn sie ein Sonnenkind zurückließen, und dem Tag, der Bienenkönigin selbst, gegenübertraten? Und was wusste sie von Arians Schmerzen? Manchmal, das hatte sie oft genug gesehen und am eigenen Leib erfahren, war Schmerz der Weg zur Heilung.

»Es war zwar der Tag, der mich gerettet hat, aber sie war es auch, die mich hierher verbannte«, unterbrach die Aschefrau sie. Überrascht hob die Madame den Kopf. Sie hatte nicht bemerkt, dass sie ihre Gedanken laut gedacht hatte.

Der einstige Sonnenstrahl lächelte. »Aber du magst Recht haben, vielleicht stimmt es die Bienenkönigin milde, wenn du mir hilfst. Vielleicht weckt es aber auch ihren Zorn. Und bedenke, was es mit ihm macht, wenn er erfährt, dass du ihn hättest erlösen können, es aber nicht getan hast.«

Die beiden Frauen blickten zu Arian Galeno. Seine Augen bewegten sich unter seinen Lidern im Traum. Inständig hoffte Mireia, dass es schöne Bilder waren, die er sah.

Sie wandte sich der Aschefrau zu. »Wie viel Zeit haben wir?«

»Ich weiß es nicht. Vielleicht, bis die Biene fortfliegt.«

Kurz war die Madame versucht, erneut ihre Finger zu einem Käfig zu schließen, aber sie unterdrückte den Impuls. Sie hatte lange, bevor sie all den Zauber um das Tier erfahren hatte, entschieden es zu freizulassen. Sie konnte sie nicht wieder einsperren. Selbst wenn das alle Chancen verspielte, für sie alle. Sie drehte nur die Hand ein wenig, schaute dann wieder zu Arian Galeno. Sie musste ihn wecken, mit ihm sprechen.

Da sie die Biene nicht durch eine unbedachte Bewegung vertreiben wollte, rief sie seinen Namen. Er schlief weiter. Die Aschefrau legte ihr eine Hand auf die Schulter. Mireia zuckte zusammen. Sofort schnellten ihre Blicke zu der Biene. Sie putzte ihre Flügel, wie um sie für den Abflug noch einmal schön zu machen. Erleichtert schaute die Madame zurück zur Aschefrau. »Er wird nicht aufwachen, ehe die Biene fortgeflogen oder ihre Bestimmung gefunden hat. Sie hält ihn immer noch in seinen Träumen fest.«

Resigniert schloss Mireia die Augen. Es war das eine, für sich selbst anzunehmen, den schweren Weg gehen zu müssen. Aber für andere? Was, wenn Arian den Schmerz aushalten musste und der Schaden, den die Aschefrau einst angerichtet hatte, noch lange nicht genug bereut worden war? Wieder vermisste sie die Karten, aber ihr wurde auch schmerzhaft bewusst, wie wenig sie in all den Jahren auf ihre eigene Intuition gehört hatte. Sie hörte ihren Herzschlag, lauter als das Meer. Und obwohl sie eine Entscheidung zu fällen hatte, gelang es ihr nicht, den einen Gedanken zu verdrängen, der in ihr alles zum Beben brachte. Wenn das Tarot sie zur Wahrsagerin gemacht hatte, was war sie jetzt? Wer war sie noch? Der Gedanke ließ sie in sich zusammenschrumpfen, die kleine Biene auf ihrer Hand schien im Gegenzug zu wachsen, war plötzlich so groß wie ihr Finger, ihr Summen ein lautes, höhnisches Brummen.

Die Biene wird gleich losfliegen, schrillte es durch Mireias Geist, und sie reagierte reflexartig, ohne noch einmal irgendein Für oder Wider in sich abzuwägen. In der nächsten Sekunde saß die Biene in der Hand der Aschefrau. Fast zeitgleich atmeten beide Frauen geräuschvoll auf, die eine schnappte schier nach Luft, während die andere sie kraftvoll ausstieß.

Die Madame fasste sich als erste. Ihr war leichter ums Herz, obwohl sie nicht froh war. Die Aschefrau neben ihr weinte, obwohl ihr Mund lachte. Wie ein verdrehtes Spiegelbild, kam es Mireia in den Sinn, dann sagte sie leise: »Ich wusste nicht, was richtig war, ob etwas richtig sein konnte und nicht beides falsch. Ich habe vergessen, wer ich bin, was ich bin … wie ich Entscheidungen fälle.« Fast hätte sie ein »Ich habe meine tausend Stimmen verloren« hinzugefügt, aber die andere Frau hätte nichts damit anfangen können. Sie würde herausfinden, wer sie jetzt war. Für diesen Moment war sie einfach Mireia, die aus dem Bauch heraus eine Entscheidung getroffen hatte.

Die Aschefrau weinte immer noch, die Tränen hinterließen tiefe, wie von Säure hinein gebrannte Furchen auf ihrer Wange. Der zweite Blick offenbarte, dass es nur die Asche war, die fortgespült wurde. Gemeinsam mit den Tränentropfen schlug sie auf den Sand auf. »Danke«, wisperte die Aschefrau, die sich mit jeder Träne in einen Sonnenstrahl zurückverwandelte … Der Fluch, der auf ihr gelegen hatte, war gelöst, und in der Madame wechselte sich die Freude mit der Furcht darüber, was sie entfesselt haben könnte, ab. Sie wollte schon nicken, ein Maskenlächeln aufsetzen, besann sich aber eines Besseren. Wenn sie schon nicht mehr wahrsagen konnte, wollte sie zumindest wahr sprechen, gleich wie unangenehm es auch war. »Ich möchte gerne sagen, dass alles gut wird, aber ich bin nicht sicher, ob ich es kann.« Das Sonnenmädchen nickte verstehend. »Ich will versuchen, mich deiner Entscheidung würdig zu erweisen.«

Die Madame nickte beiläufig, sie konnte es nicht mehr beeinflussen. Ihre Blicke huschten zu Arian. Er schlief noch, natürlich. Nur weil die Biene nicht mehr auf ihrer Hand saß, war sie immer noch da.

»Wie geht es jetzt weiter?« Die Ungewissheit schnürte ihr die Kehle zu.

»Ich werde ins Meer gehen und die Biene wird mich stechen. Dann werde ich untergehen, aber nicht ertrinken. Ich werde den Weg zurück zu meinen Geschwistern finden. Die Biene stirbt mit ihrem Stich. Er wird erwachen und ihr werdet hier sein.« Die Aschefrau, die schon weniger Asche als warmes Licht war, leierte das alles vollkommen emotionslos herunter. Irritiert runzelte die Madame die Stirn.

»Freust du dich nicht?«

»Doch, schon. Aber zum ersten Mal in meinem Dasein empfinde ich auch Angst. Ich bin jemand anderes, und ich weiß ebenso wenig wie du, was kommt. Wie mein Strahlen sein wird. Ob es noch reicht. Ich habe das Zwielicht gesehen, das kein Sonnenkind sonst kennt … aber ich will nun gehen. Es ist an der Zeit. Jetzt, wo ich nicht mehr Asche bin, fühle ich den Tag schwinden.« Sie kam auf die Beine. Kurz wog sie den Beutel mit den Murmeln in ihren Händen. Schon wollte die Madame aufspringen. Sie durfte nicht auch die Murmeln noch verlieren. Aber die Frau, die eben noch aus Asche gewesen war, ließ ihn los, sodass er vor ihr im Sand landete. Die Murmeln klackerten und klickerten, Arian Galeno regte sich unruhig im Schlaf. Beruhigt sah Mireia wieder zu der Aschefrau auf, sie war schon ein Stück weit fort, drehte sich aber so plötzlich um, dass Mireia ein wenig erschrak. War etwas nicht in Ordnung, die Biene unbemerkt davon geflogen? Stumm beobachtete sie, wie die Aschefrau vor ihr auf die Knie ging. Die graue Ascheschicht hatte mehr und mehr Risse bekommen, durch die sanftgelbes Licht nach außen floss. Und da, in einem der Risse auf der Hand, saß die Biene.

»W…«, die Frage lag der Madame auf die Zunge, aber ihr Gegenüber schüttelte den Kopf und klaubte mit den Händen Sand zusammen.

Die roten Körnchen vermischten sich mit den grauen Aschepartikeln, die sich von ihren Händen lösten. Dann presste sie die Hände zusammen, und für einen kurzen Augenblick leuchtete es so hell, dass Mireia die Augen schließen musste. Als sie die Lider wieder hob, hielt die Aschefrau ihr eine Murmel hin, rot wie die Morgendämmerung und grau wie verbrannte Träume und Hoffnungen. Mireia nahm sie mit leisem Dank entgegen.

»Euer Weg muss ein Teil von ihr sein«, sagte die Aschefrau schlicht. »Er gehört ebenfalls zu ihrer Geschichte.« Sie erhob sich wieder, schaute erst zu der Biene, dann aufs Meer hinaus. »Ich muss mich beeilen«, bemerkte sie, wandte den Kopf aber noch einmal Mireia zu. »Vergiss nicht. Eine Geschichte erzählt niemals alles. Da ist immer noch mehr. Ein Geheimnis, das bewahrt wird. Ein Gedanke, der unausgesprochen bleibt. Dinge, von denen niemand weiß.«

»Auch in deiner?«, hakte die Madame nach, obwohl die Antwort auf der Hand lag.

Die Aschefrau, die fast schon wieder ganz ein Sonnenkind war, lachte. Ihre Stimme war heller, weniger rauchig. »Natürlich. Aber auch in der seinen.« Wieder deutete sie mit einem leichten Nicken zu Arian Galeno. Mireia sah ebenfalls zu ihm, wollte etwas erwidern, aber als sie den Kopf zurück drehte, waren sie und Arian allein.

Die Aschefrau stand bis zur Hüfte im Meer. Die Madame konnte sehen, wie etwas sehr Kleines aus ihrer Hand ins Wasser fiel. Die Biene war tot.

Plötzlich verschwammen Meer und Horizont noch mehr als ohnehin vor Mireias Augen. Sie blinzelte, um ihre Blicke wieder zu schärfen. Es gelang ihr, tatsächlich war da mit einem Mal eine gestochen scharfe Linie zwischen Himmel und Meer. Nur die Frau war weg. Mireia steckte die rot-graue Murmel aus Dämmerung und Asche in den Beutel. Sofort veränderte sich die Melodie, die erneut an ihr Ohr drang.

Neben ihr richtete sich Arian Galeno mit aufgestützten Armen auf. Sie sah zu ihm. Er erwiderte ihren Blick, aus Augen, in denen die Schatten eines dunklen Traumes noch zu erahnen waren.

Arian Galeno blinzelte, und all das Dunkel verschwand, wurde von einem Gedanken vertrieben, der ihn offensichtlich erschreckte. Madame hob den Beutel mit den Murmeln hoch. Sofort beruhigte er sich und sank wieder ein wenig zurück.

»Ich habe geträumt«, murmelte er und fasste sich an den Bauch.

»Ich weiß«, erwiderte die Madame sanft. Kurz flackerten ihre Blicke zum Meer, dorthin, wo eben noch eine Frau gestanden hatte, die ein Sonnenstrahl war.

Arian sprach erneut: »Es war kein Traum, oder? Die Bienen, sie waren wirklich, nicht wahr?«

Mireia atmete mit einem leisen Seufzen aus. »Ja, für dich und mich, und für jemanden, von dem du vielleicht geträumt hast. Ein anderer Ton in der Melodie, ein kurzes, aufflackerndes Bild … vielleicht aber auch nicht. Sie sind fort. Und wir sind hier.« Sie wollte ihm von der Aschefrau erzählen, fand aber nicht die Worte dafür. Eine Weile stand das Schweigen zwischen ihnen wie eine Wand, ehe das Meeresrauschen es wegspülte. Arian betrachtete den Beutel mit den Murmeln, er neigte den Kopf, lauschte.

»Die Melodie hat sich verändert«, stellte er fest.

Die Madame nickte. »Ich habe eine neue Murmel erhalten.« Sie hatte Freude als Reaktion erwartet, und sie war auch da, ganz kurz, nur dass etwas anderes überwog.

»Welchen Preis hast du zahlen müssen?«

Mireia schluckte, ein bitterer Geschmack legte sich auf ihre Zunge und in ihre Worte: »Ich glaube, wir beide zahlen ihn gerade, du zu einem größeren Teil. Ich hätte dir die Schmerzen nehmen und uns beide in den Tag bringen können, aber ich habe es nicht getan.«

Sie sah in den Sand vor ihren Füßen, ertrug es weder, Arian in die Augen zu sehen noch das Meer zu betrachten. Ihr Herz schlug so laut, dass es das Rauschen des Wassers übertönte. Irgendwann hob sie dann doch den Kopf, weil sie es nicht mehr aushielt. Das Meer hatte sich verändert. Das Wasser war weniger von jenem goldenen Leuchten erfüllt und schimmerte mehr purpurn. Langsam drehte die Madame den Kopf. Es dauerte, bis sie Arian Galeno sehen konnte. Er saß weiter hinter ihr als gedacht. War er etwa von ihr fortgerutscht? Nein. Da waren keinerlei Spuren im Sand, er saß noch dort, wo er schon eben gesessen hatte. Sein Gesicht war ausdruckslos, wenn man von den Anzeichen der Erschöpfung absah – die Schatten um die Augen, die Blässe, den angespannten Zug um die Mundwinkel.

Sag etwas. Ihr Flehen war nur stumm, die Madame wagte es nicht, die Worte auszusprechen. Sie glaubte, Schmerz in seinen Augen zu erkennen, aber vielleicht war das auch nur das, was sie glaubte, sehen zu müssen.

»Es ist gut, dass wir die Murmel haben«, sagte er endlich, jedes Wort unendlich langsam ausgesprochen. »Ich glaube, ich hätte anders entschieden, und vielleicht wären wir dann schon an einem anderen Ort gewesen. Ohne Schmerzen, aber auch nicht glücklich. Weil die Murmel gefehlt hätte. Sie ist wichtig, so wie jede einzelne Murmel von Bedeutung ist.« Er lächelte ein wenig. »Ich möchte dir also danken.«

Mireia war, als würde ihr eine Last von den Schultern fallen. Sie wollte erleichtert auflachen, da zuckte ein Schmerz durch Arians Gesicht. Das Lachen blieb ihr in der Kehle stecken. Rasch überwand sie das kleine Stück, das sie trennte und legte einen Arm um ihn. Er krümmte sich unter ihrer Berührung zusammen, ergriff aber gleichzeitig ihre Hand so fest, dass sie meinte, jede Sekunde die Knochen brechen zu hören. Als es vorbei war und er sich aufrichtete, lächelte er matt. »Ich wusste, was es mich kosten würde, die Murmeln zu finden. Aber das ist es wert, hörst du? Jede Sekunde, die ich vielleicht mit ihr gewinne, ist es wert. Auch wenn es bisher einfacher war. Ich habe es nicht so stark gespürt wie hier. Das muss dieser Ort sein.« Er zog sich zusammen, ließ ihre Hand los und umarmte sich selbst, drückte sich gleichzeitig mehr an sie. Kälte ging von ihm aus, die Nässe seiner Kleidung kroch zu ihr herüber. Sie mussten fort, oder zumindest irgendwohin, wo es wärmer war …

Vor ihnen bäumte sich das Meer stärker auf, die Wellen bildeten Berge und Täler, das sanfte Rauschen wurde zu einem Tosen.

Arian Galeno hob den Kopf. Seine Stirn lag in Falten. „Die Nacht beginnt“, wisperte er. »Der Tag stirbt.« Mühsam richtete er sich auf, den Beutel mit den Murmeln an die Brust gepresst. Er bot ihr eine Hand und zog sie auf die Beine, als sie danach griff. Sein Arm zitterte vor Anstrengung.

»Woher weißt du das?«

»Ich fühle es.« Arians Blicke glitten die Küstenlinie entlang, dann über die Ebene, die hinter dem Strand begann. »Wir brauchen einen Unterschlupf.«

Jetzt lachte die Madame wirklich, und all die Ratlosigkeit, Verzweiflung und Bitterkeit, die sie empfand, lag in diesem Lachen. »Hier gibt es nichts sonst. Nur das, was wir sehen. Soweit das Auge reicht.«

Arian presste die Lippen zusammen, er suchte immer noch, kam aber dann zu dem Schluss, dass sie die Wahrheit gesagt hatte.

»Ist dein Koffer noch da? Ist da vielleicht etwas, was uns schützen kann?«

Sie schüttelte den Kopf. »Nein, aber was passiert denn?« Der Ton in seiner Stimme machte ihr Angst. »Was geschieht hier?«, fragte sie flüsternd.

»Ein Sturm kommt auf. Er trägt das fort, was der Tag war. Damit der Morgen neu beginnen kann.«

Die Madame glaubte ihm, auch wenn sie nichts ausmachen konnte, was ein Sturm forttragen könnte. Sie konnte nicht leugnen, dass sich etwas veränderte. Es war nicht bloß das Meer, dessen Wellen in immer tiefer werdendem Purpur höher stiegen. Die Luft roch mit einem Male anders. Nach Nachtkälte und einem Hauch Vergangenheit. Die Wellen wuchsen weiter in den Himmel. Ein meterhoher Wellenriese bäumte sich vor ihnen auf, so groß und gewaltig, dass er alles Wasser mit sich zu reißen schien. Tropfen trafen die Madame, feinem Regen gleich. In der nächsten Sekunde wirbelte sie etwas herum und zog sie fort, so stark, dass sie vor Schmerz aufschrie und beinahe im weichen Sand zu Fall kam.

»Komm«, brüllte Arian Galeno. Er hielt ihr Handgelenk wie in einem Schraubstock und riss sie fort vom Wasser, in der anderen Hand nicht nur den Beutel mit den Murmeln, sondern auch ihren Koffer. Für den Bruchteil einer Sekunde war sie wie gelähmt, aber er zog unbarmherzig weiter an ihr, bis auch Mireia zu rennen begann. Ihre Gedanken überschlugen sich. Der Wellenriese – er musste jede Sekunde in sich zusammenfallen und auf dem Strand als riesige, alles vernichtende und verschlingende Flut sein Ende finden. Sie würden sterben!

Sie beschleunigte ihre Schritte. Es stach in ihren Seiten, jeder Atemzug glich einer Feuersbrunst. Der Boden unter ihren Füßen wurde fester. Sie hatten den Strand verlassen. Trotzdem hielten sie nicht an, liefen weiter, bis hinter ihnen die Welt schier explodierte. Ein Beben riss sie von den Füßen und schleuderte sie gleichzeitig in die Luft. Mireia sah das Wasser, wie es schäumend und brodelnd den Strand überflutete, bis er nicht mehr da war. Wassertropfen fielen auf sie, das rote Licht ließ sie zu schillernden Rubinen und glänzenden Bluttropfen werden. Dann kamen sie auf, dumpf schlugen ihre Körper auf den Boden, der Aufprall presste ihnen die Luft aus den Lungen. Mireia hörte Arian irgendwo links von ihr. Sie selbst kämpfte gegen eine Bewusstlosigkeit an, die sich wie ein Schleier aus Schwarz und Sternen von ihren Augenrändern ausbreiten wollte. Stöhnend kam sie auf die Oberarme. Arian lag auf dem Bauch, aber er hatte den Kopf gehoben und schaute an ihr vorbei zum Meer.

Es reichte fast an sie heran, nur drei oder vier Schritte trennten sie noch von den Wellen, deren Tanz immer noch wild und unberechenbar war.

»Kannst du weiter?« Arian musste die Worte zweimal wiederholen, ehe die Madame sie wahrnahm. Sie nickte, kam mühsam auf die Füße und half dann ihm auf. Wieder schien nichts gebrochen zu sein, aber ihre Handflächen waren aufgeschürft und brannten. Langsam humpelte sie zu ihm, ließ zu, dass er sie stützte und hielt umgekehrt ihn aufrecht.

»Wie weit?«, keuchte sie.

»Was?« Er hatte kaum Atem, um zu sprechen.

»Müssen wir, bis wir in Sicherheit sind?«

Sein Schweigen war Antwort genug. Er wusste es nicht. Vielleicht würde das Meer alles Land überfluten, vielleicht folgte es ihnen aber auch nicht weiter, vielleicht war der Wind, der sie plötzlich umwehte und an ihren Mänteln und Haaren riss, auch ein freundlicher Begleiter … Allein, sie glaubte es nicht. Denn der Wind wurde stärker, wollte sie zurückdrängen, zur Seite, auseinander … sie schafften es, zusammen zu bleiben, kämpften gegen die sturmartigen Böen an. Irgendwann konnten sie einfach nicht mehr und fielen auf die Knie, nur einen halben Schritt voneinander entfernt, die Gesichter einander zugewandt. Sie beide waren mit rotem Staub bedeckt. Er hatte sich in ihre Nasen und Münder geschlichen und trocknete sie aus. Wo gerade noch das Wasser ihr größter Feind gewesen war, war es nun die Wüste. Dunkel erinnerte sie sich, dass einer Wüste kein Meer folgen konnte, aber was war hier schon so, wie sie es kannte? Kurz war da ein Licht, weit über ihnen, wie ein einzelner Stern, aber es war fort, ehe die Madame es noch einmal fassen konnte. Wie wenn der letzte Funke Hoffnung starb.

Plötzlich war Arian Galenos Gesicht so nah, dass es das ihre beinahe berührte. »Wir müssen die Mäntel über uns legen, so dass wir zwischen uns ein wenig Raum haben.« Mireia nickte. Sie mühte sich aus dem klammen Kleidungstück, dessen Stoff an ihr klebte. Ihre Arme waren schwer wie Blei, nur mit einiger Anstrengung bekamen ihre Finger den Pompadourbeutel mit der einzelnen Murmel zu greifen. Sie schob ihn unter ihre Bluse, ehe sie den Mantel wie eine Decke über sie beide ausbreitete und mit der einen Hand die beiden Mantelkanten zusammenhielt, weil Arian Galeno es ebenso machte. Ihre Nasen berührten sich fast, ihre Knie ganz und sie hielten die untere Seite ihrer Mäntel mit ihren Füßen und ihren Körpern fest. Um sie herum tobte der Wind, sie hörten ihn wütend heulen, gar kreischen. Hin und wieder prasselte etwas auf den Stoff, sie wussten nicht, ob es Dreck oder Regen war.

Zwischen ihnen lag der Murmelbeutel. Manchmal entlockte eine leichte Bewegung ihnen ein leises Klickern, das sich in die Melodie legte.

Mireia fielen immer häufiger die Augen zu, aber sie wagte es nicht, einzuschlafen, aus Angst, dann den Mantel loszulassen. Arian bewegte sein Knie und stubste sie damit. Sie riss die Augen auf.

»Schlaf ruhig«, sagte er. »Ich halte die Mäntel fest.«

Die Madame schüttelte den Kopf. »Das geht nicht. Ich muss …«

»Nein. Ruh dich aus. Ich bleibe wach. Ich habe lange genug geschlafen.«

Mireia seufzte ergeben. Sofort fielen ihr die Augen zu. Das Säuseln des Sturms lullte sie ein, schon zogen die Finger des Schlafs an ihr, aber da war noch etwas, das sie aufhielt. »Warum bist du nicht weitergegangen, auf dem Regenbogen? Du hättest längst in den Gefilden des Tages sein können …« Ihre Zunge war schwer, bestimmt sprach sie lallend. Langsam wich die Kälte aus ihrem Körper, obwohl der Wind unablässig an ihnen zerrte.

Arian lachte leise. »Ich kann diese Reise nicht ohne dich machen.«

»Weil ich die Murmel habe«, wisperte die Madame, irgendwo zwischen Schlafen und Wachen, aber da war noch eine zweite Frage, etwas, das sie nicht verstand und wissen musste. Ihr Geist war plötzlich vollkommen klar und obwohl ihre Augen geschlossen waren, konnte sie sehen, wie Arian Galeno aufgrund ihrer Worte über die Murmel den Kopf schüttelte.

»Warum nimmst du all dies auf dich?«, fragte sie, jetzt deutlicher. »Die Suche nach den Murmeln, die dich alles kostet – die schlimmen

Träume, die starken Schmerzen – wieso? Was, wenn sie nicht wieder lebendig wird oder kein Mensch mehr sein kann? Was, wenn sie sich nicht erinnert oder dich einfach nicht mehr liebt, nicht mehr lieben kann?«

Für einen kurzen Moment war da nur der Sturm, dann erwiderte Arian: »Das spielt keine Rolle. Ich liebe sie, und solange ich den Funken Hoffnung in mir habe, dass sie eine Chance hat, wieder zu leben, ist das jeden Schritt dieses Weges wert, gleich welchen Preis er mir abverlangt. Sie soll leben, egal in welcher Form und gleich, was aus mir wird.«

Mireia fröstelte. Sie spürte, dass der Schlaf ihr gleich die Sinne rauben würde, aber sie kämpfte dagegen an, denn da war noch ein dritter und letzter Gedanke, der diesem Moment verhaftet war. »Aber was, wenn sie das gar nicht will?«

»Sie ist ein Phönix. Und ein Phönix verbrennt zwar, aber er entsteht immer neu. Gleich ob aus Asche oder aus Wassertröpfchen. Doch wenn ich ihr damit wirklich ein Leid antue, hoffe ich, dass sie mir verzeihen wird.« Seine Stimme wurde leiser.

Sie stellte noch eine Frage, wollte wissen, woher er von ihrem Traum von der Nacht gewusst hatte. Er sagte es ihr, aber sie vergaß die Antwort, kaum, dass sie sie gehört hatte, unsicher, ob sie nicht längst schlief und träumte.

* * *

Am nächsten Morgen lastete Stille über allem, eine schwere, tiefe Ruhe. Die Madame hustete. Sand und Staub verklebten ihre Lippen und Augen, knirschten in ihrem Mund. Sie öffnete die Augen und sah in Arian Galenos Gesicht. Er schlief, seine Hände umklammerten die Mäntel, trotzdem lagen ihre Beine frei. Mireia setzte sich auf, schlüpfte unter dem Mantelzelt hervor, spuckte den Dreck aus und wischte sich mit dem Ärmel grob den Schmutz aus dem Gesicht. Erst dann inspizierte sie ihre Umgebung und schnappte nach Luft. Blindlings tastete sie nach Arian und rüttelte an ihm. Verschlafen brummte er etwas, wachte aber auf und kam neben ihr zum Sitzen. Sein Haar war voller Sand.

»Was ist …?« Die Worte blieben ihm im Hals stecken. Wie Mireia starrte er wortlos nach vorne, wo das Meer in sanften Wellen mit dem Ufer fangen spielte. Jenes Meer, das sie gestern weit hinter sich gelassen geglaubt hatten.

»Wie?« Arian Galeno legte all die Fassungslosigkeit, die auch Mireia empfand, in diese eine Frage.

»Ich weiß es nicht.« Die Madame kniff die Augen zusammen, als das bernsteingoldene Meeresleuchten heller wurde. In dem Licht war eine vage Gestalt auszumachen, aber sie war nicht echt, sie war nur ein Gedanke, eine Erinnerung. Trotzdem war es die Herrin dieses Ortes, und die Worte in Mireias Kopf waren mit einem Male dort, als würde sie wahrhaftig mit der Hexe sprechen: »Hier endet euer Weg im Reich des Morgensterns. Ihr könnt nicht zurück. Ihr müsst euren Weg finden.« Da war kein sonst und auch keine andere Drohung, aber das war auch nicht nötig. Schon spielten sich in Mireias Vorstellung die Konsequenzen ab. Eine weitere Nacht, ein weiterer Sturm.

Die Hexe des Zwielichts bestätigte ihren Gedanken. »Leb wohl, Schwester. Ich freue mich, dich fliegen zu sehen.«

Mit dem nächsten Wimpernschlag war sie fort. Mireia schloss kurz die Augen, dann sagte sie laut: »Es ist ein Zauber. Wir müssen von hier aus unseren Weg in den Tag finden.«

Falls Arian sich fragte, woher sie dieses Wissen so plötzlich erlangt hatte, merkte man es ihm nicht an. Dennoch fügte sie rasch hinzu: »Ich weiß nicht wie.«

»Das dachte ich mir schon. Vermutlich müssen wir ohnehin gemeinsam eine Lösung finden, damit wir auch zusammen hier fortgehen können.«

Die Madame stutzte. War dem so? Es ergab Sinn. Die Morgendämmerung symbolisierte die Leere am Anfang eines noch ungeborenen Tages, jenes Nichts, das über die Stunden gefüllt werden wollte.

»Wie füllt man das Nichts, wenn man nichts hat?«, murmelte sie.

»Wie man alles füllt«, gab Arian Galeno zurück. »Mit Ideen, Gedanken, Träumen und Wünschen.«

Mireia lächelte. Natürlich. Sie mussten nichts weiter tun, als einen neuen Tag beginnen, einen neuen Traum träumen! Nur, dass nichts weiter plötzlich sehr viel und sehr groß war. Die meisten Morgen folgten doch ihrem Trott, hatten ihre Routinen und wurden nur selten von neuen Wünschen oder Hoffnungen durchdrungen. Ein wahrer Neubeginn war rar gesät, gleich wie oft man sich vornahm, am nächsten Tag alles anders zu machen. Hier gab es jedoch keine Routinen, hier gab es bloß Sand und Meer und roten Himmel – und sie beide. Die einander noch zu fremd waren, um gemeinsam zu träumen, oder?

Schließlich stellte sie die Frage, an der all ihre Gedanken endeten. »Wie?«

Arian Galeno schaute erst sie an, dann aufs Meer hinaus. Er ließ Sand durch seine Finger rieseln und schien es nicht einmal zu bemerken. »In dem man anfängt. Es ist wie eine Geschichte, die man einander erzählt, nur, dass die Figuren schon da sind. Beginnen wir mit dem Ort.« Er rutschte näher. »Es reicht ein kleiner Ort. Wichtig ist, dass wir alles dort haben, was wir brauchen, um ihn gemeinsam zu verlassen …«

»Mit dem ersten Sonnenstrahl«, fiel Mireia ihm ins Wort. In seinen Augen tanzten Lichter, die im Außen keinen Ursprung hatten. »Lass uns ein Haus bauen«, schlug er vor. »Mit allem, was wir uns immer erträumt haben.«

»Es wäre schön, wenn es am Wasser stehen könnte«, begann Mireia.

»An einem Fluss oder am Meer?«

»Lieber an einem Fluss.«

»Gut.«

Ziegel um Ziegel, Raum um Raum bauten sie, legten Dachschindeln an. Stellten Bücher in Regale und bezogen Betten und schoben Sessel vor den Kamin. Sogar das Feuer entzündeten sie, denn dort, wo das Haus stand, wehte ein Wind um das kleine Haus am Fluss. Fast meinte die Madame, die Wärme des Feuers zu spüren. Selbst das Rauschen des Meeres war dem Plätschern und Gurgeln eines ruhigen Flusses gewichen.

Die ganze Zeit hatten sie sich angesehen, jetzt lösten sie ihre Blicke voneinander. Arian stieß einen Laut der Überraschung aus, Mireia selbst legte die Hände fassungslos vor den Mund. Vor ihnen stand, groß wie eine Sandburg, das Haus, das ihre Worte eben gerade noch gebaut hatten. Mit den Giebeln und Erkern und dem kleinen Turm, den Arian für Celia gebaut hatte. Damit sie dem Himmel nah sein konnte. Im Untergeschoss, dort wo sie sich eben in ihrer Vorstellung mit einem Buch vor dem Kamin gesetzt hatten, drang der Schein eines Feuers durch eine Sandglasscheibe zu ihnen heraus. Neugierig hob Mireia die Hand, um das filigrane Gebilde zu berühren, doch Arian Galeno hielt sie zurück.

»Du weißt, wie zerbrechlich Träume sind«, warnte er sie.

Sofort zog die Madame die Hand zurück und biss sich auf die Lippe. Undenkbar, wenn sie das Haus zerstört hätte! Träume – nichts brach leichter, wenn man von Hoffnungen und menschlichen Herzen absah. Aber wo Hoffnung immer wieder wuchs und Herzen oftmals mit jeder Narbe stärker wurden und mit der Zeit heilten, blieb von Träumen nichts weiter als ein Scherbenhaufen, der sich nie wieder so zusammensetzen ließ, wie er gewesen war. Ein falsches Wort, gar schon ein falscher Blick reichten aus, ihn zerfallen zu lassen. Bangen Herzens kreuzte Mireia die Arme vor sich und umklammerte die Schultern mit ihren Händen. Arian Galeno rutschte noch etwas näher, sodass sich ihre Schultern berührten.

»Wir sollten einfach weitermachen. Die Nacht durchträumen. Was willst du tun? Alles ist möglich!« Er breitete die Arme wie ein Zirkusdirektor aus, der in die Manege einlud. Mireia lachte, wurde aber sofort ernst. Eine Nacht, in der jeder Traum wahr werden könnte – was sollte man sich wünschen?

»Wovon willst du träumen?« Sie erhoffte sich Inspiration, irgendeinen Gedankenanstoß.

Arian malte mit seinem Finger einen Kreis in den Sand. Er lächelte versonnen. »Am liebsten würde ich träumen, was ich in den guten Nächten immer träume: Celia ist bei mir und wir tanzen einen Walzer. Aber das geht nicht, denn auch wenn es wie ein Traum scheint, so ist es doch eine Erinnerung, und mit der Vergangenheit kann man den neuen Tag nicht gestalten. Man kann sie mit sich nehmen, aber sie lässt sich nicht wiederholen. Also will ich träumen, wie du mir eine Geschichte erzählst, in der Hoffnung, dass wir dann beide diese Geschichte erträumen.«

Eine Geschichte. Was sollte sie erzählen? Sie könnte von einem Mädchen erzählen, das fortlief und in der Karte einer kleinen Königin die erste Freundin überhaupt und ein neues Leben fand. Von dem Zirkus und den anderen Stationen, an die die Karten sie geführt hatten. Doch diese Geschichte würde mit einem Verlust enden und war ebenso vergangen wie der Walzer, den Arian Galeno hatte tanzen wollen. Leise sagte sie ihm, dass da keine Geschichte in ihr war, die einen neuen Tag gestalten konnte. Arian nickte und starrte nachdenklich über ihr Luftschloss hinweg aufs Meer hinaus, als würden in den Gischtkronen der Wellen Antworten stehen.

Lange saßen sie einfach nur so da, bis die Madame bemerkte, dass hier und da Sand von ihrem Haus herunter rieselte und der kleine Fluss, der vom Meer gespeist wurde, sich verbreiterte und anfing, am Fundament des Hauses zu nagen. Sie fröstelte. Vielleicht verließ sie auch schlicht das wärmende Gefühl des Kaminfeuers.

Der Traum vergeht. Der Gedanke war wie ein Schrei in ihrem Inneren. Schon fiel ein Sandschornstein in sich zusammen, die Körnchen wurden von einem Windstoß in einer Wolke davongetragen. Dort, wo der erträumte Fluss am Haus leckte, brach ein Stück heraus.

»Wir sitzen am Kamin, in zwei Sesseln. Es ist warm, aber wir können die Kälte von draußen erahnen, hören den Wind und den Fluss«, beeilte sie sich zu sagen. Tatsächlich reparierte sich das Fundament langsam, der Schornstein baute sich wieder auf, wenn auch ein wenig anders als zuvor. Beruhigt atmete die Madame auf, aber sie wusste auch, dass sie den Traum aufrecht erhalten mussten. »Wir hören etwas, oben im Turm, und ich gehe nachsehen. Dort fliegt ein Kolibri. Ich kann ihn fangen und bringe ihn mit. Er bleibt ganz ruhig auf meinem Finger sitzen, leichter fast als eine Feder. Er ist ganz gelb und golden, nur seine Flügel sind so tiefschwarz wie Tinte oder Nacht, als wäre er ein Pirol, nur kleiner … Du nimmst ein Lexikon aus dem Regal, suchst nach dem kleinen Kerl, den es so gar nicht gibt. Aber er ist so wirklich wie wir. Ich kann die Berührung seiner Flügel an meinen Wangen spüren, wenn er plötzlich vor mein Gesicht fliegt, nur um gleich wieder auf meinem Finger zu landen.«

Arian Galeno nahm den Faden auf. Wohin auch immer ihn seine Erinnerungen getragen hatten, er war wieder zurück.

»Aber weil das Buch so ist wie der goldene Kolibri mit seinen schwarzen Flügeln – es kann ihn nicht geben und doch ist er da – kennt es den Vogel. Es bezeichnet ihn als Bienenkolibri oder Sonnenschwärmer. Eine andere Bezeichnung ist Sternenvogel. Er gilt als Bote des Tages, als Sinnbild für das Ende der Nacht.« Er sprach leise und mit Bedacht, aber seine Worte hatten ebenso große Wirkung wie Mireias eigene zuvor. Da war eine Berührung an ihrer rechten Wange, nicht länger als eine hundertstel Sekunde, und um das kleine Haus herum wurde es heller. Hinter dem Fenster aus Sandglas bewegten sich Schatten, aber keiner von ihnen wagte sich näher heran, zu groß war die Furcht, den Traum zu gefährden. Wie ein Kartenhaus, das jeden Moment einstürzen konnte … Der Gedanke ließ die Madame zittern, und kurz bebte auch das Haus. Arian Galeno legte ihr eine Hand auf die Schulter. »Wir sollten aufbrechen, meinst du nicht auch?«

»Wohin?« Verwirrung stand Mireia ins Gesicht geschrieben.

Arian schmunzelte. »Na, in den Morgen.«

Noch immer verstand die Madame nicht.

»Der Kolibri. Lass ihn fliegen. Er bringt uns in den neuen Tag.«

Mireia war sich nicht sicher, nickte aber. Arian lächelte. »Ich öffne das Fenster, und du …«

Die Madame fuhr fort. »Ich umschließe den Kolibri vorsichtig mit meinen Fingern. Er flattert aufgeregt in dem winzigen Käfig. Seine Flügelschläge werden zu schwarzen Schattenschlieren, die ein goldenes Licht umrahmen, wie ein Stern in einem Stück Nacht. Zwischen meinen Fingern dringt Licht nach außen. Ich trete neben dich ans offene Fenster. Es ist noch dunkel, aber am Horizont, weiter hinter dem Fluss, kann ich schon den neuen Morgen erahnen. Und dann lasse ich den Kolibri frei. Er fliegt hoch, direkt in den Himmel, in Richtung des Morgens.« Mireia schluckte. »Er ist schnell. Schon ist er nichts weiter als ein heller Punkt, der von Schatten begleitet wird, als wäre er glücklich und traurig zugleich.« Die Stimme der Madame brach. »Es ist ein Abschied«, flüsterte Arian Galeno neben ihr. »Ein neuer Tag ist immer ein Abschied. Sieh nicht zurück in die Nacht, in die Schatten. Schau in den Stern.«

Er deutete in den Himmel, und plötzlich wusste Mireia nicht mehr, ob sie noch in dem Haus am Fenster standen und aus dem Fenster sahen. Doch egal, was in dieser Sekunde wirklich war, welchen Himmel sie sahen – über ihnen sandte ein einzelner Stern funkelnd sein Licht.

»Der Morgenstern«, wisperte Mireia und wirklich – in dieser Sekunde riss der Himmel auf und ihr Haus aus Sand zerfiel.

TEIL DREI

Tag

Kapitel 8

Manchmal wartet man so sehr auf den Sonnenaufgang, dass man gar nicht bemerkt, dass der neue Tag schon längst begonnen hat. Und dann, als sei man gerade aus einem friedvollen Traum gerissen worden, begreift man, dass plötzlich alles falsch ist, was eben noch ganz und gar richtig erschienen war.

Mireia Mabel wusste, dass sie es in den Tag geschafft hatten. Da war das kurze Aufblitzen eines klarblauen Himmels, ganz kurz nur. Als nächstes war da nur noch gleißendes Licht und das Gefühl, zu brennen. Es war wie eine Erinnerung, die es nicht gab – die Madame war nie verbrannt, nie wirklich, und doch war da der beißende Qualm, der ihr in Nase und Mund kletterte und sie zu ersticken suchte, der heiß lodernde Schmerz, der ihre Haut schmolz und von ihrem Fleisch zehrte … alles war hell, hell und rot … sie schrie, aber sie konnte den eigenen Schrei nicht hören. Das Feuer war zu laut, es knisterte und rauschte, fast wie das Meer. Und vielleicht war es auch ein Meer, ein heißer, zorniger und gefräßiger Ozean, in dem alles verschlungen wurde.

Längst war der Schrei auf ihren Lippen verstummt und verhallt. Selbst das Rauschen und Knistern verlor an Lärm, und gerade, als Mireia dachte, dass nun wohl der Moment gekommen war, wirklich zu sterben, realisierte sie, dass sie keinen Schmerz mehr empfand. Mehr noch: all das gleißende, blendende Licht war fort. Vorsichtig hob die Madame die Lider. Alles um sie herum war warm golden und bernsteinleuchtend. Der Boden, auf dem sie saß, die niedrige Decke, die nahen Wände und die Vorhänge, die flüssig wie Honig wirkten und mit durchsichtigen Perlen wie von Luftblasen durchzogen waren. Dass es wirklich Honig war, wurde ihr erst bewusst, als sie den Arm ausstreckte, um den Stoff beiseitezuschieben und ihre Fingerspitzen stattdessen von warmen, dickflüssigem Honig bedeckt wurden, der erst über ihre Hand und dann über ihren bloßen Arm rann. Eilig zog sie den Arm zurück und umfasste ihre Schultern. Sie spürte die Haut unter ihren Händen, sah, dass sie nackt war. Rasch zog sie die Knie an sich.

Sie war gefangen. In einem wabenförmigen Gefängnis. Schon glaubte sie, nicht mehr atmen zu können. Panisch hämmerte sie gegen die Wände, schlug auf Decke und Boden ein. Nichts. Nur, dass sie nicht verletzt war, konnte sie eindeutig ausmachen. Was immer die Flammen verbrannt hatte, lag als Asche um sie herum, milderte das Gelb der Umgebung an dieser Stelle wie ein blasser Schleier. Hier und da fanden sich einzelne Schnipsel von verkohltem Papier. Mireia griff nach ihnen. Einige zerfielen bei der bloßen Berührung und hinterließen einen grauen Schimmer auf ihrer Haut. Andere blieben in Form. Die Madame drehte sie vorsichtig. Da waren Fragmente von Bildern und Symbolen. Ein Gesicht. Münzen. Pik. Herz. Zahlen. Schwerter. Füchse und Schwäne. Fahrig suchte Mireia nach mehr Schnipseln, mehr Bildern. Da ein großes Stück, ein Turm, der in sich zusammen fiel.

So ging es weiter. Fragmente einer Herzdame, eines Narren. Stäbe, Kelche, Karos. Je mehr Kartenreste durch ihre Hände wanderten, desto deutlicher verstand die Madame, was da eben verbrannt war und warum sie diesen Schmerz empfunden hatte. All die Asche war einst ihr Kleid aus Karten gewesen, ihre Schutzrüstung aus Papier, die sie sich über Jahre, nein, Jahrzehnte angelegt hatte. Alle Wege, die sie durch die Karten gegangen war, alle Begegnungen und Erinnerungen. Es war nicht so, dass sie nur eine von ihnen bereute, am Ende war es gut, wie es war. Dennoch war es Vergangenheit, die von ihr abfallen musste. Kurz überkam sie Trauer – es war immer noch wie der Verlust eines Freundes, doch dass ihr selbst in den Flammen kein Haar gekrümmt worden war, zeigte ihr deutlich, dass es richtig gewesen war, die Karten zurückzulassen und diese eine Lüge nicht zu verzeihen. Wenn es denn die einzige gewesen war.

Trotzdem tastete sie unablässig weiter mit den Fingern durch die Asche. Manche Stellen fühlten sich kalt an und standen im Gegensatz zu der Umgebung und den Schnipseln, an denen noch ein Funke Glut haftete. Die kleinen Bilder und Fetzen mit Zeichen und Worten waren ihr einerlei. Sie suchte nach etwas anderem, etwas, das sie aus dieser kleinen Kammer hinausbringen würde. Sie wagte es nicht, einfach so in den Honig zu tauchen. Zwar waren da keine Kleider, die sie in die Tiefe ziehen konnten, auch kein Gepäck – kurz kam ihr die Karte der Nacht in den Sinn und dass sie vermutlich für immer verloren war - dann wurde alles mit goldenem Honig verwischt. Mireia kroch näher an den goldenen Fluss, versuchte, die Ungewissheit zu durchdringen, die sie mehr als alles andere festhielt. Wo endete das Honigmeer? Lag die Freiheit links, rechts, oben, unten? War sie überhaupt mit einem langen Atemzug erreichbar?

Es gab keine Antwort auf diese Fragen, also suchte sie in der Asche nach irgendetwas. Sie blieb an ihrer von Honigtropfen bedeckten Haut kleben, bis sie fast selbst eine Aschefrau wurde. Schließlich aber ertasteten ihre Hände etwas hartes, rundes.

Es war eine Murmel.

Mühsam befreite Mireia sie von der Asche. Es war die eine, die mit der alles begonnen hatte. Die gold-schwarzen Schlieren leuchteten und wirbelten im Glanz der Wabenkammer. Nur das Summen war verstummt, genau wie die Melodie. Und was sollte sie mit einer Murmel anfangen, selbst oder gerade wenn sie Teil eines Wolkenphönix war?

Erschöpft lehnte sie sich gegen die Rückwand ihres Gefängnisses, die Augen auf das zähflüssige Gitter gerichtet. Sie war so müde.

Wo mochte Arian Galeno sein? Steckte er wie sie fest, womöglich gar nicht weit weg, in einer anderen Wabe wie der ihren?

Wieder hämmerte sie gegen Decke und Wände, schlug sogar mit voller Wucht und Absicht in die Asche um sie herum. Der aufwirbelnde Staub setzte sich in ihre Atemwege und ließ sie husten. Trotzdem rief sie unablässig seinen Namen, bis sie vor Husten würgte und nach Luft schnappen musste. Mit wild trommelndem Herzen lauschte sie, aber da war nur Stille.

Mit einem Schluchzen zog sie sich ans Ende der Kammer zurück, rollte sich zusammen und überließ sich ganz ihrer Verzweiflung. Sie weinte, und wann immer die Tränen ihre Lippen benetzten, saugte sie das wenige Wasser auf, gleich ob sie damit mehr Asche schluckte oder nicht. Aber die Tränen versiegten, und das bisschen Wasser, dass sie aus ihnen hatte schöpfen können, löschte ihren Durst ebenso wenig wie der Honig ihren Hunger stillte. Die Süße machte sie nur noch durstiger, auch wenn sie das Zittern ihrer Hände milderte.

Zeit verging, ohne dass die Madame sie hätte messen können. Mehr noch als im Reich der Morgendämmerung blieb hier alles gleich. Ihr fielen die Augen zu, ganz kurz nur, wie sie glaubte. Vor ihren bloßen Füßen lag die Murmel. Sie nahm sie auf, ließ sie erst über die Handfläche rollen, dann von einer Hand in die andere fallen.

War da nicht plötzlich doch wieder das leise Summen? Oder war das nur ein Wunschdenken? Mireia kniff die Augenbrauen zusammen und lehnte den Kopf abermals an die Wabenrückwand. Das Gelb des Honigs blendete sie kurz, sie neigte den Kopf und ließ ihre Blicke über das weißgrau der Asche gleiten. Die kleinen Schnipsel mit den Bildern und Worten blitzten darin auf.

Die Madame blinzelte.

Die Kartenfragmente bewegten sich.

Wie Ameisen wuselten sie über die Asche aufeinander zu und voneinander weg, bildeten Muster und Linien und schließlich, als sie ein wenig näher rückte, erkannte Mireia eine Frage.

Manche Buchstaben waren ungelenk aus den Schnipseln gelegt, andere stammten von den Karten selbst, an den Rändern angesengte Fragmente.

WER BIST DU, las sie.

»Mireia Mabel«, antwortete die Madame nach einem kurzen Moment der Verwirrung.

Die Schnipsel bewegten sich erneut.

NEIN, schrieben sie. Dann wieder: *WER BIST DU*.

Mireia verstand, dass nicht nach dem Namen gefragt worden war, sondern nach ihrem Wesen selbst.

»Ich bin Wahr-sagerin. Und ich bin Reisende.« Sie trennte die Wahrsagerin bewusst, weil das Aussprechen der eigenen Wahrheit etwas anderes bedeutete als ein Blick in mögliche Zukünfte.

Die Kartenfragmente stellten sich erneut um. *WOHER*, fragten sie.

Die Madame wog ab. Natürlich war die richtige Antwort auch hier nicht der Ort, von dem sie kam, auch wenn ihre Gedanken kurz und von süßer Sehnsucht begleitet in den Laden abdrifteten. Aber sie merkte auch, dass sie ihn weniger vermisste, als sie angenommen hatte.

»Aus der Vergangenheit«, erwiderte sie irgendwann, und weil sie instinktiv wusste, welche Worte die Schnipsel als nächstes legen würden, fügte sie hinzu: »Ich will in ein neues Leben. In die Zukunft.« Sie war nicht sicher, ob wollen wirklich der treffende Ausdruck war, dennoch war es richtig. Abwartend betrachtete sie die Schnipsel. Nicht ein Fitzelchen bewegte sich und schon spürte die Madame, wie die Hoffnung auf Hilfe in ihr schwand.

Herzschlag für Herzschlag vergingen Sekunden und Minuten.

Die Papierschnipsel bewegten sich erneut.

DIE MURMEL, bildeten sie.

Mireia öffnete die Hand, betrachtete die Glaskugel, dann schaute sie wieder auf den Boden.

ISS SIE, schrieben die kleinen Fetzen.

Der Madame klappte vor Überraschung der Mund auf. Sie sollte die Murmel essen?

»Ich soll sie verschlucken?«, vergewisserte sie sich.

JA, schrieben die Papierstückchen.

Mireia schloss die Fingerspitzen um die kleine Glaskugel und hob sie in Richtung Gesicht, zögerte jedoch.

»Warum?«, fragte sie.

FREIHEIT, formten die Schnipsel.

Die Madame atmete tief ein. Sie wollte raus aus dieser Wabe. Und am Ende würde sie die Murmel doch einfach wieder ausscheiden, nicht wahr?

Kurzerhand steckte sie die Murmel in den Mund und schluckte. Sofort lösten sich die Buchstaben auf, die Papierschnipsel stoben in alle Richtungen auseinander, wie Mäuse, die sich unter Laub verbargen.

Sonst geschah nichts. Dachte die Madame.

Bis sie sich vor Schmerzen zusammenkrümmte. Es war, als würden sich Messer in ihre Eingeweide bohren und Nadeln ihre Haut perforieren. Sie konnte nichts mehr sehen, hatte keinen Schrei mehr, weil ihre Stimme fort war. Stunden vergingen, vielleicht Tage oder Wochen. Und dann war alles anders.

Die Welt zersplitterte in Abermillionen von kleinen Stücken. Das Gelb um sie herum bekam Schatten, Wege und Tiefe.

Sie wusste noch, wer sie war und wohin sie wollte, aber da war noch etwas Neues, gänzlich anderes. Das Summen, das der Murmel eben gefehlt hatte, vibrierte nun in ihr. Sie spürte das leichte Beben ihres Körpers, der plötzlich so viel leichter schien, fast schwerelos. Sie krabbelte auf den Ausgang der Wabe zu. Alle Angst vor der Ungewissheit im Honig war fort, ganz, als wäre sie nichts weiter als ein längst vergessener Traum gewesen. Die Richtung war vollkommen klar – in den Fragmenten, Spiegelungen und Wiederholungen ihrer neuen Sicht malte sich ein leuchtender Streifen, der geradewegs in die Höhe führte.

Ohne zu zögern tauchte sie mit ihrem Kopf in die zähflüssige Masse. Stieß sich von der Wabe ab und bewegte sich nach oben. Bilder strömten auf sie ein, schwarz und gelb. Da waren andere wie sie, auf dem gleichen Weg. Ihre Körper schickten kleine Stoßwellen durch die bernsteinfarbene See. Tiefer Frieden erfüllte die Madame. Das feine Vibrieren in ihrem Brustkorb erschuf ein sanftes Brummen, das hundertfach als das Echo anderer Körper zu ihr zurückgeworfen wurde und sie nach oben trug.

Das tiefe Gold um sie herum wurde heller, verlor an Wärme und gewann an reinem, klaren Licht, in dem alle Schatten vertrieben wurden. Und plötzlich endete das Meer, doch das Summen trug sie weiter, ließ sie in die Luft steigen. Ein Flirren umgab sie, und ein sanfter Regen wischte den Honig von ihrem Körper.

Als der Regen aufhörte, hatte ihr Verstand begriffen, dass sie flog, aber wo früher Überraschung gewesen wäre, herrschte Selbstverständlichkeit.

Natürlich flog sie.

Die Myriaden von Facetten ihrer neuen Sicht malten ein Mosaik von strahlendem Weiß, sanftem Gelb, feurigem Orange und beruhigendem Blassblau. Um sie herum flogen ihre Schwestern, alle zu einem Ziel, angelockt von einem süß-vertrautem Geruch.

* * *

Die Frau, auf die sie zuströmten, war eine Riesin von strahlendem Wesen, dem nicht einmal ihre tiefbraune Haut einen Schatten malen konnte. Die tausend Bilder, in denen sie sah, verzerrten die Züge der Frau und verbargen all die Helligkeit, die von ihr ausging. All dem Licht zum Trotz war da etwas Dunkles in ihrem Sichtfeld, dort wo die Riesin endete und etwas – nein – jemand anderes begann. Ein Gefühl des Vertrauens durchflutete die Madame, so stark, dass die Vibration in ihr einen Moment stillstand. Sie wollte dem Gefühl folgen, da verdunkelte sich ihre Welt. Schatten umfassten sie, sperrten sie ein, sie konnte nicht mehr fliegen, war gezwungen, zu landen. Gleißend zorniges Schwarz erfüllte sie, rief ihr ihre mächtigste und endgültigste Waffe in das neue Bewusstsein. Sie wollte sie nutzen, wollte stechen, verletzen. Schon war da jenes Zucken in ihrem Leib, doch ehe sie zustechen konnte, flutete Licht in ihr Gefängnis. Worte drangen zu ihr.

»Nicht stechen, hörst du? Im Tod kannst du keine Hilfe mehr finden.«

Da war ein Auge, größer als sie selbst, golden wie das Meer, dem sie entkommen war.

Die Riesin. Sie hatte sie in der Hand gefangen, wie sie es selbst einst, in einer anderen Zeit und einem anderen Ort getan hatte.

Die Stimme sprach wieder. »Ich lasse dich nicht zu ihm, kleines Menschenkind. So einfach wollen wir es ihm nicht machen.« Ein Sturm aus warmer Luft ließ sie trotz der Enge durch ihren Fingerkäfig trudeln. Erst, als sie wieder still auf der warmen Haut der Handfläche saß, wurde ihr klar, dass der Luftstrom der Atem der großen Frau war.

Als sich deren Mund wieder öffnete, krabbelte die Madame in eine der Spalten, die sich zwischen den Fingern der Riesin auftaten.

»Du wirst in meinem Staat verborgen, aber ich lasse dich sehen und hören, wie es deine Art tut. Krabbel nicht zu weit weg und fliege nicht fort. Du musst bleiben, gleich wie groß das Verlagen in dir wird, es nicht zu tun. Aber ebenso wenig wie im Tod kann ich dich aus dem Vergessen retten.« Mit diesen Worten öffnete die Riesin ihre Hand, so dass Mireia in den Abgrund zwischen ihren Fingern blicken konnte. Da lag der Mensch, den sie eben nur als dunklen Schemen wahrgenommen hatte. Jetzt erkannte sie scharfe Konturen, auch wenn sich ihre Umwelt am Rand ihrer Wahrnehmung nach wie vor in Facetten auffächerte.

Arian Galeno.

Sie wollte seinen Namen rufen, doch es gab keine Stimme in ihr, die das konnte. Die Riesin schnalzte mit der Zunge, strich ihr über den Rücken, berührte vorsichtig durchsichtige Häute, die es an menschlichen Schultern nicht geben durfte.

Die Flügel einer Biene.

»Sieh und lausche«, raunte sie ihr zu, und erneut war ihr Atem ein Sonnensturm. Die Madame wurde von dem Finger gewirbelt und landete abermals in einem Meer. Dieses Mal bestand es aus wogenden Leibern, die sie davontragen wollten. Sie verstand, von welchem Drang die

Riesin gesprochen hatte. Die anderen Bienen des Staates strebten ihren Aufgaben zu, und sie wollte, nein, musste ihnen folgen. Alles, was ihr bis vor einem Bienenflügelschlag selbstverständlich vorgekommen war, war es nicht länger.

Sie war ein Mensch! Ein Mensch, keine Biene!

So gut sie konnte, drehte sie sich, krabbelte gegen den Strom der anderen an.

»Verwandel mich zurück«, brüllte es in ihr, jetzt, da sie wusste, wer die Riesin war und was geschehen sein musste.

Der Tag, der eine Bienenkönigin war, hatte ihr einen Zauber über die Zunge gleiten lassen.

Die Königin antwortete: »Das kann ich nicht. Das kann nur er, und er muss uns erst finden. Dich hat er in einem Traum verloren und ich bin für ihn noch hinter Wolken verborgen.«

Frustriert summte die Madame, aber die Riesin, die vermutlich nicht größer als ein Mensch war, schnalzte nur wieder mit der Zunge. »Nicht doch. Der Zauber war kein Betrug. Er war deine Rettung. Es liegt an ihm, was er noch war.«

Die Worte der Königin ließen die Madame in ihrer Bienengestalt innehalten. Sofort wurde sie von den wuselnden Insekten um sie herum davongetragen.

Bienengedanken mischten sich mit Menschengedanken. Sie musste nach Pollen suchen. Nektar finden. Sie hatte die Murmel verschluckt. Wie auch immer es Arian Galeno gelingen sollte, sie zu retten – was würde er dazu sagen, dass die eine Murmel verloren war? Blüten. Sie musste Blüten finden …

Etwas riss sie aus ihren Wechselgedanken, ob es ein Stich war, ein Summen oder ein Wort – Mireia konnte es nicht sagen. Längst hatte der Schwarm sie von der Königin und Arian Galeno fortgetragen, und es kostete sie immense Kraft, sich wieder gegen den Strom zu richten und zurück zu fliegen.

„Ich bin ein Mensch«, wiederholte sie wie ein Mantra. »Ein Mensch, ein Mensch, ein Mensch.« Sie rief sich ins Bewusstsein, was Menschsein bedeutete, neben den bio-chemischen Zutaten wie Wasser, Kalzium, Magnesium und was sonst noch allem, dem Sauerstoffaustausch in den Lungen und den filternden Funktionen einer Niere.

»Ich atme auch«, wisperte die Bienenstimme summend in ihr. Die Madame brachte sie zum Schweigen. Gedanken, zählte sie auf. Ideen. Kreativität. Erinnerungen. Phantasie. Hoffnung. Träume. Und Gefühle, die über reines Empfinden und Triebe hinausgingen. Die Liebe mit all ihren Kindern und Geschwistern, gleich, ob sie von Licht oder Schatten geprägt waren.

Mühselig flog und krabbelte sie weiter, bis sie Arian Galeno wieder sehen konnte. Und die Königin des Tages, deren Licht etwas blasser geworden war. Ihre Gestalt war nun deutlicher zu erkennen, sie trug ein Kleid, das beinahe mit ihrer Haut verschmolz, der Stoff war Schwarz und Golden zugleich. Vielleicht war der Tag schon weit fortgeschritten. Die Bienengedanken wisperten ihr unablässig zu, dass sie dem Schwarm folgen sollte, arbeiten musste.

Das aber, was im Inneren der Biene dem Herzen am ähnlichsten war, glaubte vor Hoffnung und Angst gleichermaßen zu zerreißen. So gut sie konnte, verschloss die Madame in ihrem Bienensein ihr Herz, auch wenn das bedeutete, dass die Gedanken des Schwarmes in ihr lauter wurden.

Arian stand auf. Die Traurigkeit, die sie in seinen Augen zu sehen glaubte, wirkte seltsam vertraut. Als wäre sie ein Teil von ihr. Nein. Es war anders. Die Trauer in seinem Blick ummantelte sie, weil sie ihr galt. Es war ihr Verlust, der in ihm tobte.

Wieder wollte sie zu ihm, aber die Worte der Bienenkönigin waren ihr noch im Gedächtnis. Er musste sie finden. Das war seine Prüfung. So wie es die ihre am Strand der Morgendämmerung gewesen war, über das Schicksal eines Sonnenstrahls zu entscheiden. Also harrte sie aus, krabbelte nur mühselig zum Rand des Bienenstroms, dort wo die gelb-schwarzen Leiber nicht so zahlreich und weniger mitreißend waren. Sie versuchte, sich so klein wie möglich zu machen und trotzdem sichtbar zu bleiben, fest darauf konzentriert, was Arian Galeno tat.

* * *

Was immer es für Wolken gewesen waren, die seine Sicht verschleiert hatten, offenbar waren sie fort. Die Traurigkeit war noch da, aber er blickte der Königin aufrechten Hauptes entgegen, verneigte sich aber, als er vor sie trat. Sie nickte ihm huldvoll zu.

»Du bist der Tag«, stellte Arian Galeno fest. Den Beutel mit den Murmeln hielt er in den Händen und knetete den Stoff nervös mit den Fingern.

»Ich bin die große Bienenkönigin«, lautete die Antwort.

Er nickte, die Lippen ein schmaler Strich. Die Riesin, die nur durch die Augen einer Biene eine war, fuhr fort. »Und du bist der, für den der Wolkenphönix einst seine Ewigkeit gab. Jener, bei dem sie ihren wahren Namen fand.«

Falls Arian irgendwie reagierte, konnte Mireia es nicht sehen, denn die Bienenkönigin bewegte sich kurz und verstellte ihr die Sicht. Als sich die Frau, in deren Licht Abertausende von Schatten waren, wieder in die andere Richtung neigte, stand Arian Galeno unverändert da, und es war erneut die Königin, die sprach: »Doch nun hast du jene verloren, ohne die deine Suche keinen Sinn hat.«

Jetzt konnte die Madame die bittere Erkenntnis in seinem Gesicht lesen. Seine Schuldgefühle drückten seine Schultern nach unten. Trotzdem nickte er und gestand seinen Fehler ein, wenngleich die Frage nach dem Wie unbeantwortet in seinen Augen stand. Die Herrscherin der hellen Stunden beantwortete sie, ohne dass der sie stellen musste. »Es geschah, weil du die eine Regel der Ewigkeit gebrochen hast, die für diesen Zauber hätte unversehrt bleiben müssen: der wichtigste Moment ist immer der genau jetzt. Die eine Sekunde, die man nie messen kann, weil sie gerade noch Zukunft war und gleich darauf Vergangenheit ist. Und alles, was in diesem Moment geschieht, jeder, der in ihm gefangen ist, gehört dazu.« Da war ein Lächeln in der Stimme der Königin. »Ihr Menschen vergesst das so leicht, plant das Morgen, grübelt über das Gestern nach.«

Kurz gab es nichts als Schweigen und das lockende Summen der Bienen.

Arians Hände krampften sich so fest um den Stoffbeutel, dass seine Knöchel weiß hervortraten. Mireia konnte erkennen, dass er nach Worten suchte, und als er sie endlich gefunden hatte, war seine Stimme so leise, dass sie fast im Summen des Staates unterging. »Ich habe von Celia geträumt. Es war nur ein Augenblick …« Seine Worte verloren sich im Begreifen.

Der Augenblick, der das Jetzt gewesen war.

Die Bienenkönigin drehte sich im Kreis. Mireia war, als würde sie lachen, aber sie konnte nichts hören, da war nur ein Leuchten, das heller und dunkler wurde, wie von Schattenschlieren durchzogen. Als sie wieder stillstand, war Unruhe in den Bienenschwarm gekommen. Das Brummen klang tiefer, beinahe aggressiv. Schwarze Stacheln blitzten auf, die Leiber hatten nicht länger eine Richtung, sondern viele. Eine Biene krabbelte über Mireia, eine andere stieß sie fast weg. Sie spürte das Chaos, das auch von ihr Besitz ergreifen wollte.

Zwischen dem Wuseln nahm sie wahr, dass die Königin Arian Galeno den Arm entgegenstreckte. Er griff nach ihrer Hand und sie führte ihn näher, hin zum Schwarm. Einige ihrer Schwestern stiegen auf. Sie fühlten sich bedroht von dem Fremden, der nicht die eine war, der sie hörig waren. Sie umschwirrten aber auch die Königin, nicht nur ihn. Mireia blieb still sitzen. Angst verzerrte Arian Galenos Gesicht.

»Er erinnert sich an den Traum«, dachte sie, doch der Gedanke verflog mit den nächsten Worten der Königin.

»Sie ist hier. Ein Zauber konnte sie retten. Alles, was du tun musst, ist, sie zu finden.«

Kapitel 9

Alle Bienen sind gleich. Wesen aus sonnengelben und tintenschwarzen Kringeln, wie aus Licht und Schatten gemalt. Als wären sie zwei Seiten einer Melodie.

Der Bienenschwarm umflog Arian Galeno wie eine Wolke, ein Sturm, der es ihm fast unmöglich machte, die Augen offenzuhalten, geschweige denn, Mireia in ihrer Bienengestalt zwischen all den anderen auszumachen.

Sie saß immer noch dort, wo sie sich eben hin gerettet hatte und wagte es nicht, Teil der summenden Masse zu werden. Mehr und mehr Insekten stiegen auf, vergrößerten die Wolke und machten aus dem Sturm einen Tornado. Die Madame sah, wie Arian die Arme schützend vor das Gesicht hob, sodass er noch weniger erkennen konnte. Auch an ihrem eigenen Blick änderte sich etwas – der Kreis, in dem sie klar und deutlich sehen konnte, verkleinerte sich. Der Rahmen aus Facettenstücken wurde größer.

»Finde mich«, flehte sie stumm, denn sie spürte wie die Biene in ihr stärker wurde. »Ich bin ein Mensch«, rief sie sich in Erinnerung, aber die Gedanken verblassten im tosenden Summen, das alles in ihr ausfüllte. Schon erhob sie sich, obwohl sie gar nicht wollte. Mit surrenden Flügeln wurde sie Teil des Sturmwirbels, der die Königin und den Fremden umschwirrte. Wieder und wieder flog sie an dessen Gesicht vorbei. Da war das Wissen, dass da etwas Vertrautes war, es ließ sich jedoch nicht mehr greifen.

»Du solltest dich beeilen«, sagte die Königin gerade. »Sie vergisst schon, wer sie ist.«

Die Augen des Mannes schlossen sich. Die Bienen – alle Bienen – flogen um ein vielfaches schneller, auch sie selbst. Trotzdem spürte sie, wie sich alles verlangsamte.

Und dann sagte der Mann laut und deutlich: »Stopp!«

Die Biene stand still, genau wie all ihre Schwestern. Allein die Königin bewegte sich, ihr Strahlen malte Facettenschattenbilder. Sie blickte ihrem menschlichen Gast in die Augen. »Du weißt, welche sie ist.«

Der Mann regte sich nicht, aber vielleicht sah die Königin die Antwort in ihnen, denn ihre nächsten Worte waren: »Nimm sie zu dir. Wenn es die richtige ist, wird sie sich erinnern. Ist sie es nicht, wird ihr Stich deine Reise beenden.«

Mit einer kurzen Berührung an der Schulter erlöste sie ihn aus seiner Starre.

»Du hast bloß einen Versuch«, sagte sie noch, dann trat sie aus dem Sichtfeld der Biene, sodass nur noch ihr Licht übrigblieb. Die Biene wusste nicht, woher all die Schatten kamen, die die Welt plötzlich füllten und die aus hellem, weitem Tag für wenige Sekunden eine dunkle, enge Nacht machten.

Jemand – etwas – berührte sie, umfasste sie, pflückte sie aus ihrem Wirbelschwarm. Einen Bienenflügelschlag später war die Welt wieder hell und voller Bilder, Erinnerungen und Gefühle. Der Fremde war kein Fremder mehr, sondern ein Freund.

Namen fielen ihr ein, der seine und der ihre. Ihre Blicke schärften sich, die Facetten verschmolzen, bildeten ein ganzes. Der Tag, die Bienenkönigin, der Wolkenphönix und die verschluckte Murmel, verloren irgendwo im Honigmeer. Schuld, die schwer auf Schultern lastete, die es nicht gab.

Das nämlich war unverändert. Die Bienenkönigin war eine Riesin und Arian Galeno stand ihr in nichts nach. Die Madame war nach wie vor eine Biene, obwohl sie das vertraute Gefühl in sich verspürte, das ein Menschenherz bersten ließ, wenn eine Hoffnung zerbrach. Unruhig krabbelte sie über Arians Hand und schaute zu seinem Gesicht auf. Längst war der Bienenwirbel um sie herum fort, nur vereinzelte Tiere schwirrten noch zwischen ihnen umher.

Arian erwiderte ihren Blick, kurz meinte sie darin ihr wahres selbst zu erkennen, aber er hob den Kopf, ehe sie ihr Abbild hätte erfassen können.

»Warum ist sie noch so? Warum verwandelt sie sich nicht zurück?«, fuhr er die Königin an. Die Madame zuckte im Inneren ihres Insektenkörpers zusammen. Es war nicht gut, so mit der Herrin des Tages zu sprechen. Unruhig vibrierten ihre Fühler.

Die Königin unterdessen lachte, aber es war kein wärmendes Lachen, es war ein grausames, als würde die Sonne selbst den letzten Tropfen Wasser verdampfen lassen, den man noch hatte.

»Oh, es liegt nicht an mir, den Fluch zu brechen. Ich tat, was ich für euch tun konnte, in dem ich dir die Gelegenheit gab, sie wiederzufinden. Sag, wie hast du sie erkannt?«

Wut floss aus Arians Augen, aber er war zu klug, um sie loszulassen. Er biss sich auf die Lippen, bis sie bluteten, dann erst antwortete er fahrig auf die Frage der Königin. »Ihre Melodie. Das Summen ihrer Flügel. Es passte nicht zu den anderen, nur zu ihr.« Mochten seine Worte der Herrin des Tages gelten, seine Blicke gehörten allein Mireia. Sein schlechtes Gewissen tropfte ebenso auf sie herab wie die Schuldzuweisungen. *Es tut mir leid. Ohne mich wärst du nicht hier.* Und: *Du hast die Murmel zerstört.*

Mireia versuchte, sich in seiner Hand kleiner zu machen, wagte es jedoch nicht, fortzufliegen, aus Angst, die Verbindung zu ihm wieder zu verlieren.

Die Bienenkönigin neigte den Kopf. »Sie ist klug, deine Wahrsprecherin«, und die Madame wusste, dass das Verlieren wirklich die Konsequenz wäre.

Arian Galeno hingegen verstand nicht, aber die Frage, die er stellte, war eine andere: »Was muss ich tun, damit sie wieder ein Mensch wird?«

Kurz herrschte Schweigen, und fast glaubte die Madame, die Königin hätte entweder die Frage nicht gehört oder verweigerte die Antwort, aber dann sprach sie: »Weil sie eins meiner Kinder gerettet hat, will ich dir noch einmal helfen. Du musst die Wüste durchqueren und ihr Gewicht tragen. Du wirst finden und verlieren, festhalten und loslassen. Wenn dir das gelingt, wirst du erhalten, was du erhoffst und dein Wunsch wird sich erfüllen.«

Sie trat von ihm fort, und die Madame begriff, dass der Tag sich dem Ende zuneigte. Schon war das Strahlen der Königin voller Schatten, die Bernsteinaugen mit einem Male dunkel wie angelaufenes Gold. Sie wandte sich von ihnen ab, blieb aber noch einmal stehen. »Und eins noch. Achte auf sie. Sie ist der Weg durch die Wüste, zugleich ist sie aber auch verrinnende Zeit. Ihr Menschenherz ist nicht für die Biene gemacht, und jeder Schritt, den du tust, wird für sie ein Messerstich sein. Es wird der Moment kommen, an dem sie daran sterben wird.« Die Königin vollführte eine Handbewegung, und einen Bienenflügelschlag später hielt sie Mireias Koffer in den Händen. Sie stellte ihn neben sich ab.

»Hier beginnt euer Weg.«

Wieder drehte sie sich von Arian Galeno fort, und Mireia, die kaum klar denken konnte, war abermals sicher, dass dies nun der Abschied von der Herrin des Tages sein würde. Erneut lag sie falsch.

Arian Galeno hielt sie zurück. »Sagt, gibt es einen Weg, ihr den Schmerz zu ersparen?«

Da waren mehr Worte in ihm, gespickt von Wut und Vorwürfen. Sie prallten von der Königin ab, verhallten unbemerkt. »Natürlich«, antwortete die Bienenkönigin schlicht. »Aber auch dies würde das Ende eures Weges bedeuten.«

Ein Strahlen füllte alles aus, wie Abendsonnenlicht, das ein letztes Mal alle Kräfte bündelte, um zu wärmen – oder zu blenden, denn das Licht in Mireias Bienenaugen blieb, auch als ihre anderen Sinne es nicht mehr verspürten.

Panisch surrte sie, bis Hände sich schützend um sie legten.

»Sie hat uns eine Wüste hinterlassen«, sagte Arian. Dann setzte er sich in Bewegung. Angespannt wartete die Bienenmadame zwischen seinen Fingern auf den Schmerz.

Er kam, als Arian Galeno den Koffer aufgehoben hatte und den ersten Fuß auf den hellbraunen Wüstensand setzte. Mireias Bienenleib krümmte sich zusammen, ihre Flügel schienen mit einem Male aus Glas und drohten zu zerspringen, so fest presste der Schmerz sie an ihren Rücken. In ihr explodierten Licht und Farben und Schreie, von denen sie wusste, dass sie nicht nach außen drangen. Dann war es vorbei. Ihr menschlicher Körper hätte nach Luft geschnappt, ihr Gesicht wäre tränenüberströmt und verschwitzt gewesen. Die Biene hingegen öffnete sich nur ein wenig, entrollte sich, ließ zu, dass sie wieder auf ihre sechs Beine kam. Die Madame bildete sich ein, dass sie ein wenig zitterten, auch wenn sie nicht wusste, ob das nur eine menschliche Suggestion war.

Als sich ihre Sinne weiter schärften, fiel ihr auf, dass sie stillstanden. Arian Galeno ging nicht weiter. Natürlich. Er wollte sie dem Schmerz nicht aussetzen. Sie hob ihren Stachel und ließ ihn gerade tief genug sinken, dass er ihn auf der Haut spürte. Sofort hob er den Blick und sah sie an. Mireia sah, dass er ihren Hinweis verstanden hatte. Trotzdem setzte er sich nur zögernd in Bewegung. Und wie die Bienenkönigin es gesagt hatte, folgte jedem seiner Schritte der Schmerz für die Madame. Jeder Schritt eine Messerstunde, wenn nicht sogar eine Ewigkeit. In ihren wacheren Momenten bemerkte sie, dass Arian versuchte, seine Schritte so behutsam wie möglich aufzusetzen, aber es machte keinen Unterschied. Schritt war Schritt. Sie wollte es ihm sagen, aber ihre Gedanken waren zu sehr vom Schmerz ausgefüllt, als dass sie gewusst hätte, wie.

Irgendwann blieb Arian stehen. Der Schmerz verstummte. Erleichterung durchflutete den kleinen Körper, zugleich spürte Mireia aber wieder den Drang in sich, fortzufliegen. Sie hatten keine Zeit. Ihr menschlicher Körper würde jetzt vermutlich bereits aus vielen kleinen Wunden bluten. Wieder hob sie den Stachel, aber Arian hielt sie mit einem leisen »Nicht« zurück. Seine Stimme klang rau und trocken. Die Wüste zerrte an ihm wie der Schmerz der Messerschritte an ihr. Es war das erste Mal, dass er sie bewusst ansprach, seit sie eine Biene war. Mireia verharrte ganz still, wartete auf weitere Worte.

»Verstehst du mich?« Arian stellte die Frage ein wenig unsicher, und kurz dachte die Madame, dass ihr Menschengesicht jetzt wahrscheinlich ein Schmunzeln auf den Lippen getragen hätte – man sprach nun wirklich nicht jeden Tag mit einer Biene. Sie bewegte die Fühler zum Zeichen, dass sie ihn gehört und verstanden hatte. Erleichtert stieß er die Luft aus. »Dann hast du auch die Worte der Bienenkönigin gehört, nicht wahr? Sie sagte, dass du der Weg bist.«

Erneut bewegte sie die Fühler.

»Gut.« Arian nickte kurz. »Was meinte sie damit? Siehst du etwas, eine Spur oder etwas Ähnliches?«

Mireia krabbelte auf seine Fingerspitzen und schaute auf die Wüste, die vor ihnen lag. Überall war Sand. Dünen erhoben sich wie Gebirge, aber für die Madame war da noch mehr. All das Hellgelb, Honiggold, Bernstein und Ocker war durchzogen von Linien aus Licht. Wie ein Netz lagen sie über allem, doch es gab eine, die sich von allen anderen unterschied. Sie war aus feinem weißem Rauch, wie aus Wolken gewebt. Unweigerlich wusste die Madame, dass dies ihr Weg war. Wie hatten sie vergessen können, dass sie dem Lauf der Sonne folgen mussten, wenn sie die Nacht erreichen wollten?

Mit einigen schwachen Flügelschlägen flog die Madame zu Arians Daumen und landete auf der Fingerkuppe. Sie fühlte sich schwach. Die Biene fühlte, dass sie starb. Vielleicht war es aber auch der Mensch in ihr.

»Nach Westen?«, übersetzte Arian ihre Bewegung. Die Biene streckte die Fühler aus und deutete an, ihren Hinterleib erneut abzusenken, um ihn zur Eile anzutreiben.

Doch schon sein erster Schritt brachte den Schmerz zurück und wieder kugelte sich ihr gelb-schwarzer Körper zusammen, sodass sie den Halt verlor und fiel.

Glühende Hitze vermischte sich mit dem Schmerz. Als alles abklang, lag sie im Sand, die winzigen Körnchen legten sich in die feinen Härchen ihres Körpers. Aber da war noch etwas. Ein Beben in der Ferne, wie von Schritten …

Plötzlich geriet der Sand um sie herum in Bewegung, ihre Beine fanden keinen Halt, ihre Flügel waren nutzlos, weil auch sie von Sandkörnchen verklebt waren. Und dennoch schwebte sie mit einem Mal. Mehr und mehr Sand rieselte von ihr ab, der Boden wurde ihr schier unter den Beinen weggerissen und rieselte in die Tiefe, die unter ihr heranwuchs.

»Geht es dir gut?« Arian Galeno. Erschöpft bewegten sie die Fühler. Das Echo der fremden Schritte hallte noch in ihr nach. Da war das Gefühl von Gefahr, kurz überlagerte es sogar die Erinnerung an den Schmerz, gleich, ob er vergangen war oder gleich einsetzen würde. Sie bewegte die Flügel, wollte Arian warnen, aber er krümmte seine Finger, sodass sie sich leicht über sie legten. »Shh. Ich weiß ja, dass es wehtut. Ich werde dich von nun an besser festhalten, damit du nicht fällst.«

»Das ist es nicht«, schrie die Madame, indem sie in dem kleinen Raum seiner Hand wütend summend umherflog. »Da ist jemand! Wir werden verfolgt!« Natürlich hörte Arian Galeno die stummen Bienenworte nicht. Wenigstens ging er weiter. Kurz drang das klickernde Klackern der Murmeln an ihr Gehör, die ersten Takte der Phönixmelodie. Dann setzte der Schmerz ein und raubte ihr jeden anderen Sinn.

Jeder Schritt, den Arian machte, brachte sie näher an die Besinnungslosigkeit. Die Zeit spielte ihr Streiche, zog sich in die Länge und rann ihr durch die Hände, die sie nicht mehr hatte.

Irgendwann ließ der Schmerz ein weiteres Mal nach, floss aus ihr heraus wie ein Meer, das sich zur Ebbe zurückzog. Kam der Tod so sanft? Die Frage schlich wie Nebel durch ihre getrübten Gedanken. Da war Licht, hell und strahlend, Mireia wurde darauf zu gezogen wie von einem Sog. Das Wort »Durst« drang durch ihre Wahrnehmung. Warum sprach der Tod von Durst?

Etwas berührte sie. »Was ist mit dir? Hast du Durst? Oder Hunger?«

Mireias Gedanken klärten sich. Sie war nicht tot. Sie war eine Biene. Arian Galeno trug sie durch die Wüste. Da war die Spur aus Wolken und Nebel …

Die Berührung, ein zweites Mal. Arian stupste sie behutsam an, wollte eine Reaktion. Worte … die Madame suchte nach ihnen, dann fiel ihr ein, dass sie nicht sprechen konnte. Also bewegte sie einen Flügel, ohne zu wissen, ob darin ein Ja oder ein Nein gelesen wurde. Offenbar ging es Arian genauso. »Ich habe ohnehin nichts, was ich dir geben könnte. Ich kann dich nur tragen, doch selbst das bringt dir Schmerz.« Die Madame hörte Verzweiflung in seiner Stimme, aber da war noch etwas anderes, verborgen im Hintergrund wie das wütende Brummen einer Biene.

Er ist zornig, stellte sie fest und überlegte, wie sie ihn fragen konnte, da rief er: »Da vorne! Eine Oase!«

Mireia wusste genau, dass sich ihre Stirn als Mensch jetzt verwundert in Falten gelegt hätte. Gerade sprachen sie von Durst und dann war da plötzlich eine rettende Oase, von der sie sicher war, dass sie zuvor nicht da gewesen sein konnte?

Obwohl sie erschöpft war, krabbelte sie über seine Hand zu seinem Arm, fort von der Richtung, in die er wollte. Aber er nahm den Hinweis nicht an, und der nächste Schritt brachte jeden weiteren Versuch, ihn zu warnen, zum Stillstand.

Es ist eine Falle, dachte sie noch, dann explodierte der Schmerz in grellen Farben in ihr. Als all die Farbblitze vergingen, war es dunkler um sie geworden, auch wehte da ein kühler Wind, der ihre geschundenen Sinne beruhigte. Statt den satten Gelb- und Brauntönen der Wüste waren sie von tiefem, schattenreichen Grün umgeben. Haarfeine Regentröpfchen legten sich auf sie.

Einen kurzen Moment fiel die Madame der Hoffnung anheim, dass sie sich geirrt hatte, dass die Intuition des Menschen der der Biene einen

Streich gespielt hatte. Doch der Hall von Schritten, die nicht sein konnten, brachte das zarte Hoffnungsgebilde zum Einsturz.

»Da vorne gibt es Wasser«, unterbrach Arian Galeno ihre Gedanken. »Es sind nur drei oder vier Schritte. Halte bitte durch.«

Die Biene bewegte zustimmen die Fühler, wappnete sich für den Schmerz und war dankbar, als er damit endete, dass sich Arians Hand vorsichtig mit frischem Wasser füllte. Nicht so viel, dass sie zu ertrinken drohte, aber genug, um den Durst zu löschen und den Schmerz zu lindern.

Arian fand sogar in unmittelbarer Reichweite eine Frucht, die er mit ihr teilte. Mireia wusste, dass sie dankbar sein sollten, aber die ungute Ahnung in ihrem Bienenmenschenherz wollte nicht weichen. Das hier war einfach, und der einfache Weg war ihnen nun einmal nicht bestimmt.

»Wir sollten etwas ausruhen«, schlug Arian vor, und die Madame bewegte sich leicht nach links und rechts, um ein Kopfschütteln zu imitieren.

Gleich, wie sehr ihre Menschensinne nach Erholung lechzten, sie hatten keine Zeit, da lauerte Gefahr.

Er seufzte. »Nur ein wenig. Ich weiß selbst, dass uns die Zeit davonläuft.« Ohne noch auf sie zu achten, stellte er den Koffer ab, ließ den Murmelbeutel daneben sinken, eher er sich selbst schwerfällig hinsetzte. Dabei schwankte er so stark, dass er die Hand um Mireia schließen musste, um sie nicht zu Boden stürzen zu lassen. Als er die Finger wieder öffnete, sah sie, dass er sich an einen feucht glitzernden Felsen gelehnt hatte.

»Am besten setze ich dich auf den Koffer. Ich will dich nicht versehentlich zerdrücken, wenn ich schlafe.«

Wieder wartete er nicht, ob die Madame damit einverstanden war, sondern tat es einfach, stupste sie sogar vorsichtig von seiner Handfläche. Dabei wollte Mireia nicht auf den Koffer. Angst erfüllte sie. In ihr drängte alles danach, wegzufliegen. Sie blieb, denn den Worten der Königin nach durften sie einander nicht verlieren. So floh sie krabbelnd unter einen der Lederriemen, die den Koffer verschlossen, um etwas Schutz zu finden. Ihr Menschenherz hätte mit Sicherheit nun um ein vielfaches schneller geschlagen. Sie versuchte, das Lied der Murmeln zu finden, doch als sich ein Schatten über sie legte, verklang jedes Geräusch. Reflexartig versuchte sie, sich noch kleiner zu machen. Arian Galeno schreckte aus dem leichten Schlaf hoch, in den er gefallen war. Er setzte sich auf, sein Körper war angespannt, seine Blicke tasteten den Koffer suchend nach ihr ab. Konnte er sie unter dem Riemen ausmachen?

Fast hoffte sie, dass sie auch für ihn unsichtbar war. Las sie da Sorge in seinen Zügen? Oder war es dieselbe Angst, die sie empfand? Warum waren Gesichter mitunter nur so schwer zu lesen? Schon in der nächsten Sekunde war es zu spät. Der Schatten um sie herum bewegte sich.

»Gib mir die Biene.« Geflüsterte Worte, die zugleich sanft und schneidend gefährlich waren. Die Madame trippelte ein wenig zur Seite, um besser sehen zu können.

Das Wesen, dessen Gestalt hoch über ihr in den Himmel ragte, war ebenso von Schatten umspielt wie die Bienenkönigin es von Licht gewesen war.

Wo Licht ist, werden auch Schatten geboren, durchfuhr es die Madame. Das Gesicht des Fremden war trotz all der Finsternis so blass, dass es strahlte. Seine Augen lagen verborgen in tiefen Höhlen.

»Gib mir die Biene!«, wiederholte er. Abermals lauerte Gefahr in den Worten, durchmischte sich mit Kälte. Auch nahm die Biene einen lockenden Duft wahr.

»Ich habe keine Biene.« Arian Galenos Stimme zitterte unmerklich.

»Lügner!«, zischte der Fremde wütend und Mireia sah, dass seine Lippen die Beißzangen ihrer Art verbargen. »Sie ist hier«, fuhr er fort. »Ich wittere sie, rieche ihren zarten Honigduft.» Eine dunkelblaue Zunge leckte über seinen Mund. Speichel rann aus seinen Mundwinkeln. Arian schüttelte sich leicht.

»Wer bist du?«, verlangte er zu wissen.

Wog er etwa gerade ab, sie dem unheimlichen Fremden zu geben?

Angstvoll beobachtete die Madame ihn, aber die Schatten, die der Fremde ausstrahlte, machten es unmöglich, sein Gesicht zu erkennen.

»Ich bin der Bienenfresser«, antwortete der Fremde gerade auf die gestellte Frage.

Die Biene kroch noch ein wenig weiter unter den Riemen, darauf achtend, nicht am anderen Ende hervorzukommen. Trotzdem entdeckte sie die kleinen Schweißperlen, die sich auf Arians Stirn bildeten. »Warum sollte ich dir Mireia geben? Damit du sie fressen kannst?«

Der Bienenfresser nickte.

»Das kann ich nicht.« Arian schüttelte sich bei dem bloßen Gedanken. Die Madame spürte eine Woge der Erleichterung, aber sein Gegenüber neigte den Kopf. Ein Speichelfaden suchte den Weg in die Untiefen seiner zerlumpten Kleidung.

»Bist du sicher?« Er entblößte seine Beißwerkzeuge zu einem grotesken Grinsen. »Denk doch, wo du sein könntest, ohne sie? Ihretwegen seid ihr in die Dämmerung gefallen, und wo ihr euch gerade habt retten können, hat sie die Murmel geschluckt und den Zauber, den du so dringend gebraucht hast, für sich in Anspruch genommen. Sie allein ist Schuld an dem Schmerz, den du in der Dämmerung hast ertragen müssen, sie hat die Bienen gerufen und nun ist sie selbst eine, obwohl sie um deine Angst wusste.«

Alles in der Madame zog sich zusammen. Als Mensch hätte sie nun vermutlich Tränen in den Augen und das Gefühl der Enge im Brustkorb verspürt. Bangen Herzens sah sie zu Arian Galeno hinauf und beinahe hätte der Schreck sie dazu gebracht, ihre Deckung zu verlassen. Arian stimmte dem Bienenfresser zu. Plötzlich erinnerte sie sich wieder den Schuldzuweisungen, die er sie hatte spüren lassen, damals, in dem Moment bei der Bienenkönigin, der vermutlich keine Tagesweite entfernt lag. Er hasste sie für all die Dinge, die der Bienenfresser aufgezählt hatte, gab ihr Schuld für die Situation …

Er drehte den Kopf. Abermals suchte er nach ihr. Irrte sie, oder schaute er einen Moment zu lang auf den Riemen, der sie verbarg?

Jetzt kam auch der Bienenfresser näher, die Nasenlöcher witternd geweitet. »So köstlich«, hörte sie ihn keuchen. Hätte sie Augenlider gehabt, hätte sie sie geschlossen, aber die Biene konnte ihre Blicke nicht vor dem verschließen, was vor ihr lag. Schon streckte der Bienenfresser seine bleichen, fast farblosen Hände mit den langen, bläulich schimmernden Fingern nach dem Koffer aus. Feine Härchen, alle mit Widerhaken versehen, bedeckten seine Fingerkuppen. Der betörende Duft, der sie zuvor schon gelockt hatte, drohte ihren Willen zu betäuben. Bewegten sich ihre Flügel, krabbelte sie in seine Richtung?

»Nein.«

Das Wort war wie ein Peitschenknall. Arian Galeno stand nun auf den Beinen, den Rücken dem Koffer zugewandt, sodass Mireia nur die Rückseite seiner Beine sehen konnte. Er sagte etwas, aber der Duft des Bienenfressers betäubte ihre Sinne. Eine Sekunde später lehnte sich Arian nach hinten, nur um direkt wieder nach vorne zu schnellen.

Die Luft vor ihm füllte sich plötzlich mit einer dunklen Wolke. Es blitzte grell auf, ein tosender Donner folgte und dann, für etwa eine halbe Minute, regnete es Bindfäden. Die Tropfen trommelten auf den Koffer, Sand spritzte vom Boden hoch, das Wasser bildete einen Vorhang, der die Umgebung verschwinden ließ. Und dann endete es. Mehr noch, es war, als wäre nichts von alledem geschehen.

Sie befanden sich immer noch im kühlen Grün der Oase. Feiner Nieselragen tanzte durch die Luft. Der Bienenfresser war fort.

Vorsichtig krabbelte die Madame aus ihrem Versteck. Arian Galeno bückte sich gerade und hob etwas auf. Als er sich wieder aufrichtete, sah Mireia ein Bündel Stoff zu seinen Füßen. Die Kleider des Bienenfressers. Summend wollte sie zu Arian fliegen. Sie brauchte eine Erklärung, aber da löste sich um sie herum alles Grün auf, bis sie abermals in der sengenden Hitze der Wüste standen. Arian trat zu ihr, hob den Beutel mit Murmeln auf und zog den Knoten auseinander, eher sich vor dem Koffer auf die Knie sinken ließ und ihr zeigte, was er aufgehoben hatte.

Eine Murmel lag in seiner Hand, größer als jede, die er bisher gefunden hatte. Sie war durchsichtig, aber in ihrem Inneren gab es einen Wolkenwirbel aus Gelb, Schwarz und glänzendem Gold. Mit einem Lächeln ließ er sie in den Beutel mit den anderen Murmeln fallen. Klackernd wurde sie von ihren Schwestern in Empfang genommen. Die Melodie bekam eine neue Nuance.

»Das ist wohl, was ich erhofft habe«, meinte Arian Galeno. »Nun bleibt, was ich wünsche und was ich loslassen und verlieren muss.« Die Worte der Bienenkönigin.

Er hielt ihr die Hand hin und sie krabbelte darauf. Sofort verblasste sein Lächeln und kurz fürchtete die Madame, dass er sie nun mit der eigenen Hand töten würde, aber stattdessen sagte er: »Deine Bienenstreifen verschwinden.« Es brauchte keine weiteren Worte mehr. Ihr Tod war ihnen auf der Fährte. Wenn sie doch mehr Zeit hätten …

»Wir müssen uns beeilen. Schnell. Welche Richtung?«

Die Madame richtete ihren Insektenleib abermals nach Westen aus, und als Arian Galeno loslief, war der Schmerz um ein vielfaches stärker als zuvor.

Kapitel 10

Sie wusste nicht, wann und warum Arian Galeno anhielt, ob es an ihm lag oder an ihr. War sie bei Bewusstsein gewesen? Wie lange waren sie gewandert? Sie dämmerte dahin, ohne sagen zu können, ob es mehr die Biene oder mehr der Mensch war, der langsam vor sich hin starb.

Arian sank auf die Knie und natürlich fiel sie mit ihm.

»Wir brauchen mehr Zeit.« Es war mehr ein nach Luft schnappen als ein Sprechen, längst waren die wenigen Minuten der Erholung in der Oase verbraucht und fast schon vergessen.

Ja, sie brauchten wahrlich mehr Zeit, aber Zeit war nichts, das man einfach so geschenkt bekam.

Ein Bild flackerte im Geist Mireias auf, eine Erinnerung, begleitet von einem Gesprächsfragment. „Ein wenig Zeit kann man immer brauchen, denn jeder Moment hat die Macht einer Ewigkeit“

Die Sanduhr.

Wo war sie?

Summend hob die Biene von Arian Galenos Handfläche ab, schaffte es aber nur wenige Millimeter. Sie war so schwach.

»Was ist los? Willst du mir etwas sagen?« Matt bewegte Mireia die Fühler zur Zustimmung und machte ihn dann krabbelnd auf den Koffer aufmerksam, dann auf das kleine Perlenbestickte Täschchen, das ihr die Tamina Theodora mit auf den Weg gegeben hatte. Wie ein Leuchtfeuer brannte das Wort *Hoffnung* plötzlich.

Arian öffnete den Reißverschluss, holte den Schlüssel und die Sanduhr hervor. Er stieß einen leisen Pfiff aus, als die Madame ihn mit einem leichten Trippeln nach rechts anwies, die Sanduhr zu nehmen. Arian Galeno steckte den Schlüssel zurück und verstaute die kleine Tasche sicher im Koffer. Nervös krabbelte die Biene über seinen Arm.

Nach einem kurzen, fragenden Blick und einem erneuten Fühlernicken drehte Arian die Sanduhr.

Nichts geschah. Einzig der Sand tropfte durch die Uhr fast Körnchen für Körnchen genau nach unten.

Das ist falsch, dachte Mireia.

Da erhob sich Arian ohne ein weiteres Wort und machte drei Schritte gen Westen, ohne jedoch seine Blicke von ihr zu lösen.

Und tatsächlich. Der Schmerz blieb aus.

Mehr noch: Die Schritte brachten sie einige Meter weiter als nach Menschenermessen möglich. Doch der Sand in der Uhr reichte kaum für sechs Schritte, der siebte trug schon wieder den Schmerz in sich. Sofort hielt Arian an, drehte die Sanduhr erneut in seinen Händen, aber da war kein Sand mehr, der hätte von der einen Seite in die andere wandern können.

Ein Moment, erinnerte sich die Madame bitter.

Am liebsten hätte sie einfach aufgegeben. Keinen weiteren Schritt, keinen weiteren Schmerz mehr. Aber das ging nicht. Das Leben hatte ihr oft genug gezeigt, dass da immer irgendwo ein Ausweg war. Vielleicht nicht sofort, und an dieser Stelle hier war er sicher nicht leicht. Aber es gab ihn. Kraftlos krabbelte sie auf Arians Zeigefinger, um ihm die Richtung zu zeigen, in der sie der feine Streifen aus Wolkenfaser nach wie vor führte, auch wenn er dünner geworden war. Oder lag es an der Farbe des Sandes? Er war dunkler, grobkörniger, nicht länger gelb oder ocker, sondern eher rötlich, von hellem Karmesin bis zu tiefem Bordeaux. Hier und da färbte der Schein der Sonnenstrahlen ihn auch leuchtend orange.

Erst nach wenigen Momenten fiel Mireia auf, dass das Licht verblasste. Der Tag neigte sich dem Abend zu, und mit seinem Ende näherten auch sie sich unweigerlich der Grenze.

»Es ist nicht mehr weit«, rief es in ihr, und weil Arian Galeno immer noch stillstand, trippelte sie auffordernd ein Stück weit nach vorne. Es würde schon gehen, sie konnte es aushalten, wenn er sich nur beeilte.

Einzig – sie hatte unterschätzt, dass Dinge, die endeten, oft noch ein letztes Mal all ihre Kräfte bündelten. Der Tag hielt es nicht anders, denn obwohl es dunkler geworden war, stieg die Temperatur an.

»Verdammt«, stieß Arian aus. Die erneute Trockenheit raute seine Stimme auf. Auch für ihn war es gefährlich – es war leicht, das zu vergessen, wenn einem der Tod vorhergesagt worden war. Arian berührte sie leicht an einer Flügelspitze.

»Ich gehe weiter, wenn du es willst.«

Die Madame im Inneren der Biene wollte spöttisch schnauben. Als ob die Wahl, die sie hatten, wirklich eine war. Sie hob die Flügel zum Zeichen, dass er gehen sollte und deutete mit ihren Flügeln nach Westen. Arian nickte und schaute sich noch einmal um. Ob ihm der Farbwechsel des Sandes auch auffiel?

Als er einen Laut der Überraschung ausstieß, richtete die Biene ihre Aufmerksamkeit in Richtung seiner Blicke, doch was immer er sah, blieb ihr verborgen. Das Wort, das er in der nächsten Sekunde aussprach, reichte jedoch, dass sie begriff.

»Celia!«

Arian Galeno musste sie sehen, irgendwo dort östlich von ihnen in der Wüste, ein Trugbild, eine Fata Morgana.

Mireia schlug mit den Flügeln, surrend versuchte sie, ihn zu warnen – vergeblich. Arian trug sie nach Osten, und seinen Schritten folgte der Schmerz. Und obwohl er ihren Körper abermals zwang, sich zusammen zu krümmen, schwanden ihr nicht wie sonst alle Sinne. Arians Stimme blieb. Er redete mit Celia, aber offenbar hörte sie ihn nicht, schien im Gegenteil mal näher und mal weiter von ihm zu sein, denn mitunter schrie er, ehe er wieder leise flüsterte. Mireia hörte sein Flehen, seine Verzweiflung und vor allem seine Sehnsucht. Über alles legte sich die Melodie der Murmeln, die sie nach jedem Schritt aus dem Schmerz zurückholte.

Längst war die Wolkenspur fort, lag irgendwo hinter ihnen, womöglich auch in einer ganz anderen Richtung. Wie weit waren sie der Illusion schon gefolgt?

Die Melodie der Murmeln verstummte im selben Augenblick in dem Arian Galeno einen langen, schmerzerfüllten Schrei ausstieß. Er war stehengeblieben, der kleine Insektenkörper der Madame entspannte sich und sie nahm einen leichten Windhauch wahr, der über sie hinweg strich. Die Lichtverhältnisse hatten sich verändert, wie in dem Sand dort, wo die Halluzination Celias aufgetaucht war, mischte sich Rot in das Gelb. Wie Blut, dachte Mireia und obwohl sich Arian kein Stück bewegte, empfand sie Leid. Der Tag starb, und er tat es mit dem Beginn jeder Abenddämmerung wieder und wieder aufs Neue.

Der Wind, der nun stärker wurde, brachte den Abend näher – und er hatte das Bildnis Celias fortgeweht. Deshalb der Schrei … Arian tat dies alles für Celia, und auch wenn er gesagt hatte, dass es ihm nicht wichtig sei, sie zurückzubekommen, wenn nur die Welt den Wolkenphönix zurückbekäme – ein Teil von ihm hoffte darauf, dass sie wieder bei ihm wäre. Gleich, was er sich einzureden versuchte. Und so tat es weh, jedes Mal wenn das Begreifen größer wurde und die Hoffnung starb.

Trotzdem mussten sie weiter – oder besser zurück auf den richtigen Weg. Die Madame krabbelte auf Arians Zeigefingerspitze, auch wenn die weiße Spur nicht mehr zu sehen war. Es blieb der schwere Weg, denn wo es keine Himmelskörper gab, konnte man auch keine Himmelsrichtung bestimmen.

Wobei, dort, wo das Rot am Tiefsten war, müsste Westen sein … Sie krabbelte auf der Fingerspitze hin und her, aber Arian nahm weiterhin keine Notiz von ihr und starrte nur dorthin, wo Celia verschwunden war.

Erst, als Mireia vergeblich versuchte, vor sein Gesicht zu fliegen, schaute er zu ihr. Er hatte geweint, wischte sich die Nase mit dem Ärmel der anderen Hand ab. Sie sah, dass er etwas sagen wollte, seine Lippen bewegten sich, die Worte verließen nur nie seinen Mund. Ganz abrupt hob Arian Galeno den Kopf, schloss die Hand, die Mireia hielt und rannte los. Die Biene hatte Not, nicht von seinen Fingern zerdrückt zu werden, seine Haut berührte sie von allen Seiten, verdunkelte ihre Augen. Dazu kam der Schmerz, engmaschiger als je zuvor.

Arian Galeno ging nicht, er rannte. Nichts sehen zu können, verstärkte die anderen Sinne der Madame. Panik, die nicht die ihre war, mischte sich unter den Schmerz. Sie wünschte, sie könnte sehen, was Arian solche Angst bereitete, aber sie war blind, und dieses Mal verließ auch kein Hinweis seine Lippen. Sie hörte seinen keuchenden, fast rasselnden Atem und spürte seinen rasenden Herzschlag gegen ihren Körper wummern. Er betäubte sie, machte sogar den Schmerz erträglich.

Bis Arian stehenblieb und die Madame begriff, dass es nicht sein hämmerndes Herz war, dass sie betäubt hatte. Ihre Zeit war fast abgelaufen, und wie es der Tag zuvor getan hatte, bäumte auch die Madame sich noch einmal auf. Kaum, dass Arian seine Hand öffnete, schlug sie mit aller Kraft mit den Flügeln und schaffte es mit großer Anstrengung, vor sein Gesicht zu fliegen. Er sah blass und ausgezerrt aus, seine Wangen waren eingefallen und die Haut über und über mit Sand und Staub bedeckt. Sein Blick war müde und er konnte sie kaum fixieren, aber da war keine Angst mehr in seinen Augen. Was immer ihn gejagt hatte, die Wüste hatte es so plötzlich verschlungen, wie sie es hervorgebracht hatte – mit einem Hitzeflimmern, einem Windhauch oder einer noch so winzigen Veränderung im Lichteinfall. Längst war alles Gelb aus dem Sand verschwunden, der so viele Nuancen von Rot angenommen hatte, dass Mireia kurz den Eindruck gewann, wieder in der Dämmerung zu sein, doch wo die Ebene in den Gefilden der Morgendämmerung von der Leere beherrscht worden war, war der Tag hier immer noch präsent. Und er machte ihnen ein letztes, grausames Geschenk.

Die Madame hörte das Lied der Murmeln. Es war tröstlich und wollte ihnen Mut machen – aber es wurde leiser. Zuerst machte Mireia sich keine Gedanken – die Melodie war schon oft stiller geworden oder ganz verstummt, bis sie den Unterschied wahrnahm. Arian bemerkte es auch, wie hätte er nicht. Nervös landete Mireia auf seiner Hand, während er unruhig den Beutel mit den Murmeln öffnete und hineinsah. Die Madame krabbelte an den Rand seiner Hand und blickte in den mit Glaskugeln gefüllten Abgrund, der die Tiefe der Tasche für sie war. Alles sah aus wie immer. Arian hingegen keuchte entsetzt auf und drehte sich zuerst um die eigene Achse, dann tastete er so hektisch den Stoffbeutel ab, dass die Madame fast den Halt verlor. An einer Ecke hielt er inne, rieb das Gewebe zwischen den Fingerspitzen. Soweit die Madame erkennen konnte, war der Stoff vollkommen unversehrt. Arian hingegen drehte sich abermals im Kreis, wieder und wieder, Pirouette um Pirouette. Sein Atem ging schnell und keuchend. Gerade meinte Mireia am Horizont den Wolkenfaden wiederzusehen, den sie verloren geglaubt hatte, da schrie Arian auf und stürzte mit einem Satz nach vorne. Es grenzte an ein Wunder, dass die Madame nicht fiel, während der Schmerz abermals kurz die Kontrolle übernahm. Er verging so schnell, wie er gekommen war. Verschwommen erkannte sie, dass Arian sich bückte und Sand aufhob, den er in die Tasche mit den Murmeln rieseln ließ. Es war nicht viel, nur die Menge, die sich zwischen den Fingerspitzen greifen ließ, aber er veränderte die Melodie der Murmeln immens und erstickte die schwachen Töne. Mireia kullerte in eine Ärmelfalte, als Arian einen weiteren Sprung in den Wüstensand machte und wieder eine Fingerspitzenmenge davon aufsammelte.

Es ist wieder eine Fata Morgana. Er sammelt Murmeln auf, weil er denkt, er hätte sie durch ein Loch im Beutel verloren. Das Wissen durchdrang den Geist der Madame wie durch Watte. Schwach nahm sie wahr, wie die Melodie abklang, im gleichen Maße, wie ihr Herzschlag schwächer wurde. Goldene Gedanken an Honig und Nektar trösteten sie, während sich das Gelb vor ihren Augen in hunderte Splitter aus Schwarz verwandelte. Sie hörte ein

Knarzen und Knacken, wie wenn Glas oder Eis riss und Stück um Stück brachen die dunklen Fragmente fort. Dahinter lag grelles Weiß, das alle Empfindungen und jeden Sinn verschlang. Kurz glaubte sie, Regen auf Haut zu spüren, die es schon lange nicht mehr gab, dann wurde ihr bewusst, dass da wirklich Wassertropfen vom Himmel fielen, einem von grauen Wolken verhangenen roten Himmel, der den Abend verkündete.

»Mireia?« Jemand rief nach ihr, aber sie wollte gehen. Der Tag war überstanden, der Schmerz verklungen und die alles tragende und zusammenhaltende Melodie verstummt.

»Mireia!« Es war Arian. Er hob sie hoch, trug sie und rief ihren Namen so oft, dass sie es kaum zählen konnte, aber auch seine Stimme wurde immer leiser.

Im nächsten Moment starb sie.

Einfach so. Ohne einen Schrei, eine Träne oder weiteren Schmerz. Für eine tausendstel Sekunde drang Trauer zu ihr – die eines anderen um sie. Dann endete alles.

* * *

Die Madame hatte sich nie Gedanken um das „Danach“ gemacht. Die Karten hatten sie stets gelehrt, dass jedes Ende stets einen Neubeginn innehielt, selbst das letzte Ende im Leben. Manche, mit denen sie gesprochen hatten, glaubten, dann wäre alles Kälte und Eis, andere sprachen von Hitze und Feuer.

Ob der Himmel aus Eis war?

Wenn, dann war sie nicht dort, wenn, dann war sie geradewegs in der Hölle gelandet.

Da war das leise Knacken eines Feuers, das gerade aus Glut erwachte und zu einer tosenden, rauschenden Feuersbrunst anschwoll.

Konnte man zwei Mal sterben? Oder war der Tod eine Abfolge vieler Tode?

Nach einer Zeit, die sie nicht benennen konnte, schwand das Feuer und wich einer Flut aus Kälte. Sie hörte das Klirren feiner Eiskristalle und das leise Knistern von Schneeflocken.

War das Feuer nur eine letzte Prüfung gewesen und das Eis ihr Los?

Nein … da waren von jetzt auf gleich Bilder, die sie noch nie gesehen haben konnte, Eindrücke, die sie nie zuvor gehabt hatte.

Sie hatte keinen stofflichen Körper mehr, dennoch stand sie auf einem feinen Netz aus Fäden. Da waren andere, Gestalten aus Wärme und Licht, die sich gerade räkelnd aufrichteten oder reckten, ehe sie begannen, über das Netz zu tanzen, an dessen Knotenpunkten sie geruht hatten. Ohne zu merken, wie es begonnen hatte, tanzte die Madame auch. Sie strahlte mit ihnen um die Wette.

Vergessen waren Feuer und Eis und das Leben, das sie einst gelebt hatte.

Bis alles wiederkam.

Erst die Erinnerung. Dann die Kälte. Und schließlich wieder das Feuer.

Wieder kam ihr der Gedanke an die vielen Tode. Dieses Mal aber wechselten sich nicht warm und kalt in ihr ab, dieses Mal wurde sie selbst zur Flamme und aus dem Feuer wuchs etwas, nein, es war die Madame, die wieder Gestalt annahm.

Nicht die eines Menschen.

Auch nicht die einer Biene.

Mächtige Schwingen aus Hitze, Licht und Feuer rissen sie ruckartig in die Luft, trugen sie höher und höher. Unter ihr verschwand das Netz aus Fäden, die Zwischenräume füllten sich mit Sand, tiefrot wie die dunkelsten Flammenfedern ihres eigenen Federkleides. Auch der Himmel, eben noch von einem fast farblosen Blau, stand ebenso in Flammen wie sie selbst. Das einzige, was aus dem Rot hervorstach, war der Mann, den sie zuvor nicht bemerkt hatte. Er kniete im Sand, neben sich ein Koffer und ein Stoffbeutel, seine Hände waren in den Himmel gereckt.

Obwohl sie ihn nur aus großer Höhe sah, erkannte sie auch in ihm ein Feuer. Dunkler und verzehrender als ihr eigenes, und doch war es mit dem ihren verbunden.

Etwas zog ihre Aufmerksamkeit von dem Mann fort. Sie hob den Blick und entdeckte ein weiteres Feuer am Horizont, das wiederum anders war als das seine oder das ihre.

Größer. Gewaltiger. Und vor allem bedrohlicher. Wenn es sie erreichen würde, wäre es das Ende. Nicht einer der Tode, von denen sie vermutet hatte, noch hunderte, gar tausende vor sich zu haben, sondern das Ende von allem.

Eine Sekunde später befand sie sich im freien Fall. Sie stieß einen Schrei aus, schrill und durchdringend wie der eines Adlers. Aus dem Fall wurde ein Flug, als ihre Schwingen sie abfingen. Und dann hob sie den Mann am Grund der Wüste auf und trug ihn an den Schultern davon. Er konnte gerade noch Koffer und Beutel greifen, dann flogen sie weiter, bis sich ihr Flug zurück in einen Fall verwandelte.

TEIL VIER

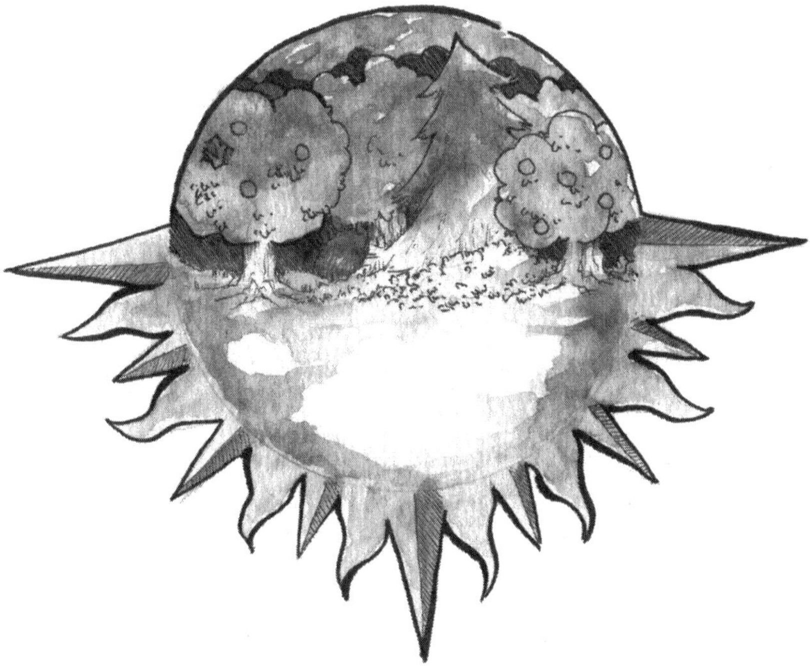

Abenddämmerung

Kapitel 11

Der Fall dauerte eine Ewigkeit. Vielleicht waren es auch zwei. Sie trudelten durch die Luft. Die Krallen der Madame gruben sich in die Schultern des Mannes, während ihre Schwingen nach Halt suchten. Als sie ihn fanden, glitten sie über Wiesen voller Bäume und Felder hinweg, die in vollem Korn standen. In Mireia wuchs der Drang zu landen, und da war noch etwas anderes, das in ihr aufstieg, eine weitere Veränderung, womöglich gar ein weiteres Sterben. Langsam sank sie tiefer, bis sie den Mann loslassen konnte, ohne ihn in Gefahr zu bringen. Dann setzte sie selbst auf, und kaum dass sie den Boden berührte, begann es. Klauen wurden zu Füßen, Schwingen zu Armen, Federn zu Haut und Haar, ganz wie früher und doch anders. All das Feuer, das ihr Haar früher ausgemacht hatte, war fort. Stattdessen fielen lange, schwarze Strähnen über ihre Schultern, reichten am Rücken bis an die Hüfte. Und auch sonst – sie war jemand anderes. Immer noch die Madame Mireia Mabel, doch sie hatte mehr hinter sich gelassen als ein Kartenspiel. Ihr ganzes Leben war in Flammen aufgegangen, sie hatte vieles vergessen, auch wenn sie grundsätzlich noch wusste, wer sie zuvor gewesen war, war diese Person nun doch fort.

Arian kniete vor ihr, die Hände auf dem Boden, den Kopf erhoben. Seine Augen waren vor Unglauben geweitet. Wieder und wieder schüttelte er den Kopf. Die Madame ging in die Hocke. Sie erkannte einen wichtigen Menschen in ihm. Wie von Zauberhand legte sich ein schlichtes schwarzes Kleid um sie. Kurz glaubte sie, den Schrei einer Krähe zu hören, aber er verklang. An seiner statt drang die Melodie der Murmeln zu ihr, voller und trotzdem noch gedämpft.

Der Sand, erinnerte sie sich. Sie mussten davon befreit werden.

Sie lächelte Arian an, streckte die Hand aus, um ihn zu berühren und ihm auf die Beine zu helfen. Mit einem erstickten Schrei rutschte er zurück, bis er gegen einen Baumstamm prallte. Dort rollte er sich zusammen, wie die Biene es vor langer Zeit vor Schmerz getan hatte. Es dämmerte der Madame, dass diese Zeit gar nicht so lange her war. Sie machte einen weiteren Schritt auf Arian Galeno zu. Sein ganzer Körper zitterte und er bedeckte sein Gesicht mit den Händen, um die Tränen zu verbergen. Die Madame sah sie trotzdem. Fragmente von Erinnerungen wirbelten durch ihren Geist, aber sie konnte sie nicht sinnvoll zusammenfügen.

»Es ist mitunter schwer, Liebe auszuhalten, gleich in welcher Form. Manchmal ist es zu viel, wenn man sich gerade selbst nicht lieben kann, wenn man glaubt, es nicht zu verdienen. Oder wenn die Schatten im Inneren so allmächtig sind, dass man glaubt, sie würden all jene, deren Nähe man zulässt, verschlingen. Dann ist die Liebe ein Monster, und Menschen haben gelernt, Monster zu fürchten.« Die Stimme, die die Worte sprach, war vertraut, doch die Schritte, die sich ihnen näherten, klangen fremd. Mireia drehte sich um. Eine Frau trat zwischen den Bäumen hervor. Sie war alt. Ihre faltige, sonnengegerbte Haut erzählte von einer langen Reise, doch ihr schwarzes, fast bläulich schimmerndes Haar stand im Widerspruch zu all den Runzeln und Altersflecken. Kleine Perlen und Federn, die in ihr Haar geflochten waren, berührten sich mit einem leisen Geräusch, das an die Murmeln und den Flug eines Phönix erinnerte. Die Frau kam langsam näher. Ihre Hände berührten die Bäume, die sie passierte. Raschelnd bewegten sich die Blätter und gaben den Blick auf Früchte frei, die ihre Äste beschwerten. Äpfel und Birnen, Pflaumen und Mirabellen und sogar herzförmige Kirschen.

»Er ist voller Schatten«, sprach die Alte weiter, als hätte es nie eine Pause gegeben, »und voller Schuld.« Sie erreichte die Madame. »Er hat dich sterben sehen und gibt sich die Schuld dafür.« Die alte Frau lächelte und entblößte damit eine Reihe von Zahnlücken. Trotzdem blitzte es in ihren Augen, obwohl dahinter eine tiefe Müdigkeit lag. »Ich sagte dir ja, du würdest fliegen, wenn wir uns das nächste Mal sehen.«

Mireia stutzte und musterte die Fremde genauer. Nichts erinnerte mehr an die Hexe der Morgendämmerung mit ihrem jugendlichen Wesen, nicht die Augen, nicht der Körper und nicht die Kleidung. Die zarte Seide war einer Hose und einem schlichten Oberteil aus weichem Leder gewichen, das über der Brust mit feinen Stickereien verziert war. Es zeigte eine Krähe oder einen Raben.

Natürlich nicht, beantwortete sie sich selbst die ungestellte Frage. Es ist das Ende des Tages, nicht mehr der Beginn. Westen, nicht länger Osten.

Das Lächeln im Gesicht der Hexe verbreiterte sich, als sie das Erkennen in dem der Madame bemerkte.

»Entschuldigt, dass ich Euch nicht gleich erkannt habe.« Mireia neigte leicht den Kopf.

»Nun, wir haben uns beide verändert, nicht wahr?«

Stumm nickte die Madame mit zusammengepressten Lippen. Ihr Blick war von der Hexe zurück zu Arian Galeno gewandert.

»Gib ihm Zeit«, riet ihr die Alte. »Und lass uns ein Stück gehen. Es hier Dinge, die auf dich warten.« Sie deutete auf die Obstbäume und Felder. »Die Ernte deines Tages. Für die Reise in die Nacht und darüber hinaus.«

Aufmerksam hob Mireia den Kopf. Die Hexe schmunzelte. »Gewiss. Die Gefilde der Abenddämmerung führen unweigerlich in die Nacht.«

»Und es gibt einen einfachen und einen schweren Weg?«, unterbrach die Madame sie.

Die Hexe neigte den Kopf. Das reichte als Antwort. Mireia schmeckte die Bitterkeit, die ihr in den Mund stieg.

»Aber wer sagt denn, dass sich mit dir nicht auch der Weg geändert hat?«, warf die alte Frau ein, während sie zwischen zwei Apfelbäumen hindurchtrat. »Nun komm.«

Die Madame schaute noch einmal zu Arian.

»Du kannst ihm jetzt nicht helfen“, unterbrach die Hexe ihren Gedanken, zu bleiben. Trotzdem zögerte Mireia.

„Es wird ihm nichts geschehen«, versprach die Herrin der Dämmerung. »Er wird bewacht.«

Kaum, dass sie die Worte ausgesprochen hatte, trat ein Fuchs hinter den Zweigen eines Haselnussstrauches hervor, hob witternd den Kopf und lief dann zu Arian. Drei Schwänze tanzten in Wellenbewegungen. Bei Arian Galeno ließ er sich nieder, die Ohren wachsam gespitzt. Die Schnauze legte auf den Beutel mit den Murmeln ab.

»Sie ist eine Tochter des ersten Sterns«, erklärte die Hexe. »Sie weiß, was sie beschützt. Oder besser wen.«

Mireias Augen blitzten auf. »Also achtet sie auf die Murmeln? Nicht auf Arian?«

»Sie achtet auf beide«, erwiderte die Hexe ruhig und ging weiter. Mireia folgte ihr, und nach wenigen Schritten waren Arian und die Füchsin aus ihrem Blickfeld verschwunden. Der Duft der Früchte stieg der Madame in die Nase. Wie lange hatte sie nichts mehr gegessen?

»Nimm ruhig. Sie stellen keine Gefahr dar.«

Vorsichtig pflückte die Madame einen Apfel und biss hinein. Die Hexe nickte zufrieden.

Schweigend liefen die beiden Frauen weiter, passierten Felder und weitere Obstwiesen, bis sie einen schmalen Bach erreichten.

»Trink«, forderte die Hexe sie auf.

Mireia kniete sich an das Ufer, tauchte ihre Hände in das kühle Nass und trank. Als sie fertig war, hob sie den Kopf. Die Herrin der Dämmerung hatte sich auf einer Baumwurzel nicht unweit von ihr niedergelassen. Eine Krähe hockte auf dem Ast über ihr und beäugte die Madame, flog dann aber auf, während diese sich erhob und bald darauf in die langen Schatten des Baumes trat. Der Himmel über ihnen war so rot, dass die Madame glaubte, es könnte Blut sein, das ihn bedeckte.

»Oh, es ist Blut«, bestätigte die Alte und erinnerte Mireia daran, dass ihr Gegenüber Worte nicht hören musste, um sie zu vernehmen.

Ein Schauer lief ihr über den Rücken, augenblicklich stieg ihr ein metallischer Geschmack in den Mund, wie wenn man mit den Lippen einen kleinen Schnitt am Finger säuberte.

»Es ist das Blut jener, die heute gestorben sind«, vermutete sie.

»Ja und nein«, lautete die Antwort. »Es ist alles Blut, das an diesem Tag vergossen wurde.«

Die Madame nickte. Es gab viele Arten zu bluten, und nicht jede schlug eine Wunde.

»Was muss ich wissen?«, fragte sie.

Stumm deutete die Hexe auf den Baum. Mireia hatte ihm bislang keine große Beachtung geschenkt, so dass ihr erst jetzt auffiel, dass er weder Kirschen noch Äpfel noch andere Früchte trug. Seine Äste waren gespickt mit Murmeln. Sprachlos öffnete sie den Mund.

»Es sind verlorene Zauber und eingefangene Träume, erfrorene Hoffnungen und Fragmente einer Liebe, die nie wieder sein wird«, beantwortete die Herrin der Dämmerung erneut ihre unausgesprochene Frage.

»Der Wolkenphönix«, brachte Mireia es auf den Punkt.

»Auch«, bestätigte ihr Gegenüber, doch als die Madame Anstalten machte, nach den Murmeln zu greifen, hielt die Hexe sie mit einer knappen Bewegung davon ab.

»Der Phönix war nie hier, und so kann er hier nicht gefunden werden.«

Ein Krächzen lenkte die Aufmerksamkeit der beiden Frauen in den Baum. Eine Krähe – womöglich war es gar dieselbe wie zuvor - landete abermals über der Hexe im Geäst. Im Schnabel hielt sie eine blutrote Glaskugel.

Die Hexe lächelte ihr zahnloses Lächeln. »Dies ist die erste Murmel, die du haben musst. Sie trägt in sich, was du warst. Zwei weitere darfst du selbst wählen: Die erste soll zeigen, was jetzt ist. Hast du sie gefunden, wähle noch eine letzte für das, was sein wird.« Die Hexe machte eine Geste, und die Krähe öffnete den Schnabel, sodass die Murmel fiel.

Rasch machte die Madame einen Schritt nach vorne, um sie aufzufangen. Die Glaskugel glänzte in ihrer Hand. Das Rot im Inneren pulsierte und die Murmel fühlte sich ganz war an. Mireia umschloss sie mit den Fingern, und sofort strömte eine Flut von Bildern auf sie ein. Tausende von Tagen, die sie gelebt hatte. Menschen, denen sie begegnet war und die sie hinter sich hatte lassen müssen. Der Zirkus, der Laden, das Tarot der tausend Stimmen, unendlich vieles mehr. Sie keuchte. Eine Träne fiel aus ihrem Auge. Dann war es vorbei.

Unwillkürlich griff sie dorthin, wo sie immer den Beutel getragen hatte, in dem sie Dinge gesammelt hatte. Vergeblich.

Leise lachend kommentierte die Hexe ihr Verhalten. »Das Kleid hat Taschen«, merkte sie an. Mit einem Lächeln tastete Mireia danach und ließ die walnussgroße Kugel hinein gleiten. Danach umrundete sie den Baum mit langsamen Schritten. Ihre Blicke glitten nicht nur über die gläsernen Früchte des Baumes, sondern auch über die höher liegenden Äste. Die Krähe stieß einen warnenden Laut aus. Mireia nickte zum Zeichen, dass sie verstanden hatte. Alles, was ihr bestimmt war, konnte sie vom Boden erreichen. Sie ging weiter. Das hohe Gras raschelte leise, wenn ihr Rocksaum es streifte. Die zweite Murmel, nach der sie griff, war von einem sehr hellen Blau. In ihrem Inneren füllte sie ein Wirbel, der wie eine Umarmung aus orangeleuchtendem Feuer und tiefblauem Eis aussah.

Noch ehe sie sie zu der anderen stecken konnte, erfassten ihre Blicke die Dritte.

Sie sah fast aus wie die, die sie einst, vor dieser Reise, im Wald gefunden hatte, jene, die sie verschluckt hatte und durch die sie zu einer Biene geworden war. Die Erinnerung zog ihre Eingeweide kurz zusammen und ließ ihre Hand zittern, als sie die Murmel mit dem schwarz-gelben Inneren von ihrem Ast pflückte. Wie von der anderen ging auch von dieser ein fremdvertrautes Summen aus.

Die alte Frau erhob sich leise applaudierend. »Eine weise Wahl. Nun wird dein Weg zeigen, ob du daraus ebenso kluge Schlüsse ziehst.«

Die Madame stöhnte. In das Rot des Himmels über ihnen hatten sich dunkelviolette Schatten gemischt. »Wir sollten zurückkehren«, sagte die Alte. »Du wirst erwartet, und alles, was ich dir geben konnte, hast du erhalten.«

Das Herz der Madame schlug ein wenig schneller. Zwei Fragen brannten ihr auf der Zunge, aber sie wagte nicht, auch nur eine von ihnen zu stellen. Die Worte der Hexe hatten endgültig geklungen. Ein leises Gluckern ließ sie ihr herumfahren.

»Der Sinn der Murmeln wird sich offenbaren, wenn es an der Zeit ist. Und, was deinen Freund betrifft, ihr werdet reden und alles Weitere wird sich zeigen.« Sie berührte Mireia am Oberarm.

»Die Pfingstrosen sind sicher, aber fürchtet den Weg durch den Mohn«, sagte sie, und dann war sie fort. Dort, wo sie gerade noch gestanden hatte, lag einen Sekundenbruchteil noch ein Schatten in der Luft, als wenn man blaue Tinte in ein Glas mit rotem Wasser gegeben hätte. Mireia hob die Hand zum Gruß gen Osten, denn dort würde die alte Dame abermals erscheinen, jung wie der Morgen, als der sie erwachte.

Mireia wandte sich dem Weg zu, der vor ihr lag. Dort, hinter den Ästen einiger Brombeerbüsche, schimmerte das rote Fell der Füchsin hindurch. Das Tier erhob sich, kaum dass sie abermals zwischen den beiden Apfelbäumen hindurchgetreten war. Die drei Schwänze tanzten in Wellen und Wogen durch die Luft. Blicke aus blassgoldenen Augen trafen Mireias. Die Füchsin neigte kurz den Kopf, dann huschte sie davon. Wo ihre Pfoten den Boden berührten, rieselte goldener Staub in das saftig grüne Gras. Die Madame erinnerte sich der Worte der Hexe, dass sie die Tochter eines Sterns sei. Automatisch sah sie in die Richtung, in der das Tier verschwunden war. Ein einzelner Stern funkelte leicht im Violett des Firmaments. Dort also lag die Nacht. Aber zunächst lag noch eine andere Art von Dunkelheit vor ihr. Ihr Herz zog sich ein wenig zusammen, als sie zu Arian trat. Er war wach und lehnte am Stamm eines Pflaumenbaumes. Die Erschöpfung stand ihm ins Gesicht geschrieben.

Kurz fragte sich die Madame, ob sie ebenso blass und ausgemergelt wie er aussah. Aber selbst wenn – was machte es für einen Unterschied?

Zögernd suchte sie Arians Blick, nicht sicher, ob sie nähertreten sollte. Arian nickte leicht, seine Miene blieb jedoch unergründlich. Bis sie vor ihm in die Knie ging und sich so hinsetzte, dass ihr Koffer und der Murmelbeutel zwischen ihnen lagen, sagte er kein Wort.

»Du lebst«, stellte er dann leise fest, die Stimme zu gleichen Teilen mit Erleichterung, Überraschung und Wut gefüllt. Wartend schwieg die Madame. Arian fuhr fort, rang die Hände in der Luft. »Du warst tot! Ich habe dich sterben sehen. Ich habe dich sterben lassen …«

Mireia wagte es, leicht den Kopf zu schütteln, aber Arian merkte es nicht.

»Du bist meinen Tod gestorben«, sprach er weiter, mehr zu sich als zu ihr. »Es ist mein Weg, meine Suche … ich hätte sterben müssen.« Er wiegte sich hin und her, seine Blicke glitten durch Mireia hindurch. Sie streckte eine Hand aus und berührte ihn sanft am Unterarm. Sofort fokussierte er sie. Sein Blinzeln ließ eine Schar Tränen frei.

»Du warst tot«, flüsterte er abermals.

Mireia nickte. Arian wischte sich die Tränen fort. »Und dann … dann warst du ein Phönix. Wie Celia, nur aus Feuer … Ich habe sie nie so gesehen, weißt du?« Er fuhr sich durch das Haar. »Wie hat es sich angefühlt?«

»Was? Zu sterben oder zu fliegen?«

Arian Galeno lachte kalt. »Beides«, sagte er schließlich und lehnte sich zurück an den Stamm hinter sich. Mireia unterdessen zog die Knie heran und legte die Arme schützend darum.

»Es war kalt«, erinnerte sie sich. »Und warm. Da waren Gestalten aus Licht. Wir haben getanzt. Alles war so leicht, der Schmerz war fort, mehr noch, ich war es, mein Körper, so gut wie all meine Erinnerungen …« Sie rieb sich über die Arme. »Der Wechsel zwischen warm und kalt war jedes Mal wie Sterben …« Die Stimme brach ihr weg. Eine Weile saßen sie einfach stumm da. Nur der Ruf eines Käuzchens durchbrach die Stille.

»Ich hätte nicht gedacht, dass ich ein Phönix werde«, fuhr sie irgendwann kaum hörbar fort. »Am Anfang war es auch kein Fliegen. Es war mehr ein Fallen. Und dann habe ich dich gesehen, und dieses Feuer … es war womöglich nur eine Illusion, eine Fata Morgana so wie …« Sie stockte und biss sich auf die Unterlippe.

»So wie Celia. Oder dass der Beutel ein Loch hatte und Murmeln herausgefallen waren. Nicht zu vergessen von …« Er schüttelte den Kopf.

»Es war die Wüste«, sagte die Madame, auch wenn sie wusste, wie hohl die Worte klangen. Sie erzählte weiter. »Ich wusste nicht, wer du bist, aber ich spürte, dass wir miteinander verbunden sind und gemeinsam von dort fort mussten, und so habe ich dich hochgehoben und …«

»… wir sind gemeinsam geflogen«, warf Arian mit einem Lächeln ein.

Jetzt war es die Madame, die bitter auflachte. »Es war mehr ein Fallen«, gestand sie.

»Das Ergebnis zählt«, widersprach Arian Galeno leichthin, aber die Leichtigkeit aus seiner Stimme verschwand mit seinen nächsten Worten. »Ich habe dich gehasst«, gestand er. »Als die Bienenkönigin mir sagte, dass du die Murmel geschluckt und den Zauber so ausgelöst hast …« Er schluckte. »Aber in der Wüste habe ich verstanden, dass du keine Wahl hattest – dann habe ich dich dafür gehasst, dass ich dich leiden lassen musste. Es ist doch meine Suche, ich hätte sterben müssen, nicht du …« Er stockte. »Deshalb konnte ich dich nicht ertragen, als du plötzlich wieder vor mir gestanden hast. All der Hass … ich musste verstehen, dass dieser Weg auch der deine ist, aus ganz anderen Gründen.« Er schaute sie an. »Ich muss dir danken. Ohne dich wäre mein Weg lange zu Ende gewesen.«

»Du bist für mich vom Regenbogen gesprungen«, sagte Mireia.

Wieder schwiegen sie kurz. Arian griff nach dem Beutel mit den Murmeln. »Hilfst du mir, sie vom Sand zu befreien? Ich … ich glaube, Celia erstickt daran.«

Die Madame nickte. »Natürlich. Aber ich habe noch etwas für dich.« Sie holte die Murmel hervor, die sie als letzte vom Baum gepflückt hatte und legte sie zu den anderen in den Beutel. Es war jene, die für die Zukunft stand, doch was immer das Schicksal für sie bereithielt – in unmittelbarer Zukunft war es die Suche nach dem Wolkenphönix. Sie hörte, wie Arian Galeno schier der Atem stockte.

»Woher? … Was hast du dafür gegeben?«

»Die Hexe der Dämmerung führte mich zu ihr. Eben, als die Sternenfüchsin über dich gewacht hat.«

Hastig nickte er, wiederholte dann aber: »Was hast du dafür gegeben?«

Die Madame lächelte matt. »Der Tod war der Preis. Mein Leben. Die Herrin dieser Gefilde gab mir meine Vergangenheit, mein Hier und Jetzt und ein Stück der Zukunft. Ich habe nur entschieden, was ich damit anfangen will …« Sie verstummten. Sprachlos beobachteten sie, wie der Sand in dem Beutel sich sammelte, verwirbelte, heller und heller wurde und schließlich zu Dutzenden von Murmeln auseinanderfiel, die alle die Farbe der Dämmerung trugen. Ganz wie die Hexe des Zwielichts gesagt hatte, kamen die Murmeln zu ihnen, wenn es an der Zeit war.

Die Umarmung, die sie in der nächsten Sekunde fast umriss, war herzlich und wischte allen Hass und jedes Misstrauen zwischen ihnen fort. Als Arian Galeno sie losließ, fragte er: »Was nun? Machen wir uns auf den Weg in die Nacht?«

Die Madame schaute zum Abendstern, dann auf den Weg zwischen den Obstbäumen, auf dem die Füchsin verschwunden war. Ihre goldene Spur aus Sternenstaub glitzerte immer noch im Gras.

»Ja. Aber nicht sofort. Wir sollten schlafen. Von den Früchten essen. Wer weiß, was uns in der Nacht erwartet …« Sie hielt abrupt inne und griff nach ihrem Koffer. Arian schaute ihr mit fragendem Gesicht zu, wie sie ihn öffnete. Er war voller Asche – all ihr Hab und Gut war ebenso verbrannt wie sie. Der Madame entfuhr ein Schnauben. Welchen Zweck hatte dann dieser vermaledeite Koffer noch?

Doch als ihre Hände in den feinen Staub fuhren, fand sie ebenso etwas wie in der Wabe unter dem Honigmeer.

Langsam zog sie die Karte der Nacht hervor und entfaltete sie. Hier, in den Gefilden der Abenddämmerung zeigten sich blasse Linien und die Ahnungen von Worten. Sie waren nicht lesbar, aber sie wurden deutlicher.

»Woher hast du sie?«, fragte Arian erstaunt.

»Der Laden gab sie mir, ehe wir gingen«, gab die Madame zurück. Arian beugte sich über die Karte und deutete auf etwas ganz am Rand. »Das sieht aus wie eine Treppe.«

Mireia neigte den Kopf. »Möglich. Mehr werden wir wohl erst in den Ländern der Nacht erfahren.« Sie faltete die Karte wieder zusammen und rutschte neben Arian, sodass ihr Rücken ebenfalls an den Stamm kam. Er ließ zu, dass sie ihren Kopf auf seine Schulter bettete. Dumpf kam ihr in den Sin, dass sie etwas hatte essen wollen, aber dann war sie eingeschlafen. Falls Arian Galeno noch etwas sagte, ging es ihn ihren wirren Träumen unter.

Kapitel 12

Das Keckern eines Fuchses weckte sie. Mireia blinzelte. Sie lag im Gras, ihr Kopf auf die moosbewachsene Wurzel eines Baumes gebettet. Der Himmel, der zwischen den Ästen zu sehen war, hatte die Farbe eines matten Rots, das man weder hell noch dunkel nennen konnte.

Auf die Arme gestützt richtete die Madame sich auf und blickte suchend umher. Arian Galeno war nicht da, aber die neben ihr liegende Karte und der Beutel mit den Murmeln zeugten davon, dass er nicht weit weg war. An seiner Stelle saß die dreischwänzige Füchsin vor ihr. Trotz der Helligkeit waren ihre Augen wie Sterne und das goldene Glitzern in ihrem Fell deutlich sichtbar. Mehrere Minuten schauten sie einander nur an, beide vollkommen reglos, nur eine Schwanzspitze der Füchsin bewegte sich leicht und manchmal zuckten ihre Ohren.

Mireia spürte Unruhe in sich aufsteigen und obwohl sie erschrak, als Arian rechts von ihr neben einem Himbeerbusch hervortrat, war sie auch erleichtert. Er trug Früchte in den Armen. Mit einem Nicken deutete er in Richtung der Füchsin. »Sie war schon da, als ich aufgestanden bin. Ich glaube, sie soll auf uns aufpassen.« Er setzte sich neben sie und hielt ihr einen Apfel hin. »Iss. Vermutlich wird sie uns nicht mehr lange ausruhen lassen.«

Mireia griff nach der kleinen, verwachsenen Frucht. Aus den Augenwinkeln beobachtete sie, wie die Füchsin ihre Vorderpfote mit der Zunge säuberte. Goldener Staub rieselte ins Gras. Vermutlich lag Arian mit seiner Einschätzung richtig. Die Hexe gab ihnen gerade so viel Zeit, wie sie brauchten, aber sie erlaubte ihnen keinen Müßiggang. Eine Stärkung, dann mussten sie weiter.

Sie biss in den Apfel. Er war fest und schmeckte säuerlich. Danach aß sie noch eine Birne und zwei Pflaumen. Die Kerne vergrub sie lose im Boden zum Zeichen der Wertschätzung, dass sie von den Früchten hatten essen dürfen. Arian tat es ihr mit den Resten seiner Mahlzeit gleich. Die Füchsin stieß erneut ein Keckern aus und kam auf die Beine. Das Rot des Himmels spiegelte sich in ihrem Fell. Vielleicht war es auch umgekehrt.

»Das heißt wohl, wir brechen auf«, stellte Arian fest. Mireia wandte ihn mit einem Nicken den Kopf zu. Sie hatte den Himmel vergeblich nach dem ersten Stern abgesucht. Jetzt ergriff sie die Hand, die Arian ihr reichte. »Lass uns einige Früchte mitnehmen, wenn wir dürfen«, schlug sie vor. Mit Blick auf die Füchsin schüttete sie die Asche aus dem Koffer und füllte ihn mit Früchten. Arian legte sogar den Beutel mit den Murmeln dazu. Nur die Karte gab er der Madame, die sie vorsichtig einrollte und in ihrer Rocktasche verstaute.

»Ich wünschte, ich könnte sie tragen. Aber ich kann es nicht.«

Mireia hakte sich bei ihm unter. »Schon gut. Du hast dem Tag die Stirn geboten, mir ist die Nacht vorherbestimmt. Sie war es, vom ersten Schritt dieses Weges, noch bevor ich wusste, wohin die Reise führt und allen Veränderungen zum Trotz - dies ist geblieben.« Sie lächelte. »Wer weiß. Vielleicht steht es sogar in den Sternen geschrieben und führt uns nun dorthin, wo wir es herausfinden.«

Arian nickte, aber die Blässe in seinem Gesicht verriet ihn. Mireia erinnerte sich der Worte, mit der sie die Karte erhalten hatte. *Sichtbar nur für jene, die das Dunkel nicht fürchten.* Irritiert runzelte sie die Stirn. Wie hatte er die Linien der Treppe auch nur ansatzweise erahnen können, wenn er den Weg in die Nacht immer noch scheute? Nur zögernd machte sie einen Schritt nach vorne, aber Arian folgte ihr im gleichen Moment. Die Füchsin bellte. Ihre drei Schwänze tanzten durch die Luft und ließen goldenen Nebel aufsteigen. Die Madame und Arian traten hindurch, als sie den gleichen Weg einschlugen. Arian hielt den Koffer fest in seiner Hand, während Mireia mit ihrer freien Hand unablässig in ihrer Tasche mit den beiden verbliebenen Murmeln spielte. Bald schon waren die freistehenden Obstbäume mit ihren kleinen Inseln aus Nuss– und Beerensträuchern einem wahren Dickicht gewichen. Dornige Brombeerranken schlangen sich um in sich gedrehte Haselnussäste. Heidelbeerbüsche bedeckten den Boden. Dort, wo die Füchsin entlang gehuscht war, glitzerte es golden in den Schatten. Die vierbeinige Fährtenlegerin selbst war nirgends zu entdecken. Mireia und Arian blieb nichts anderes, als der Spur zu folgen. Die Äste und Dornen rissen an ihrer Kleidung und ihren Haaren, mehr als einmal mussten sie einander befreien, um überhaupt von der Stelle zu kommen. Dass sie es trotzdem mit dem einfacheren Weg zu tun hatten, ahnte die Madame, als die Füchsin wieder auftauchte und sie kurz danach auf freier Fläche standen.

»Danke«, rief sie dem dreischwänzigen Tier zu und wünschte, sie hätte etwas anders als Obst, um es ihr zu geben. Die Füchsin keckerte und huschte davon. Mireia dachte kurz darüber nach, ihr weiter zu folgen, aber der einzelne Stern, der am Himmel stand, wies ihnen klar und deutlich den Weg. Kurz fragte sie sich, warum die Füchsin einen anderen Weg wählte, aber was wusste sie schon über die Ziele einer Sternenfüchsin.

Wie Arian konzentrierte sie sich auf den Weg, der sich vor ihnen auftat. Einem purpurnen Band gleich schmiegte er sich an die Wiese, trennte sie in ein rechts und ein links. Er endete schier im Nichts, weil die Wiese zu einem Hügel anstieg und den Blick an der höchsten Stelle enden ließ. Die Madame und Arian tauschten sich stumm miteinander aus. Vielleicht teilte er das unbestimmte Gefühl der Madame, dass der Fortgang der Füchsin in ihr hinterlassen hatte. Doch der Stern leuchtete hell über der Kuppe des Hügels, direkt über dem Weg. Und wo sonst sollte die Nacht beginnen als mit dem ersten Stern? Warum schaute sie dann abermals nach links, wo die Füchsin verschwunden war?

Neben ihr räusperte Arian sich unruhig. »Wollen wir?« Er machte eine einladende Armbewegung hin zum Weg. Zögernd nickte Mireia. Ihre Finger spielten nervös mit der Murmel in ihrer Rocktasche, die für das Hier und Jetzt stand. Bildete sie es sich ein, oder hatte die Kälte Überhand in ihrem gläsernen Inneren genommen? Die Madame traute sich nicht, sie hervorzuholen und zu betrachten. Schritt für Schritt ging sie neben Arian den Weg entlang. Ihr Begleiter wirkte ebenso angespannt wie sie. Wieder fiel ihr auf, dass sein Radio fort war. Sie vermisste die Musik, denn die Melodie der Murmeln war zu leise, um eine Wirkung zu haben.

Keiner von ihnen sprach. Sie gingen einfach bangen Herzens weiter, bis sie den höchsten Punkt des Hügels erreichten und auf das hinabsehen konnten, was vor ihnen lag. Das Band des Weges führte ununterbrochen weiter. Der Himmel dort war dunkler, tief lila statt bordeauxrot, die Nacht lag spürbar in Reichweite und am Fuß des Hügels, dort, wo der Weg endete, breitete sich ein Mohnblumenfeld aus, soweit das Auge reichte.

Die Madame schnappte nach Luft. Sie wirbelte zu dem Weg herum, der hinter ihnen lag. Wenn sie sich beeilten, vielleicht konnten sie dann die goldene Spur der Füchsin wieder aufnehmen? Bestimmt war sie zum Pfingstrosenwald gelaufen, dem sicheren Weg. *Fürchtet den Weg durch den Mohn* … Das hatte die Herrin des Zwielichts gesagt.

»Was ist?« Arian klang beunruhigt. Natürlich, er kannte die Warnung der Hexe nicht.

»Wir haben den falschen Weg gewählt«, erwiderte Mireia stockend. »Wir hätten bei der Füchsin bleiben müssen – sie hätte uns aller Wahrscheinlichkeit nach in den Pfingstrosenwald geführt. Jetzt liegt das Mohnfeld vor uns. Die Hexe der Abenddämmerung warnte mich vor dem Mohn. Sie sagte, wir müssten ihn fürchten.«

Arian sagte nichts, aber sie sah ihm an, dass sich seine Gedanken ebenso überschlugen wie die ihren zuvor. Auch er wägte ab, ob sie umkehren sollten und die Madame spürte die Hoffnung darauf, dass die Antwort ja sein würde. Sie sehnte sich nach einem kurzen Moment der Sicherheit, ahnte sie doch, wie beschwerlich die Reise durch die Nacht sein würde. Es war nicht so, dass sie Angst hatte. Sie war bloß müde.

Doch die Art, wie Arian Galeno sein Gesicht verschloss, begrub die Hoffnung. Es gab kein Zurück, sie selbst hatten den einfachen Weg unwissentlich und naiv ausgeschlagen. Mireia konnte sich dennoch nicht von den Feldern und Wiesen abwenden, glaubte sogar in der Ferne, einen pflaumenroten Wald auszumachen.

»Ich hätte es versucht«, sagte Arian da mit belegter Stimme und zwang sie, aufzuschauen. Auch er starrte immer noch auf das, was hinter ihnen lag.

»Aber?«, forderte sie ihn zum Weitersprechen auf, nicht sicher, ob sie überhaupt hören wollte, was er zu sagen hatte – sie musste.

»Sieh selbst«, meinte Arian, den Blick unverwandt auf den Weg gerichtet, den sie gekommen waren. Und Mireia sah hin, schloss die Augen, öffnete sie wieder, schüttelte den ungläubig den Kopf. Wie hatte ihr das entgehen können?

Der Weg löste sich auf, und wo zuvor Steine und Gras beieinander gelegen hatten, wuchs eine Hecke aus Dornenranken, die stetig näherkam und zugleich in den Himmel wuchs, dass sie den Horizont bald verschluckte. Unaufhaltsam kletterte sie den Hügel hoch, fraß den Weg und näherte sich dem Punkt, an dem Mireia und Arian standen. Eindrucksvoll verdeutlichte sie ihnen, dass es kein Zurück gab, dass man nicht einen Moment eines Tages wiederholen oder anders machen konnte, nicht einmal in den ewigen Gefilden, in denen Zeit keine Rolle spielte. Jetzt hörten sie auch das Knacken und Knarzen des Holzes.

»Lauf«, rief Arian, aber die Madame rührte sich nicht. Sie starrte auf die aufblitzenden Dornen, als wartete sie auf eine Spindel, an der sie sich stechen würde. Sie fiel fast, als Arian sie am Handgelenk packte und mit sich riss, wie er es so in der Art schon einmal getan hatte, an einem Meer, an einem Morgen.

Und die Madame rannte. Sie rannte mit Arian Galeno so schnell sie konnte, bis sie das Ende des Weges und damit die Grenze des Mohnblumenfeldes erreichten. Keuchend kamen sie zum Stehen. Mireia presste sich die Hand in die Seite und drehte sich um. Die Dornenhecke war ihnen bis über die Spitze des Hügels hinaus gefolgt, hatte dann aber angehalten. Den Weg, über den sie gerade noch gelaufen waren, gab es dennoch nicht mehr. Die Madame folgte dem Lauf der Hecke erst nach links und dann rechts, aber ihre Blicke konnten nirgends ein Ende ausmachen. Arian hingegen hatte seine Aufmerksamkeit den Mohnblumen zugewandt.

»Sie sehen so harmlos aus«, hörte sie ihn murmeln. Mireia betrachtete das Feld nun ebenfalls. Arian hatte Recht. Roter Klatschmohn wiegte sich in einem sanften Wind. Dazwischen gab es auch Blüten in blassem Rosa und Weiß. Einige Knospen waren verschlossen, sie ließen die mattgrünen Köpfe hängen und warteten auf ihren großen Auftritt. Vereinzelt gab es sogar azurblaue Kornblumen, aber sie wirkten irgendwie fehl am Platz wie Flecken auf einem makellosen Tuch.

Fast unbewusst streckte Mireia die Hand nach einer der blauen Blüten aus. Dabei streifte ihr Arm eine der Mohnblumen. Ein leises Rasseln erklang, als sich die feinen Samen in ihrer Kapsel bewegten. Die Madame schenkte dem keine Beachtung, bis ihr ein feiner Staub in die Nase stieg. Sie konnte gerade noch zurückverfolgen, dass er in Form einer kleinen, roten Wolke von der Mohnblume ausging, die immer noch leicht hin und her schwang. Dann sank sie bewusstlos in sich zusammen.

Das nächste, was sie mitbekam, war, wie sie sich mit einem Würgen übergab und das wenige Obst, das sie zu sich genommen hatte, wieder hervorbrachte. Angeekelt stellte sie fest, dass ihr Erbrochenes fast schwarz war. Sie rutschte ein Stück davon weg, stieß gegen Arian und sah zu ihm auf. Falls überhaupt möglich, war er noch bleicher als zuvor. Seine Augen lagen in tiefen Schatten.

»Ich dachte, du wärst tot. Schon wieder.« Selbst seine Stimme war blasser. Mireia setzte sich richtig neben ihn. Sie waren nicht mehr dicht bei den Mohnblumen. Arian Galeno musste sie von dem Feld fortgezogen haben. Mit einer kurzen Kopfbewegung über die Schulter vergewisserte sie sich, dass sie im Schatten der Dornenhecke saßen. Tatsächlich hätte sie sich nur ein wenig strecken müssen, um ihre ersten Ausläufer zu erreichen.

»Wir konnten dort nicht bleiben«, erklärte Arian Mireia. »Als ich gespürt habe, dass du noch einen Puls hast, musste ich dort fortschaffen.«

»Fürchtet den Mohn«, flüsterte Mireia, und dann »Danke. Dafür, dass du mich schon wieder getragen hast.« Sie versuchte sich an einem Lächeln. »Dieses Mal war ich bestimmt schwerer.«

Arian lachte kurz. »Ja, aber ich habe es gerne getan. Ich glaube, du hast mich schon weitaus öfter getragen als ich dich.« Fragend hob die Madame die Augenbrauen.

»Am Meer. Als du die Bienen von mir genommen und verhindert hast, dass ich ins Wasser gezogen wurde. Und in gewisser Weise auch vorher schon. Ich dachte, ich wäre auf der Suche nach einer weiteren Murmel, als ich deinen Laden gefunden habe, aber ich wäre wohl kaum weitergegangen ohne dich. Ich kannte den Weg nicht mehr, war in der Vergangenheit gefangen. Und jetzt bin ich hier, mit einer Freundin an meiner Seite.«

»Es ist nicht länger mein Laden«, gestand Mireia. »Die Karten – sie hatten mir eine Veränderung angekündigt, und dann kamst du.« Sie stockte. Seit sie das Tarot der tausend Stimmen in der Morgendämmerung zurückgelassen hatte, hatte sie kein Wort darüber verloren.

Arian Galeno wartete geduldig, bis sie ihre Worte wiederfand.

»Sie sagten, ich müsste dich begleiten und dass ich sicher zurückkehren würde. Ich habe ihnen geglaubt, wie ich es immer getan habe. Sie haben gelogen. Die Hexe der Morgendämmerung hat es mir gesagt. Eine der Karten war gezinkt.« Die Madame atmete tief durch. »Ich werde nicht mehr in den Laden zurückkehren, es sei denn, der Zufall führt mich noch einmal über seine Türschwelle.«

»Das tut mir leid.« Arian klang ehrlich betroffen.

»Das muss es nicht. Ich habe mich zu lange von den Karten leiten lassen, ohne zu hinterfragen, was sie sagten. Ich bin ihnen blind gefolgt. Ich hätte es besser wissen müssen, aber ich habe ihnen so sehr geglaubt, dass ich deinetwegen gehen musste, dass ich nicht einmal darüber nachgedacht habe, was ich wollte. Ich liebte den Laden, ich wollte nicht gehen, und trotzdem habe ich es getan. Jetzt erscheint es mir albern – ich habe mich immer als unabhängige Frau gesehen, stattdessen wurzelte mein Leben in einem Stapel Papier.« Sie straffte die Schultern. »Deswegen war es gut. All das. Dass ich gegangen bin, die Karten zurückgelassen habe und sogar, dass ich sterben musste, um es zu begreifen und nach vorne zu sehen.«

»Fortzugehen bedeutet nicht, nie wieder zurückkehren zu können. Wenn du willst, kannst du einfach wieder in den Laden gehen.«

Die Madame zuckte mit den Schultern. »Vielleicht. Aber ich muss lernen, herauszufinden, was ich will. Meine eigenen Entscheidungen zu treffen.« Sie schnaubte. »Wobei die erste Entscheidung nicht von Erfolg gekrönt war, man sieht ja, wo sie uns hingeführt hat. Vor ein giftiges Mohnfeld. Bloß, weil ich dem Irrglauben unterlegen war, dass der erste Stern automatisch in die Nacht führen würde.«

»Das ist ja auch nicht falsch«, warf Arian ein. »Du sagtest, die Herrin der Dämmerung habe dich vor dem Mohn gewarnt, und wir wissen jetzt, aus welchem Grund. Aber dahinter beginnt die Nacht. Wir müssen sie nur erreichen.«

Er verfiel in Schweigen, denn das kleine Wörtchen „nur" hatte eine so große Gewichtung, dass es sie beide zu erdrücken schien. Hinter ihnen knarzte das Holz der Dornenhecke, als wollte es sie daran erinnern, dass ihnen diese Richtung verwehrt war.

»Wir könnten versuchen, es zu umrunden.« Halbherzig sprach Arian den Gedanken aus, den Mireia selbst gerade verworfen hatte.

»Es scheint ebenso wenig ein Ende zu nehmen wie die Hecke«, zerschlug sie daher die Idee, die nie wirklich realistisch gewesen war. Sein Nicken zeugte davon, dass er zu demselben Schluss gekommen war, noch ehe er den Vorschlag gemacht hatte. Manchmal musste man einfach irgendwie beginnen.

»Und wenn wir uns etwas in die Nase stecken?« Schon während Mireia die Worte aussprach, schmeckten sie ebenso hohl und unsinnig wie die seinen – selbst wenn ihre Nasen verschlossen wären, ihre Münder wären es nicht, und irgendwie mussten sie ja atmen. Sie winkte ab, noch ehe Arian etwas erwidern konnte. Gedankenverloren starrten sie auf das Feld unter ihnen, das von hier aus noch mehr wie ein roter Teppich mit dunklen Flecken wirkte. Die Mohnblumen standen so dicht an dicht, dass man kein Grün von Blättern ausmachen konnte. Selbst das Rosa und Weiß, das sie gesehen hatten, ging vollkommen in all dem Rot unter. Vielleicht spiegelten sie auch den Dämmerungshimmel, der am Horizont mit der Wiese nahezu verschmolz, wäre da nicht ein schmaler dunkler Streifen gewesen, über dem der Stern stand, der sie hierher geführt hatte. Dort hinten lag die Nacht. Sie war so nah …

Fieberhaft dachte die Madame nach. In der Morgendämmerung hatten sie die Leere füllen müssen. Was brachte sie in die Nacht? Die Hexe der Abenddämmerung hatte zwischen den Feldern und Obstwiesen davon gesprochen, dass dies die Ernte des Tages sei und das Rot, das über den Himmel floss, das Blut, das während seines Verlaufs vergossen worden sei. Mireia hatte bereits alles hinter sich gelassen. Es war verbrannt – sogar sie war in Flammen aufgegangen. Danach hatte sie von der Ernte des Tages gegessen …

Sie war so sehr in Gedanken versunken, dass sie zunächst gar nicht registrierte, dass sie jemand an der Hand berührte. Überrascht warf sie Arian einen Blick zu, doch er hatte die Arme um seine Knie geschlungen. Alarmiert sah sie zu ihrer Hand. Eine schmale, mit Dornen gespickte Ranke hatte sich um ihre Hand geschlungen. Ein spitzer Schrei entfuhr der Madame und sie riss ihre Hand mit einem Ruck weg. Die Dornen schnitten ihr die Haut ein, aber sie rutschte ungeachtet dessen ein Stück von der Hecke weg. Mehrere Ranken waren in ihre Richtung gekrochen, eine schickte sich gerade an, Arians Rücken herauf zu klettern. Mireia wollte ihn warnen, aber ihr Verhalten hatte ihn bereits aufgeschreckt. Gemeinsam kamen sie auf die Beine, wichen langsam zurück und gingen den Hügel rücklings wieder auf das Feld zu. Die Hecke versperrte ihnen nicht nur den Weg, sie drängte sie auch unbarmherzig weiter. Die Dornen wuchsen mit jedem Schritt, den sie taten, ein wenig schneller. Sie hielten erst an, als sie keinen Meter mehr von dem Feld entfernt standen. Die Madame schielte nach hinten. Sie hatten kaum Platz, sich auf dem schmalen Stück umzudrehen. Neben ihr griff Arian Galeno vorsichtig in das Dornengeäst und setzte seine Füße um. Hin und wieder verzog er das Gesicht, wenn die Dornen seine Haut aufritzten, aber nach einer Weile gelang es ihm. Keuchend stand er mit dem Rücken zur Hecke. Auch sein Gesicht hatte feine Schnitte abbekommen. Trotzdem drückte er sich in die Dornen, um jede Berührung mit den Mohnblüten zu vermeiden. An der Art, wie ihr selbst die Dornen in den Bauch stachen, wurde Mireia jedoch klar, dass sie es nicht mehr lange verhindern können würden. Die Hecke zwang sie weiter. Wenn sich wenigstes die Knospen der Blumen schließen würden, aber die Dämmerung endete einfach nicht, auch wenn das Violett über ihnen langsam mehr ins Blau überging und das Rot verdrängte.

Weil sie nicht vollkommen blind in die Blumen fallen wollte, tat die Madame es Arian gleich und drehte sich um. Auch ihr schnitten die Dornen weitere Wunden in die Haut, rissen ihr Haare aus und verhakten sich im Stoff ihres Kleides. Sie schloss die Lider, um ihre Augen zu schützen. Innerlich betete sie, dass ihr Rocksaum nicht doch eine der Blumen berührte. Endlich spürte sie die Hecke in ihrem Rücken und öffnete die Augen. Nirgends schwebte Staub in der Luft. Arian war nicht bewusstlos zu Boden gesunken.

Dafür drückten ihr die Dornen ihr nun stärker in den Rücken und bohrten sich durch den Stoff ihres Kleides in ihre Haut. Die gesamte Hecke drängte sie nach vorne. Ungewollt machten Arian und die Madame einen Schritt nach vorne. Es waren nur wenige Zentimeter, aber eine der Mohnblüten ganz am Rand des Feldes wankte bedrohlich im Windhauch ihrer Bewegung. Sofort hielt Mireia den Atem an. Arian kniff sich sogar die Nasenflügel mit der Hand zusammen. Sie hörte das feine Bersten von

Stoff, als sein Ärmel sich von der Hecke löste. Er löste seine Hand von der Nase, nachdem einige Zeit nichts passiert war. Auch die Madame traute sich wieder, einzuatmen. Kurz tauschten sie einen erleichterten Blick aus, aber das Gefühl hielt nur den Bruchteil einer Sekunde an. In der nächsten wurden sie von der Hecke gestoßen, sodass sie gezwungen waren, einen großen Schritt nach vorne zu machen. Das Rasseln der Mohnsamen drang an ihre Ohren. Es klang beinahe wie ein Schlaflied. Kleine Wirbel aus Staub stiegen auf.

»Nimm meine Hand!« Arian kam durch die Mohnblumen zu ihr. Seine wenigen Bewegungen ließ weiteren Staub aufsteigen. Ehe sie selbst nach seiner Hand greifen konnte, hatte er schon die ihre genommen, während seine andere den Griff des Koffers fest umklammerte.

»Lass nicht los«, beschwor er sie. »Es ist Schlafstaub. Egal, was geschieht, lass nicht los!«

* * *

Sicherheit bedeutet manchmal, eine Hand in der seinen zu spüren, die einen hält. Mireia war unendlich froh, dass Arian Galeno sie festhielt, als sie wieder zu sich kam und umgekehrt sah sie die gleiche Erleichterung in sein Gesicht geschrieben. Sie befanden sich hoch im Himmel, auf einem Untergrund, den sie nicht sehen konnten. Wohl aber merkten sie schnell, wie klein die Fläche war, auf der sie standen. Denn als die Madame einen winzigen Schritt zur Seite tat, war Arians Hand das einzige, was sie vor dem Fall in die Tiefe bewahrte. Kurz hing sie dennoch über dem violetten Abgrund. Weit, weit unten konnte sie das Mohnfeld mit seinen dunklen Kornblumenflecken ausmachen. Von hier aus sah es noch mehr aus wie ein heller Himmel mit finsteren Schattensternen.

Ihr Herz schlug um ein Vielfaches schneller, als Arian sie nach einer gefühlten Ewigkeit wieder auf ihre unsichtbare Insel im Nichts zog.

Dabei prallte sie gegen ihn, sodass er um ein Haar selbst in die Tiefe gestürzt wäre – aber sie hielt ihn genauso sicher wie er sie.

»Wo sind wir hier?«, fragte er, nachdem sich ihr Atem wieder beruhigt hatte.

»Ich weiß es nicht«, erwiderte die Madame. Über ihnen war der Himmel azurblau, unter ihnen hatte er das dunkle Lila der Dämmerung. »Vielleicht ist das die Schwelle zur Nacht. Wie wenn man noch nicht richtig schläft, aber auch nicht mehr wirklich wach ist«, mutmaßte sie.

Arian nickte mit zusammengepressten Lippen. Sein rechter Fuß tastete vorsichtig die Ausmaße ihres Plateaus ab. Weit kam er nicht, und Mireia rückte unwillkürlich noch ein Stückchen dichter an ihn heran. Er nahm es kaum zur Kenntnis. Sein Kopf bewegte sich langsam von links nach rechts. Er suchte den Himmel nach einer Möglichkeit ab, diesen Ort zu verlassen, ohne dass sie nach unten fielen. Er fand ebenso wenig etwas wie sie selbst. Vorsichtig zog die Madame die Karte der Nacht aus der Tasche und schüttelte sie mit einer Hand auseinander. Arian half ihr ungelenk, sie zu halten, er umklammerte mit der anderen Hand immer noch den Griff des Koffers. Gemeinsam studierten sie die Karte. Tatsächlich waren die Linien besser zu erkennen, die Buchstaben bildeten Worte, wenngleich beides noch etwas blass war und an vielen Stellen unleserlich. Mireia beugte sich trotzdem über das Pergament, entzifferte Worte, die keinen Sinn ergaben und suchte den Ort, an dem sie sein könnten, aber ohne einen Anhaltspunkt fiel es ihr schwer.

Arian hingegen deutete abermals auf die Linien am Rand der Karte. Er hatte aufgegeben, einen Weg zu finden. Auch diese Linien waren besser erkennbar. Sie zeigten nun einen Kreis und von ihm aus ausgehend etwas, das eine Treppe oder eine Leiter darstellen konnte. »Das könnte das Plateau sein, auf dem wir sind, oder? Ich sehe nichts Vergleichbares sonst.« Nachdenklich neigte die Madame den Kopf. »Möglich. Aber es gibt so viele blinde Flecken.« Sie zeigte auf ein paar Stellen, die im Gegensatz zu denen, wo man vor lauter hellem Pergament die fast weiß geschriebenen Worte und Linien nicht entziffern konnte, komplett im Dunkeln lagen, als hätte jemand Schatten darüber ausgegossen. »Und hier. Hier kann man überhaupt nichts erkennen.« Mit einer Geste umschloss sie einen großen Teil in der Mitte der Karte.

Arian stimmte ihr mit einem Nicken zu. »Schon, aber diese Orte liegen tief in der Nacht, dort wo wir nicht sein können.« Seine Finger wanderten zurück zu dem Kreis mit den treppenähnlichen Linien. »Das hier ist der Beginn.«

»Und wo ist dann diese Treppe?«, fragte Mireia herausfordernd. Arian zuckte mit den Schultern.

»Das weiß ich doch auch nicht. Aber ich bin mir sicher, dass sie hier sein muss.« Vorsichtig drehte er sich um, ließ seinen Fuß erneut tastend über den Boden gleiten, mal hierhin, mal dorthin, sogar in der Luft über dem Plateau. Einmal verlor er fast das Gleichgewicht und Mireia hielt ihn. »Jetzt du«, forderte er sie auf, nachdem er alles abgesucht hatte, was er erreichen konnte. Skeptisch sah die Madame ihn an. »Bitte«, sagte er mit fester Stimme. Kurz zögerte die Madame. Dann ließ sie ihren Fuß ebenso wie er zuvor tastend über den unsichtbaren Boden gleiten, streckte das Bein sogar ein wenig über den Abgrund hinaus. Und plötzlich war da etwas, mitten im Nichts. Sie drückte Arians Hand fester, schloss die Augen und machte mit dem rechten Fuß einen mutigen Schritt dorthin, wo ihr linker gerade etwas gespürt hatte. Arian keuchte. Er versuchte, sie zurückzuhalten, aber dann stand sie ein Stück von ihm weg. Ihre Arme reichten gerade noch, dass ihre Hände sich nicht voneinander lösen mussten.

Sie drehte sich um und strahlte Arian Galeno an. »Du hattest Recht! Hier ist eine Treppe!« Ihr Fuß hatte schon die nächste Stufe gefunden. Sie lag ein bisschen versetzt zu der, auf der sie stand, wie auf einer Wendeltreppe. Die Madame zog Arian zu sich und gemeinsam stiegen sie auf unsichtbaren Stufen in die Nacht herauf.

TEIL FÜNF

Nacht

Kapitel 13

Der Weg in die Nacht war eine unsichtbare Wendeltreppe und an ihrem Ende wartete ein Drache aus Sternenstaub und Mondnebeln.

Er verschlang Arian Galeno, kaum dass sie sich die glatten Stufen ohne jeden Halt Schritt für Schritt hinauf getastet hatten. Die Dämmerung war mit jeder Stiege ein bisschen mehr der Nacht gewichen. Jeder von ihnen war ins Straucheln gekommen, aber immer war da die Hand des anderen gewesen.

Doch weder die Madame noch Arian hatten den Drachen sehen können, zu sehr waren sie auf den gläsernen Grund zu ihren Füßen konzentriert gewesen – so dünn und unwirklich schien er, wie Eis, das mit jeder Berührung schmelzen konnte. Und dann war das Licht des Drachen so blendend gewesen, dass es vor ihren Augen mit der Dunkelheit verschmolzen war. Nur ganz kurz erhaschte die Madame einen Blick auf den Drachen. Seine strahlende Silhouette füllte den Horizont aus. Silberweiße, goldglänzende und perlmuttirisierende Schuppen blitzten auf, während die Blicke seiner uralten, saphirdunklen Augen auf Mireia trafen. Doch schon mit dem nächsten Blinzeln war alles wieder so grell, dass es die Welt der Madame schwarz färbte. Und als sie die Augen wieder öffnen konnte, stand sie allein auf der gläsernen Treppe, die plötzlich noch ein Stück länger schien als zuvor. Wenige Stufen über ihr lag der Koffer, in dem sie den Stoffbeutel mit den Murmeln verwahrten. Es versetzte ihr einen Stich im Herzen, Arian Galeno von den Fragmenten des Wolkenphönix getrennt zu wissen.

Sie wusste, dass er nicht tot war, so wie man wusste, dass nach jeder Nacht ein neuer Tag wartete. Man musste sie nur durchqueren. Und offensichtlich lag es an ihr, die Murmeln zu tragen. Schon stieg sie vorsichtig weiter. Hier waren die Stufen feucht und glitschig. Die Madame griff nach den Griffen des Koffers, doch ehe sie die Riemen berühren konnte, ließ etwas den Koffer nach vorne rutschen, vielleicht der Wind, womöglich auch etwas ganz anderes – was es auch war, der Koffer glitt über die Kante und die Bewegung reichte aus, um die Schnallen zu lösen, die den Koffer geschlossen gehalten hatte. Er öffnete sich, rutschte eine weitere Stufe nach unten, kippte, so dass der Beutel mit den Murmeln in Bewegung geriet. Erbsen gleich kullerten und hüpften die Murmeln die Stufen hinab, sprangen über die Ränder der Treppe hinweg in die unendliche Finsternis, die das gläserne Gebilde wie ein sternenloses Meer umwogte.

Mireia stürzte sich mit einem entsetzten Keuchen auf den unsteten Wasserfall aus Glaskugeln, versuchte, so viele wie möglich aufzufangen, aber wieder und wieder sprangen sie ihr aus den Händen, kaum, dass sie ihrer habhaft geworden war. Die Kälte der Nacht hatte ihre Finger steif werden lassen. Sie versuchte, ihre Hände durch aneinander reiben zu wärmen, aber in der Zwischenzeit rollten die Murmeln weiter und nicht eine blieb auf der durchsichtigen Treppe liegen. Es schien gar, als würden die Stufen einfach durchlässig werden, damit sie leichter fallen konnten. Am Ende hatte die Madame alle Murmeln verloren.

Sie hatte alles verloren. Arian, die Murmeln, den Wolkenphönix.

Ihr war zugleich heiß und kalt. Ihre Gefühle wechselten von Entsetzen zu Wut hinüber zu Traurigkeit, die in tiefe Verzweiflung überging.

Alles war umsonst gewesen. Der Fall vom Regenbogen, die Schmerzen und der Tod, den sie als Biene hatte durchleben müssen, selbst der Flug in die Abenddämmerung.

Die Erkenntnis zwang sie in die Knie. Langsam sank die Madame auf die Stufen, achtete nicht einmal auf den Abgrund links und rechts von ihr. Sie lag einfach nur da, und vielleicht würde sie einfach liegenbleiben. Hier, in diesem dunklen Nichts der gläsernen Treppe. Die Stufen fühlten sich beinahe warm an. Da waren Tränen in ihr. Sie legten einen feuchten Schleier über ihre Augen und bildeten einen Kloß in ihrem Hals. Doch sie konnte nicht weinen, nicht eine Träne floss, als sie den Schleier wegblinzelte, weil da plötzlich ein kleines Leuchten in all der Finsternis war. Die Madame zog sich an den Stufen auf die Beine.

Das Licht stieg vor ihren Augen auf. Es war rund und ebenso groß wie die Murmeln, die sie zuvor hatte fallen sehen. Einem Irrlicht gleich wanderte es nach links und rechts, flackerte mal stärker, mal schwächer. Mireia streckte die Hand aus, als die kleine Lichtkugel so nah bei ihr war, dass sie sie berühren konnte. Das Licht ließ sich jedoch ebenso wenig fangen wie die Murmeln, es stieg weiter, und im nächsten Augenblick war der Himmel um sie herum voll von den kleinen Lichtern, als hätte jemand an einer Kordel gezogen und die Sterne an den Nachthimmel gehangen. Nur, dass es keine Sterne waren – diese Lichter waren lebendiger und zugleich wirkten sie tot, wie Vergangenheit, die für einen Bruchteil der Ewigkeit ins Leben zurückkehrte. Die Lichter stiegen um die Treppe herum auf und tanzten um die Madame. Die gläsernen Stufen unter- und oberhalb von ihr bildeten keinen Widerstand für den Wirbel. Unsicher tastete die Madame nach den nächsten Stufen – sie konnte sie ganz deutlich sehen, aber ihre Hände griffen ins Leere. Da waren keine Stufen, nur – ja, was? Linien? Ein Schimmern? Aber nichts, dass sie höher hinauf tragen würde. Auch die Stufe unter der, auf der sie stand, war fort, ihr ausgestreckter Fuß trat ins Leere. Wie in Zeitlupe zog sie das Bein zurück, während sie im Schein der um sie her wirbelnden Lichter begriff, dass sie abermals gefangen war.

Nur, dass ihr Gefängnis dieses Mal keine Wabe war, keine Wände, Gitter oder eine andere Begrenzung hatte. Da war nur dieses Stück unsichtbarer Boden, der sie mitten im Nichts hielt. Die Madame umfasste ihre Oberarme und krümmte sich leicht zusammen. Fast hätte sie einen Schritt nach hinten gemacht, gerade noch rechtzeitig hielt sie sich selbst zurück. Auch hinter ihr war nichts, ebenso wenig wie vor ihr und zu ihren Seiten. Nur der leuchtende Wirbel um sie herum drehte sich schneller und bildete eine Säule. Ihr Anblick machte Mireia schwindelig, die Schlieren und Linien aus Licht schienen jede Emotion aus ihr herauszusaugen. Alle Angst, Hoffnungslosigkeit und Verzweiflung verschwanden, und die Madame versuchte, sich an irgendetwas zu klammern, doch es gab nichts mehr.

Sie schloss für einen Lidschlag die Augen, und als sie sie wieder öffnete, explodierten die Kugeln aus Licht.

***

Arian Galeno hatte nicht geschrien, als der Drache ihn verschlungen hatte. Alles war schnell gegangen. Eben noch war er mit der Madame die Treppe hochgestiegen, deren Stufen ihm so viel fragiler als der Regenbogen vorgekommen waren, und eine Sekunde später hatte ihn ein Ungeheuer aus Nebeln und Sternen verschlungen. Er hatte ihn nicht kommen sehen, und ein Teil von ihm fragte sich, wie er dann wissen konnte, dass es ein Drache war, und trotzdem war er sich dessen vollkommen sicher. Genauso, wie er sich sicher war, dass er weder tot war noch sich in den Eigenweiden einer Riesenechse befand. Stattdessen war es ihm nicht möglich, zu sagen, wo er war.

Immer noch wirkte alles um ihn herum wie aus Sternenstaub und Mondnebeln gegossen. Im ersten Moment hatte er gedacht, in einem Haus zu sein, aber auch, wenn es Wände gab, war es kein Raum, eher ein langer Gang. Und nachdem er ihm eine Weile gefolgt war und an eine Ecke kam, folgte ihm nur ein weiterer Gang. Arian rief, ein »Hallo« und ein »Ist da jemand?«, doch seine Stimme war das einzige, dass die Stille zerriss. Nach der dritten Biegung folgte zum ersten Mal eine Gabelung und Arian begriff, dass er sich in einem Irrgarten befinden musste. Ohne, dass er den geringsten Anhaltspunkt hatte. Als ob es auf seiner Suche nach Celia je einen gegeben hätte. Wie Brotkrumen hatten sich die Murmeln auf der Welt verteilt, manchmal fanden sich mehrere an einem Ort, in anderen Fällen hatte er monatelang gebraucht, einer einzigen habhaft zu werden. Ganz zu schweigen von all denen, die in den Tiefen des Ozeans oder auf unzähligen Flussgrünen lagen, für alle Zeit verloren.

Ihn hatten immer wieder Zweifel geplagt, ob er genug von Celia gefunden hatte. War eine der Murmeln ihr Herz? Waren ihre Augen unter all den Glaskugeln gewesen? Oder

Stücke ihrer Haut, einzelne Wirbel oder Fingerknochen? Konnte man überhaupt so zählen?

Er wusste es ebenso wenig, wie er den Weg durch das Labyrinth vor sich wusste. Er hatte ja nicht einmal mehr die Murmeln. Hoffentlich waren sie bei Mireia … erschrocken wurde ihm klar, dass er erneut nicht wusste, wie es ihr ging oder wo sie war. Hatte der Drache sie auch verschlungen? War sie ebenfalls in diesem Irrgarten gefangen, genauso verloren wie er? Oder stieg sie immer noch die gläsernen Stufen in die Nacht hinauf?

Nachdenklich ging er weiter, folgte den Gängen, bog wahllos mal links, mal rechts ab. Zuerst hielt er das leise Summen, das er plötzlich hörte, für eine Halluzination, aber dann sah er die Biene wirklich. Sofort schlug sein Herz schneller. Konnte Mireia sich zurückverwandelt haben? Arian Galeno rief dem Insekt ihren Namen zu, und tatsächlich ließ sich das Tier kurz auf einer der glatten, stets gleichförmigen Wände nieder. Doch der winzige Moment Hoffnung verflog, denn anders als am Honigmeer der Bienenkönigin gab es hier nichts Vertrautes. Da war nur eine Fremde, die ihm sagte, dass es nicht Mireia war.

Die Biene erhob sich wieder, flog aber entgegen Arians Erwartung nicht davon. Von einem Flügelschlag zum nächsten löste sich das Insekt in ein Stück silbernen Glanz auf. Es war nichts als eine Illusion. Arian sah sich um, aber die Gänge waren unverändert. Das glänzende Weiß brannte ihm in den Augen, er sehnte sich danach, etwas anderes zu sehen, doch um wie viele Ecken er auch bog – nichts änderte sich. Wie lange war er schon hier? Was, wenn er Hunger und Durst bekommen würde? Ein Teil von ihm tat diesen Gedanken als dumm ab. Er hatte eine Wüste durchquert, ohne etwas gegessen oder getrunken zu haben.

»Dafür hast du unter Halluzinationen gelitten und Mireia damit umgebracht«, spottete eine Stimme in ihm, die er nicht zum Schweigen bringen konnte.

Trotzdem wuchs die Erschöpfung mit jedem weiteren Schritt, den er tat. Seine Gedanken drifteten davon, ohne Sinn zu ergeben. Erinnerungen vermischten sich mit Dingen, die nie gewesen waren und nicht sein konnten. Er taumelte gegen die Wände, die sich abwechselnd steinern und dann wieder fast weich anfühlten. Einmal nahm die Höhe der Mauern ab, während der Weg selbst anstieg und Arian fand sich auf der Kuppe eines Berges wieder. Der Ausblick, der sich vor ihm ausbreitete, machte ihn schlagartig hellwach und raubte ihm zugleich alle Zuversicht.

Das Labyrinth erstreckte sich in alle Himmelsrichtungen, ohne irgendwo ein Ende zu nehmen. Nirgends gab es etwas, da waren nur Mauern, nichts sonst. Kein Gebäude, kein Turm, kein Ziel.

Er ging in die Knie, kippte vornüber und verlor das Gleichgewicht. Sein Körper rollte den abfallenden Gang herab, ohne dass Arian ihn kontrollieren konnte. Seine Arme und Beine waren überall und schlackerten um ihn herum. Manchmal war da Schmerz, aber er verging mit einer neuen Rotation seines Körpers. Dann schlug er gegen etwas und sein Fall stoppte abrupt. Stöhnend blieb er liegen und öffnete die Augen. Er lag an einer Wand – die hatte ihn wohl gebremst. Vorsichtig versuchte er, sich mit dem Arm aufzustützen, aber der Schmerz, der von seinem Handgelenk seinen Arm hinaufschoss, raubte ihm die Sinne.

Arian Galeno schlief und er starb, und nur vielleicht war beides das Gleiche.

* * *

Nach allem, was die Madame erlebt hatte, war sie sich nicht sicher, ob sie die Augen jemals wieder aufschlagen wollte. Abermals erlebte sie den Sturz vom Regenbogen, den Sturm am Meer der Morgendämmerung, wurde eine Biene und starb, verwandelte sich in einen Feuervogel und flog hinab in die Abenddämmerung, wo sie wieder Mensch geworden war. Ein neuer Mensch, mit einer alten Geschichte, die noch irgendwie zu ihr gehörte.

Das Herz ist ein Wanderer, sagte man das nicht so? Mireia Mabel war immer schon gewandert, manchmal geflohen und fortgerannt, aber nie hatte sie sich umgedreht. Dinge geschahen. Vergangenheit blieb vergangen, und die Gegenwart hatte nur den Bruchteil einer Sekunde Bestand. Und in diesem Moment lag alles, was die Zukunft bedeuten konnte …

Wie nur hatte sie einen einzigen Augenblick denken können, dass sie in den Laden zurückkehren würde, der ebenso wenig Beständigkeit kannte wie sie selbst?

Sie war sein Herzschlag gewesen, eine Weile lang. Für einen Moment in der Ewigkeit.

Und jetzt war sie hier. Sie wusste, dass sie lebte. Sie musste nur die Augen öffnen. Sie würde nicht blind sein, sie würde sehen. Nur, was?

All das Licht, die Explosion …

Vorsichtig ließ sie ihre Hände über den Boden gleiten. Sie lag auf dem Bauch – wann war sie gefallen?

Der Untergrund, auf dem sie saß, fühlte sich nicht länger gläsern an, sondern eher wie aus Stein.

Zaghaft öffnete die Madame ihre Augen.

Sie befand sich nicht länger auf der Treppe aus Glas. Sie saß auf einem Weg, der sich wie ein Band durch die Landschaft zog, in der sie außer Dunkelheit nichts ausmachen konnte. Ein sanftes Leuchten ging von dem Weg aus, trotzdem war da keinerlei Wärme. Natürlich nicht, dachte Mireia. Nächte sind allzu oft kalt.

Ihr Blick verlor sich in der Weite, aber als ihre Augen nichts fanden, schaute sie wieder auf den Weg vor sich.

Ein Ei lag dort, die Schale silbern und glänzend, doch in diesem Spiegel zeigten sich Dinge, die es nicht gab. Wolken- und Sternennächte, Sturm- und Sonnenstunden, Jahreszeiten reichten sich im steten Wechsel die Hände … mehr als ein Leben in Wettern rauschte in dem Ei an der Madame vorbei und ließ sie verstehen, dass die Murmeln nicht verloren waren. Sie hatten sich nur verändert, ganz wie sie selbst.

Behutsam nahm Mireia das Ei auf und barg es in den Taschen ihres Kleides. Dabei ertasteten ihre Finger das Pergament der Karte. Die Madame hatte keinen Gedanken mehr an die Karte verschwendet, jetzt aber zog sie sie hervor. Womöglich war das ihre einzige Hoffnung. Und die Rettung für sich, für Arian Galeno und den Wolkenphönix.

Tatsächlich waren da jetzt Linien und Worte, golden schrieben sie sich auf den komplett mit schwarzer Tinte verdunkelten Hintergrund. Mireia sah feine Linien, die Punkte miteinander verbanden, las Worte wie ›Abendhell‹, ›Mitternachtslande‹ und ›Vordemmorgendunkel‹. In der Mitte der Karte gab es einen runden Kreis, in dem alles hell war. ›Mondpalast‹ stand dort geschrieben, und umgeben war er von einem Ring, der mit ›Sternengärten‹ bezeichnet war. Nirgends aber konnte die Madame den Weg ausmachen, auf dem sie saß.

Sie konnte nur vermuten, dass sie sich im Abendhell befand. Jetzt, wo sie den Namen las, meinte sie, dass die Finsternis um sie herum gar nicht so dunkel war, sondern wirklich eher so wie beim Anbruch der Nacht, wenn da noch ein kleines Fitzelchen Tageslicht war, das sich mit dem tiefen Blau vermischte. Noch einmal schaute die Madame sich um. Sie würde dem Weg folgen und hoffen, dass sein goldenes Band sie an den richtigen Ort brachte. Und zu den richtigen Menschen.

Auf dem Weg überkam die Madame der Gedanke, dass sie seit Tagen nichts anderes tat, als zu gehen. Oder waren es schon Wochen? Wie viel Zeit nach ihren Maßstäben war vergangen, seit sie einen Fuß auf den Regenbogen gesetzt hatte? Nicht einmal ihre Füße schmerzten noch … Mit einem Seufzer ließ sie den Gedanken entfliehen. Sie würde keine Antwort auf diese Frage erhalten, nicht jetzt. Um sie herum erwachten langsam die Sterne im Abendhell. Flackernd wie Glühlampen leuchteten sie auf. Hier und da verbanden sich die Sterne mit Linien. Sternenstaub füllte die Umrisse auf und weckte die Sternbilder so zum Leben. Schon bald war der Himmel um sie herum mit riesenhaften Wesen bevölkert. Da waren Fische und Bären, ein Einhorn und ein Schmetterling, aber es gab auch einen Schützen mit einem großen Bogen und eine Waage, deren schimmernde Schalen sich langsam in eine Richtung neigten, als würde sie ein Gewicht nach unten drücken. Mireia sah einen Löwen, der in weiten Sätzen über sie hinweg sprang. Er beachtete sie ebenso wenig wie all die anderen Sternwesen. Als Mireia an einem Hasen vorbeikam, streckte sie die Hand nach dem Tier aus, dessen aufgestellte Löffel ihr bis an die Schulter reichten.

Da war etwas in der Luft, eine Art Membran … ihre Fingerspitzen berührten die Schicht, sie gab leicht nach und sofort gingen kreisförmige Wellen von der Stelle aus, wo ihre Finger eben noch gewesen waren. Als hätte sie einen Tropfen Wasser oder ein kleines Steinchen in einen spiegelstillen See fallen lassen.

Schlagartig änderte sich alles. All die Sternbildwesen hatten sie eben nicht bemerkt oder einfach ignoriert, aber nun ruhten alle Blicke auf ihr. Keins der Wesen bewegte sich mehr, sie alle standen still, die Gesichter der Madame zugewandt, und mit jedem Herzschlag wurden es mehr. Die Madame sah zu ihnen auf, spiegelte sich hundertfach in warmgoldenen und kaltsilbrigen Augen.

Mireia hob den Fuß und machte einen vorsichtigen Schritt. Noch immer standen die Wesen still. Bis die Madame ihren Fuß wieder auf den Weg setzte.

Da erklang hinter ihr ein leises Donnergrollen. Mireia wirbelte herum und fand sich Angesicht zu Angesicht mit dem riesigen Löwen wieder. Seine Pranken waren zweimal größer als ihr Kopf. Seine stolze Mähne bewegte sich in einem Wind, den es nicht gab und in seinen Augen sprangen zornige Blitze hin und her. Und da waren mehr wie er. Andere Wesen, deren Pfoten und Hufe auf den Weg traten; schwimmende Tiere tauchten durch die Membran. Es war der Löwe, der den ersten Schritt machte. Er löste ein erneutes Donnergrollen aus, so laut, dass der Weg unter den Füßen der Madame bebte.

Sie wich zurück. Da war der Hase, nach dessen langen Ohren sie hatte greifen wollen. Er sprang mit einem Satz beiseite, wich aber nicht vor dem Löwen zurück, sondern reihte sich einfach zwischen die anderen Wesen ein, die dem Löwen folgten.

Die Madame konnte nicht sagen, woran sie bemerkte, dass die Jagd begann, da war bloß ein Gefühl, eine Ahnung, die sich mit dem nächsten Schritt des Löwen bewahrheitete.

Sie lief los, ehe seine Pranke den Boden berührte und der Donner wieder den Weg erzittern ließ. Sie drehte sich nicht um, warf keinen Blick über die Schulter. Es war nicht notwendig – die Wesen waren auch neben ihr. Sie sah sie aus den Augenwinkeln und spürte sie in ihrem Rücken.

Mireia rannte einfach weiter, ihr Atem rasselte, sie hatte Seitenstechen. Der Weg machte eine Kurve. Etwas streifte sie am Rücken. Die Madame kam ins Straucheln, konnte sich aber abfangen. Doch plötzlich war da kein goldenes Band mehr unter ihren Füßen, kein Wesen mehr, das sie jagte. Nicht einmal mehr ein einzelner Stern. Alles war dunkel. Und leer.

Kapitel 14

Arian Galeno spürte jeden seiner Knochen, als er die Augen aufschlug, doch soweit er es durch Abtasten und vorsichtiges Bewegen feststellen konnte, war zumindest nichts gebrochen. Geprellt mit Sicherheit, und sein Handgelenk war vermutlich verstaucht. Es dauerte ein wenig, bis er es geschafft hatte, auf die Beine zu kommen. Im Labyrinth hatte sich nichts geändert, Mauer reihte sich an Mauer, ein Gang folgte nahtlos dem nächsten. Er wusste selbst nicht, was ihn noch antrieb. Vielleicht war es einfach der Wunsch, diesem Ort zu entkommen, und die vage Hoffnung Mireia doch irgendwie hier noch zu finden. Und die Murmeln. Natürlich die Murmeln.

Woran sonst sollte er sich sonst noch klammern?

Es gab kein Zuhause mehr, zu dem er zurückkehren konnte, wenn diese Reise einmal vorbei wäre. Celia war seine Heimat gewesen. Sein ganzes Leben. Alles davor hatte nicht gezählt und alles danach war nur Fremde gewesen.

Nie zuvor aber war ihm ein Ort so fremd vorgekommen wie dieses Labyrinth. Warum aber hatte er plötzlich Celias Lachen in seinen Ohren? Lauschend hielt er inne und lehnte sich kurz gegen eine Mauer.

Da war ein Lachen.

Und es klang haargenau so wie das ihre.

Er könnte dem Geräusch einfach folgen. Er hatte sonst keinen anderen Anhaltspunkt. Fast wütend schob er den Gedanken weg, dass es eine Falle sein könnte oder eine Illusion, wie die Biene.

Arian Galeno lief dem Klang des Lachens hinterher, weil es das einzige war, dass einer Spur nahe kam, der er folgen konnte. Abermals durchquerte er Gang um Gang. Mal hörte er das Lachen ganz deutlich, als ob es um die nächste Biegung wäre, dann wieder war es so weit entfernt, dass er es für bloße Einbildung hielt.

Doch nie schwand es ganz, und als Arian nach einer weiteren Ecke plötzlich in einem weitläufigen, hohen Saal stand, wähnte er sich an der Erfüllung all seiner Hoffnungen, Wünsche und Träume.

Der Raum war voller Menschen. Es mochten hunderte sein, vielleicht noch mehr. Sie alle waren festlich gekleidet. Röcke fielen über weite Reifen bis auf den Boden, Fliegen und Krawatten wurden gerichtet. Überall blitzten Schmuck und polierte Schuhe auf.

Arian vermochte nicht zu sagen, wo der Raum endete oder ob es Spiegel waren, die ihn für das Auge auf trügerische Weise vergrößerten. Für Arian zählte einzig und allein die eine Person, deren schmale Gestalt in der Mitte des Saals stand. Niemand versperrte ihm den Blick. Wo sich sonst überall Gruppen bildeten oder Menschen dicht an dicht fast aufeinander hingen, war sie wie isoliert. Als wäre sie die ungekrönte Königin dieses Balls, denn etwas anderes konnte dieses Fest kaum sein, auch wenn keine Musik gespielt wurde. Oder war er einfach nur taub für die anderen Töne, die nicht Celias Lachen waren?

Celia.

Ihr Kleid war ebenso schlicht wie elegant. Der weit ausgestellte Rock war von einem hellen Grau, das am Saum zu einem tiefen Anthrazit wurde, während es von der Taille an aufwärts weiß wurde. Wie Wolken, die sich nach unten dunkel mit Regen färbten. Die Tropfen waren als winzige, durchschimmernde Perlen aufgestickt, bereit, jederzeit zu fallen.

Sie war der Wolkenphönix und sie war es zur selben Sekunde nicht.

Augenscheinlich hatte sie ihn bisher nicht bemerkt. Sie wandte ihr Gesicht etwas oder jemandem links von ihr zu, den Arian nicht sehen konnte.

Wie schnell sein Herz schlug, während seine Schritte ihn kaum von der Stelle brachten. Bewegte er sich überhaupt? Plötzlich fiel ihm auf, dass sich niemand regte, niemand sprach. Nur Celias Lachen war immer noch da, so klar und hell, obwohl ihr vollkommener Mund geschlossen war.

Etwas an diesem Bild störte Arian, aber er konnte es nicht einordnen. Er ging einfach weiter, unendlich langsam. Ob er Celia nicht erreichten sollte?

Endlich gelang es ihm, ihren Namen auszurufen.

»Celia!«

Ein Ton wie von zerspringendem Glas zerriss klirrend die Stille.

Celia drehte ihm den Kopf zu. Für wenige Sekundenbruchteile trafen sich ihre Augen, während sich um sie herum alle in Fetzen aus silbrigem Nebelstoff auflösten, als wären sie einfach auseinandergerissen worden oder zu Aschefragementen verbrannt, die nun davon wehten.

Der ganze Saal füllte sich mit eisiger Kälte. Ein Schaudern rann über Arians Rücken, sein Atem bildete ein kleines Wölkchen vor seinem Gesicht. Es löste sich in Celias Gesicht auf, vor der er von einem Wimpernschlag zum nächsten einfach stand, obwohl er eben noch Meter von ihr entfernt gewesen war.

Arian schnappte nach Luft. Sie war es. Sie war es wirklich. Celia.

Schon hob er die Hand, wollte sie an der Wange berühren, aber er tat es nicht. Kurz schwebte seine Hand reglos neben ihrem Gesicht, dann zog er seinen Arm zurück. Wieder war da der diffuse Gedanke, dass etwas falsch war, stärker als zuvor, doch immer noch nicht greifbar.

Zuerst nahm er kaum wahr, dass da plötzlich doch eben jene Musik war, die er zuvor vage vermisst hatte. Aber sie war da. Zartes Violinenspiel mischte sich mit hellen Klaviermelodien, beides wurde von zerbrechlich wirkenden Harfentönen untermalt, die fast wie das gleichmäßige Prasseln von Regen klangen.

Celia griff seine Hand und zog ihn in einen Tanz. Sie fühlte sich kalt an, so schrecklich, schrecklich kalt. Kleine Eiskristalle füllten die Luft um sie herum. Sie schmolzen, wenn sie Arians Haut trafen, auf Celia blieben sie einfach liegen und verwandelten sie in eine glitzernde Statue, während sie immer schneller durch ihren Tanz wirbelten. Kurz dachte Arian an die Figur auf einer Spieluhr, dann lenkte ihn die Kälte erneut ab. Sie kroch von Celias Fingern in seine Hände, von dort aus seine Arme hoch, über seine Schultern in seinen Rücken und seine Brust hinein.

Und plötzlich wusste Arian Galeno, was ihn die ganze Zeit gestört hatte, was falsch gewesen war.

Celia – sie war nicht hier. Sie konnte es nicht sein. Und so, wie er das wusste, wusste er auch, dass es jemand anderen gab, bei dem er jetzt sein sollte.

Mireia.

Weil dort die Wirklichkeit war. Und die wahre Möglichkeit, Celia wiederzusehen.

Wie vom Blitz getroffen ließ er Celias Eishände los.

Sie zersprang nicht, wie all die anderen es getan hatten. Celia löste sich einfach auf, wurde zu einem durchschimmernden Schemen, der mehr und mehr verging. Sogar ihr Kleid verlor an Kontur, bis da nur noch loser Seidenstoff war, der wie auf Wellen durch die Luft schwebte.

Die Tränen, die Arian über die Wangen liefen, lösten den ganzen Ballsaal auf. Er schmolz, Wasser rann die Wände herunter, es floss über den Boden und verschwand einfach im Nichts, genau wie all die Tränen, die aus Arians Augen fielen.

Vielleicht weinte er einen Fluss, vielleicht ein Meer, womöglich nichts von alledem. Als er nur noch hemmungslos schluchzte und mit bebenden Schultern dastand, war das Labyrinth weg. Als hätten all die Tränen die ganzen Mauern und Gänge, all das Licht fortgespült.

Um Arian Galeno gab es nichts als vollkommene Dunkelheit.

Er blinzelte. Betrachtete seine Hände. Da waren keine Verletzungen mehr, und auch kein Wasser. Nur noch die Erinnerung daran, dass er gestorben war.

Oder war alles ein Traum gewesen?

Nein.

Das, was hinter ihm lag, war so viel mehr gewesen als ein Traum.

Mireia.

Er wusste, dass er sie finden musste. Nicht, weil er plötzlich glaubte, sie zu lieben – das tat er nicht. Sie hatte ihm nur einen neuen Anfang gezeigt, etwas, das nach der Suche kommen könnte.

Denn sonst hatte sich nichts geändert. In seinem Herzen sang immer noch die Melodie, die die Murmeln spielten. Die ihn und Celia ihr ganzes gemeinsames Leben begleitet hatten.

* * *

Kein Leben läuft so, wie man es sich als Kind erträumt, wenn man noch nichts vom Schicksal und seinen mitunter grausamen Fügungen ahnt.

Dieser Gedanke war es, der die Madame durchfuhr, während sie dort im Nichts stand und plötzlich ein kleines Mädchen auf sich zu hüpfen kommen sah. Über ihm, offensichtlich gehalten von einer Schnur, schwebte einer runder, mattgelblich schimmernder Ballon, über den Schatten tanzten und Formen bildeten. Mal glaubte Mireia, einen Mann zu sehen, dann einen Hasen und ein Blinzeln später waren da nur noch Kreise.

Je näher die Kleine kam, desto mehr glaubte Mireia, sie zu erkennen. Etwas in ihren kindlichen Zügen war ihr vertraut, und zugleich wieder nicht. Auch wechselte das lange Haar des Mädchens in unbestimmten Abständen die Farbe, war weiß, dann schwarz und schließlich kupferblond. In diesen Momenten war das Kind der Madame unbegreiflich nah, mit weißen Haaren einfach nur fremd. War es womöglich sie selbst?

Da waren die grünen, fragenden Augen, in denen sich jedes kleine Wunder wiederspiegelte. Und doch – wenn das Kind den Kopf drehte, füllten sich die Iriden mit Schatten und Nacht, die der Madame fast unheimlich gewesen wären, hätte nicht hier und da ein Stern in ihnen aufgeblitzt. Das Mädchen musterte sie mit kindlicher Neugier, lächelte sogar.

Ob die Kleine den Weg kannte?

Schon wollte Mireia fragen, da kam das Mädchen ihr zuvor.

»Du bist kein Traum«, sagte es mit klarer Stimme.

»Nein«, erwiderte die Madame irritiert, »das bin ich wohl nicht. Ich bin vom sternengelben Weg abgekommen und jetzt kann ich ihn nicht mehr finden.«

Ihr kleines Gegenüber neigte nachdenklich den Kopf zur Seite.

»Der Weg ist jetzt woanders«, meinte die Kleine schließlich in einem Ton, als müsste man das einfach wissen. »Er kann ja nicht immer an derselben Stelle sein.«

Mireia verkniff sich ein spitzfindiges »Nicht?«, das ihr schon auf der Zunge lag. Stattdessen fragte sie: »Und wo kann ich ihn jetzt finden?« Das Mädchen zuckte mit den Schultern. Die Bewegung ließ den Ballon einen kleinen Sprung in der Luft machen.

»Weiß nicht. Muss jetzt weiter.«

Kaum, dass die Worte ausgesprochen waren, hüpfte die Kleine auch schon weiter, so schnell, dass Mireia glaubte, sich das kurze Gespräch nur eingebildet zu haben.

Nur ein Satz hallte in ihren Gedanken wieder, einem Echo gleich.

Du bist kein Traum.

Nein, das war sie nicht, und wenn man von den Momenten mit Arian am Meer der Morgendämmerung und der Nacht vor ihrem Aufbruch absah, konnte die Madame sich nicht erinnern, wann sie sich das letzte Mal bewusst einem Traum hingegeben hatte, seit sie den Zirkus verlassen hatte. Einem wirklichen Traum, nicht jenen Dingen, die man in Nächten in symbollastigen Bildern verarbeitete und die am Morgen allzu oft vom ersten Augenaufschlag fortgewischt wurden wie Kreidelinien von einer Schiefertafel.

Es musste lange her sein. Die Madame hatte sich nie erlaubt, Bilder von der Zukunft zu malen. Die Karten hatten ihr Wege und Möglichkeiten eröffnet, die meisten Dinge hatten sich jedoch einfach so ergeben, waren Konsequenzen und Ergebnisse von Entscheidungen und Taten. Erst um in Nachhinein hatte sie ein Muster erkennen können.

Die Zukunft war in ihrer Welt immer anderen Menschen in ihren Voraussagungen vorbehalten gewesen – oder hatte sie nur verdrängt oder vergessen, dass sie sich einst vielleicht auch ihren persönlichen Märchenfilm vom Glück ausgemalt hatte?

Hatte sie als kleines Mädchen davon geträumt, eines Tages eine Braut zu sein, oder eine Mutter? Oder hatte sie Ärztin, Astronautin oder Mechanikerin werden wollen?

Jeder der Berufe war so unwahrscheinlich wie die Vorstellung ihrer selbst in einem Hochzeitskleid. Es passte nicht, aber das bedeutete ja keinesfalls, dass es diese Bilder in ihrer Fantasie nicht irgendwann gegeben hatte. In einem anderen Leben …

Die Madame schüttelte den Gedanken an die Vergangenheit ab. Wenn es diese Träume gegeben hatte, taten sie hier an diesem Ort nichts zur Sache.

Am Anfang einer Nacht waren Träume wild und unvorhersehbar, aber sie konnte nicht träumen. Sie schlief nicht. Sie war wach, stand immer noch reglos im Nichts der Nacht, die Augen immer noch dorthin gerichtet, wo das Mädchen mit dem Ballon verschwunden war.

Nach einer Ewigkeit, die vielleicht nicht einmal ein paar Minuten gedauert hatte, erinnerte sich Mireia wieder an das Ei und die Karte in der Tasche ihres Rockes. Sie zog beides hervor. Die Bilder auf der Spiegelschale des Eis schwiegen, aber auf der Karte fand sie einen Anhaltspunkt, wo sie sich befand. Ihr Name stand dort im lichten Dunkelblau des Abendhells, geschrieben in silberweißen Lettern. Die Gegensätzlichkeit von Hoffnung und Verzweiflung ließ sie Kälte und Wärme zugleich empfinden. Was half ihr das Wissen um ihren Aufenthaltsort, wenn sie weder die Richtung noch ihr Ziel kannte?

Fieberhaft suchte sie die Karte nach Arians Namen ab, doch der ihre war der einzige, den das Pergament preis gab.

Irgendwann ging die Madame einfach los. Wenn man den Weg nicht kannte, spielte die Richtung keine Rolle. Dennoch kam sie nur langsam voran – die Wendeltreppe aus Glas war das Eine gewesen, aber hier, wo es keinen Unterschied zwischen Boden und Himmel gab, war jeder Schritt ein Wagnis. Sie widerstand dem Verlagen, immer wieder mit den Händen zu überprüfen, worauf sie lief. Zu groß war die Angst, dass ihr Misstrauen sie wie auf dem Regenbogen zu Fall brachte oder dass es nichts gab, was ihre Finger ertasten könnten. So setzte sie einfach einen Fuß nach dem anderen auf, schaute nur nach vorne, erlaubte sich nicht einen Blick zu ihren Seiten und erst recht keinen über ihre Schultern.

Beinahe wäre ihr so der Sand entgangen, der unvermittelt Körnchen um Körnchen vor ihre Füße geweht wurde und hier und da feine Linien, Wellen, Schlaufen und Kurven malte, als würde er Worte schreiben, die sie nicht verstand. Der Zufall wollte es, dass sie gedankenverloren doch kurz nach unten sah, wo der Sand gerade auseinanderstob.

War die Nacht etwa auch nichts anderes als eine Wüste?

So wie die Morgendämmerung, wie der Tag?

Und wenn?, fragte sie sich und setzte ihre ziellose Wanderung mit einem weiteren Schulterzucken fort, ohne auf den Sand zu achten. Manchmal aber wurden die Körnchen so zahlreich, dass sie unter ihren Schritten knirschten, und ein andermal wehte der feine Sandstaub ihr ins Gesicht, sodass sie blinzeln musste.

Kaum, dass sich ihr Blick wieder geklärt hatte, entdeckte sie vor sich eine Insel aus Licht in all der Dunkelheit. Als würde eine Laterne einen Lichtkegel in die Finsternis malen. Nur, dass da keine Laterne war.

Sie war noch zu weit entfernt, um Einzelheiten auszumachen, doch dass diese Insel die Quelle des Sandes war, war gut zu erkennen. Er rieselte über die Ränder des Eilandes herab wie feiner Regen aus Gold.

Immer noch malten die Körnchen flüchtige Bilder und Linien, die nie lang genug hielten, um einen Sinn zu ergeben. Schließlich gab die Madame das Unterfangen zu verstehen auf und ging stoisch auf die Insel und die Gestalt zu, die ihr mit dem Rücken zugewandt auf einem Stuhl an einem Tisch saß und offensichtlich in ein Buch schrieb, das vor ihr lag.

Sie vermutete, auf einen Mann zuzulaufen, aber Silhouetten waren trügerisch und so beschloss sie, keinen weiteren Gedanken an die dunkle Gestalt in all dem Licht mehr zu verschwenden. Sie konzentrierte sich auf jene Dinge, die klar und deutlich vor ihr lagen. Der oder die Fremde schrieb wirklich auf die leeren Seiten eines Buches. Wieder und wieder tauchte die schreibende Hand einen Federkiel in ein Tintenfass, das auf der Ecke des Tisches stand. Auf dem Papier waren die Worte zunächst tiefschwarz, ehe sie heller und heller wurden und schließlich begannen, golden zu leuchten. Mit jedem Punkt, den die Federspitze setzte, löste sich das Geschriebene auf, rieselte als Sand aus dem Buch heraus und fiel auf den Hügel, der sich rund um den Tisch aufgetürmt hatte und sich nach und nach an seinen Rändern auflöste.

Nie blätterte die Gestalt eine Seite um, weder vor noch zurück.

War die Seite leer, wurde wieder an der oberen Ecke begonnen, bis es unten mit einem Punkt endete, der alle Worte zu Sand werden ließ.

Dass es wirklich ein Mann war, erkannte die Madame, als sie einen Fuß auf die Insel setzte. Nur noch fünf oder sechs Schritte trennten sie von dem Unbekannten. Er hob weder den Kopf noch unterbrach er sein Schreiben. Seine Hand hielt keinen Augenblick inne. Wort folgte auf Wort, die einzigen Pausen im Textfluss gab es, wenn er die Feder mit neuer Tinte fütterte. Schwarz wurde vor den Augen der Madame zu Gold, Gold zu Sand, der von den Rändern der Insel ins Nichts rieselte.

Obwohl Mireia die Wörter lesen und verstehen konnte, war es ihr nicht möglich, in ihnen einen Sinn zu finden. So schnell, wie sie verblassten, verschwanden sie auch aus dem Gedächtnis der Madame. Ihr selbst lagen andere Worte auf der Zunge, aber sie traute sich nicht, sie als Messer zu nutzen, das die Stille zerschnitt. Sie umrundete den Tisch so leise, wie es auf dem instabilen Untergrund möglich war. Mit jedem Stück, das sie vorankam, wuchs der Tisch – oder wurde sie kleiner? Nein. Der Mann blieb gleich, sein Kopf auf der Höhe ihrer Schultern, weil er saß. Nach wie vor schrieb er, unterbrochen nur vom Eintauchen der Feder in die Tinte.

Einmal sank Mireia so tief in den Sand ein, dass sie beinahe wegrutschte und wie die Körnchen in die Tiefe zu fallen drohte, aber sie fand Halt am Bein des Tisches.

Kurz blieb sie einfach liegen. Ihr Atem ging keuchend, ihr Herz galoppierte in ihrer Brust, als wolle es dem Käfig ihrer Rippen entkommen. Schließlich zog sie sich am glatten Holz des Tischbeins nach oben.

Überrascht stellte sie fest, dass sie nun genau vor dem Fremden stand, getrennt einzig und allein durch die Platte, auf der das Buch lag, das ungefähr bis zur Mitte des Tisches reichte. Die Fläche war dunkel, aber sie war auf sonderbare Weise ein Fenster in einen anderen Himmel. Sterne erblühten und vergingen vor den Augen der Madame, schwarze Löcher verschlangen alles, nur damit einen Herzschlag später neue Galaxie geboren wurden. Wieder und wieder tanzten Sandkörnchen aus dem Buch auf die glatte Oberfläche, um dann über dessen Kante in die Tiefe zu fallen. Einige wenige aber sanken in den Tisch ein und verschwanden in den dort atmenden Galaxien.

Gerade entstand eine aus einer erbsengroßen Murmel …

Das Kratzen der Feder auf Papier lenkte Mireias Aufmerksamkeit zurück zu dem sonderbaren Unbekannten. Zum ersten Mal betrachtete sie ihn. Sein Haar war so dunkel, dass er die Helligkeit der Insel darin aufzusaugen schien, denn das Licht reichte nicht bis zu seinem schmalen Gesicht, aus dem sie milchig weiße Augen ansahen, in denen die Madame sich nicht spiegeln konnte.

Ihr Gegenüber war blind.

Trotzdem stellte Mireia keine Sekunde in Frage, dass er sie sehen konnte.

Und so wunderte es sie kaum, dass er sie im beinahe selben Augenblick begrüßte, ohne dabei die schmalen, bläulich schimmernden Lippen zu bewegen.

»Du bist die Frau ohne Träume«, sagte er und seine Stimme war wie das Wispern einer Feder auf Papier und das stille Rieseln von Sand.

Kapitel 15

All das Licht machte Arian Galeno blind für die Dunkelheit, die ihn plötzlich umgab. Erst nach und nach schälten sich Umrisse aus dem Blau. Weit entfernt schien es ein Gebirge zu geben. Vielleicht war es auch ein Wald. Kurz überlegte er, diese Richtung einzuschlagen, doch etwas zog ihn genau in die entgegengesetzte. Es gab dort nichts, nur dunklen, festen Boden, der sanften Wellen gleich mal anstieg und mal abflachte.

Der gelbe Weg, der sich plötzlich wie ein vom Himmel schwebendes Band auf die Ebene legte, kam sprichwörtlich aus dem Nichts. Er begann unmittelbar vor Arian Galenos Füßen, und da er sonst keinen Anhaltspunkt hatte, folgte er dem lebendigen Pulsieren des Weges, das ihn an eine Ader erinnerte. Und vielleicht war der Weg wirklich eine solche und führte ihn direkt dorthin, wo er glaubte, alle Antworten zu finden, weil dort alles begonnen hatte.

Celia hatte diesen Ort das Herz der Nacht genannt. Sie war dort geboren worden und danach war jener Palast der erste Käfig gewesen, dem sie entkommen war. Erst dann hatte sie auch die Fesseln der Nacht abgestreift …

Warum hatte er ihre Geschichte mit all den Wundern und Zaubern nie hinterfragt, weshalb hatte er nie mehr wissen wollen? Wieso hatte er sich nicht einmal nach all den unglaublichen Orten erkundigt, durch die sie so viele Jahre rastlos gewandert war, bis ihr Herz in ihm ebenso eine Heimat gefunden wie das seine bei ihr?

Aber er hatte nie gefragt, weil er einfach nur glücklich gewesen war, dass sie bei ihm war. Selbst dann nicht, als ihr Leid begonnen hatte. Er hätte vehementer darauf drängen müssen, dass sie ihn verließ, um ihr Leben zu retten. Aber er hatte es nicht über sein Herz gebracht, sie wirklich gehen zu lassen.

Celia war ihm nie deswegen böse gewesen, und vielleicht hätte sie ihm auch gar nichts von der Welt erzählen wollen, aus der sie gekommen war.

»Geschichten zu erzählen ist immer nur ein Teil der Wahrheit. Man muss sie erleben, genau wie man all die Welten selbst entdecken muss, gleich wo sie liegen.« Das hatte sie einmal gesagt, er hatte es nur vergessen. Was würde sie jetzt sagen, wenn

sie ihn auf seiner Reise sehen würde, auf diesem unwirklichen Weg durch ihre alte Heimat?

Jeder Meter zog Arian mehr in den Bann der Nacht, jeder Schritt zeigte ihm ein neues Wunder. Da waren Inseln in der Ferne, die wie Sterne leuchteten. Vielleicht waren es ja sogar die Sterne, doch zugleich war das nicht möglich, denn neben ihm tauchte eine Meerjungfrau in das Blau ein, das ihn an einen Ozean erinnerte. Ihre ganze Gestalt war aus Sternen gemacht, selbst die einzelnen Schuppen ihres Fischunterleibs bestanden aus Myriaden glitzernder Funken. Sie winkte ihm zurück, als er es tat, und verschwand dann in den Fluten, die keiner sichtbaren Strömung folgten. Einmal glaubte Arian, eine Stadt am Horizont auszumachen, doch sie war aus Blau und Gold und verschmolz mit der Umgebung, kaum dass er blinzelte. Später zog ein Schwarm funkelnder Fische an ihm vorbei und der Weg machte einen weiten Bogen, fort von der Stadt und dem Meer, denn die nächsten Wesen, die er passierte, waren ein Skorpion und ein schlafender Löwe, an dem Arian so leise wie möglich vorbeischlich, ohne ihn aus den Augen zu lassen. Die Gefahr, die von dem Löwen ausging, war fast greifbar und es dauerte lange, bis sich Erleichterung in Arian ausbreitete.

Von nun an war er auf der Hut, denn zwischen den hell leuchtenden Schemen abseits des Weges kletterten vermehrt Schatten hervor. Arian Galeno lief nur noch in der Mitte des Weges, in der Hoffnung, dass auch an diesem Ort die Regel galt, dass die Schatten vor dem Licht flohen. Links und rechts von ihm bekam das Blau immer stärkere Nuancen von Schwarz, während das leuchtende Band zu seinen Füßen schmaler wurde, ganz so, als würde es bald enden.

Rasch schaute Arian sich um – hinter ihm war der Weg bereits fort, wie von einer riesenhaften Schere abgeschnitten. Die Luft, die er einatmete, war plötzlich mit Eiskristallen gefüllt, ebenso wie der Ballsaal es gewesen war. Arians Gedanken überschlugen sich. War der Weg vor ihm vielleicht inzwischen auch fort?

Vorsichtig drehte er sich wieder um – der schmale Pfad aus Gold und Licht hatte sich nicht verändert, aber Arian war nicht mehr der einzige Wanderer, der seiner Spur folgte.

Vor ihm, weiß wie Schnee und hellblau wie ein Stück Sommerhimmel, stand ein Einhorn, um dessen Horn ein strahlendblauer Schmetterling flatterte. Er landete auf der Spitze des gedrehten Horns, als Arian sie beinahe erreicht hatte.

Der Schatten des Schmetterlings legte sich wie eine Maske auf das schmale, spitz zulaufende Gesicht des Einhorns. Es neigte sein Haupt vor Arian. »Willkommen, Träumer«, sagte es. Der Schmetterling flog auf und landete auf Arians Arm. Winzige Sterne zierten von jetzt auf gleich seine Flügel, so dass er wie ein Stück ausgeschnittene Nacht wirkte.

Arian war so in den Anblick des Insekts versunken, dass er zunächst nicht realisierte, dass das Einhorn weiter sprach. Fragend hob er den Kopf. Falls Einhörner schmunzeln konnten, mochte dieses es vielleicht gerade tun.

»Das Kind der Nacht hat uns von dir erzählt, Arian Galeno. Immer dann, wenn du schliefst und sie hinauf zu den Sternen schaute.«

Das Kind der Nacht …

Arian brauchte einen kurzen Moment zu verstehen, dass es Celia meinte. Sein Herz schlug einen winzigen Satz schneller, doch die Worte des Einhorns versetzten ihm auch einen kleinen Stich. Warum hatte er nie mitbekommen, dass Celia keinen Schlaf gefunden hatte? Wie viele Nächte waren es gewesen?

Vielleicht standen ihm die Fragen ins Gesicht geschrieben, denn das Einhorn beantwortete sie ungestellt.

»Wir mögen die Anzahl der Geschichten nicht kennen, denn sie ist für uns nicht von Bedeutung. Doch wir kennen deine Geschichte und deinen Weg. Wir wissen, was du für sie getan hast und noch tust, was du für sie gegeben hast und noch geben wirst, obwohl der Mensch, den du Celia nanntest, für immer fort ist.«

Das Einhorn wartete, bis die traurige Gewissheit in Arians Herz schmerzhaft Wurzeln gefasst hatte.

Arian blickte das Tier an. »Wird sie sich an mich erinnern?«

Das Einhorn schenkte ihm anstelle einer Antwort nur einen unergründlichen Blick, der sowohl ja als auch nein und alles dazwischen bedeuten konnte. Leise seufzend nickte Arian.

Das Einhorn stieß ein Schnauben aus, das vielleicht ein Lachen war.

»Wir geleiten dich ein Stück durch die Nacht. Es ist leicht, den Weg im Abendhell zu verlieren. So viele Träume, die einen locken und in die Irre führen, wenn man einem bestimmten Ziel folgt …«

Arian blickte zu seinen Füßen. Das gelbe Band des Weges hatte sich vollkommen verflüchtigt.

»Ich glaube, ich habe den Weg schon verloren«, stellte er fest, aber das Einhorn widersprach ihm.

»Nein. Dieser Weg ist nur ein Anfang – ihr Menschen würdet es vielleicht mit dem Zustand des Einschlafens, dem Hinwegdämmern in die Träume vergleichen. Einmal dort, sind es andere Dinge, von denen man in den Morgen getragen wird. Ohne eine Karte verliert man sich in den Träumen, die Wald und Felder, Wüste und Meer, Berge und Täler sein können – alles, was der Herr der Träume ersinnt und von Tinte zu Wort zu Sand werden lässt.«

Das Einhorn war mit gemächlichen Schritten losgelaufen und wie von selbst begleitete Arian das Tier, dessen Hornspitze sanft leuchtete. Der Schmetterling flatterte um sie beide herum, die Flügel mal taghell, mal nachtdunkel.

Bei der Erwähnung der Karte horchte Arian auf. »Ist hier noch jemand? Eine Frau?«

Das Einhorn neigte den Kopf. Auf den Flügeln des Schmetterlings malte sich plötzlich das Rot, das den Gefilden der beiden Dämmerungen innewohnte.

»Ja und nein«, gab das Einhorn zur Antwort. »Hier ist jemand, aber bei ihr war es Furcht, die sie das goldene Band hat verlieren lassen. Nun muss sie einen anderen Weg gehen.«

Niemals den einfachen Weg, schoss es Arian durch den Kopf, ehe er fragte: »Hat sie Murmeln bei sich? Und werde ich sie wiedersehen?« Und dann, ein bisschen verzögert: »Geht es Mireia gut?« Das Einhorn und der Schmetterling führten ihn ohne eine Antwort in einen Wald, dessen Bäume aus tiefblauem Lapislazuli mit goldenen Einschüssen gewachsen waren, zwischen denen einige wenige aus Amethyst standen, fliederlila und weiß. Alles strahlte, trotzdem wurden die Schatten, die dazwischen lagen, länger.

»Du kannst es mir nicht sagen, oder?«, erkundigte Arian sich irgendwann.

»Nein«, bestätigte das Einhorn. »Der Weg, den sie gehen muss, ist uns verschlossen.«

Der Schmetterling landete erneut auf Arians Arm, dieses Mal mit zugeschlagenen Flügeln. »Du wirst mir überhaupt keine Fragen zu Mireia oder Celia beantworten, richtig?«, übersetzte er die Geste des Falters. Das Schweigen des Einhorns gab ihm Recht.

»Wohin gehen wir?«, versuchte er es anders.

»Tiefer in die Nacht«, kam es zurück, doch ehe Arian weiterfragen konnte, legte sich der Schmetterling einem Tuch gleich über das Maul des Einhorns, sodass es nicht länger sprechen konnte. Die Flügel des Insekts hatten sich vollkommen schwarz gefärbt.

Arian überkam das Gefühl, dass auch er zum Schweigen gebracht worden war, aber vielleicht lag es auch nur an dem Wissen, dass er keine Reaktion mehr erwarten konnte.

So plötzlich der Schmetterling die Lippen des Einhorns versiegelt hatte, so schnell flog das Tier am Ende des Waldes wieder auf. Nicht weit vor ihnen lag eine Schlucht, in die ein Wasserfall stürzte, der von einem breiten Fluss gespeist wurde, der rechts neben ihnen aus dem Wald trat.

Wie nur hatte Arian das Wasser bislang nicht hören können? Es rauschte so laut, und das Tosen, mit dem es in die Tiefe stürzte, war ohrenbetäubend. Weder Nebel noch Gischt stiegen auf, es gab nur das fallende Wasser.

Der Schmetterling flatterte davon, genau auf die Schlucht zu, und das Einhorn folgte ihm. Arian zögerte, tat es ihnen aber schlussendlich gleich, bis er wieder neben dem Tier stand, nur noch einen Schritt vom Abgrund entfernt.

Die Tiefe, in die Arian Galeno vorsichtig blickte, kannte kein Ende. Alles war Schwarz, allein der Schmetterling, der über der Schlucht umherflatterte, war ein Licht. Das Einhorn bog seinen schmalen Hals, sodass sein Gesicht Arian zugewandt war.

»Bist du bereit?«, fragte es.

Arian runzelte irritiert die Stirn. »Bereit wofür?«

Das Einhorn deutete mit einem Nicken auf den Abgrund.

Arian schluckte. »Was? Ich soll da runter?«

Das Wiehern des Einhorns wurde in seinem Ohr abermals zu einem Lachen. »Nein. Du wirst fliegen. Mit mir. Aber den ersten Schritt musst du selbst machen.«

Das Einhorn trat mit den Vorderhufen so dicht an die Kante, dass kleine Steine abbröckelten und ins Bodenlose fielen. Arian seinerseits wich zurück. »Gibt es keinen anderen Weg?«

»Nein«, erwiderte das Einhorn bestimmt. »Du musst über diesen Abgrund, und ich kann dir die Angst nicht nehmen. Du wirst fallen. Der Fall wird ein Ende haben, dein Flug aber kann ewig dauern.«

Schweißperlen bildeten sich auf Arians Stirn, obwohl es immer noch eisig kalt war.

»Was ist das für ein Fluss?«, fragte er, um Zeit zu schinden. Das Einhorn blieb ihm die Antwort schuldig und er wusste, dass es nichts sonst mehr gab, was es ihm erklären würde

»Wirst du bei mir sein?«, wollte er daher wissen.

»Soweit ich es vermag«, gab das Einhorn zurück.

Und so machte Arian Galeno einige Schritte. Die ersten drei führten über sicheren Boden. Beim vierten gab es keinen Widerstand mehr unter seinen Sohlen.

* * *

Das Rieseln des Sandes glich dem Vergehen von Zeit in einer Sanduhr – Minuten, getaktet von Herzschlägen; Sekunden, gezählt von feinen Körnchen aus Gold und Worten.

Die Madame wusste nicht, ob sie etwas sagen sollte, ob sie es konnte, doch als mehr Zeit verrann, als sie aushalten konnte, sprach sie die Worte aus, die sie lange in ihren Gedanken hin und hergeschoben hatte.

»Du bist der, der die Träume schreibt.«

Sie war nicht sicher, ob sie das richtige Verb nutzte, und doch war es das, was ihr Gegenüber tat.

Ihre Welt hatte so viele Namen für ihn. Morpheus. Herr der Träume. Sandmann.

Denn er ließ die Träume zu den Menschen rieseln, malte Bilder und Geschichten, ersann Erinnerungen und weckte Begehren, Sehnsüchte und Wünsche.

Kurz dachte Mireia, der Angesprochene würde nicht reagieren. Umso überraschter war sie, als er die Feder auf dem Buch ablegte und sie ansah.

»Ja«, bekannte er.

Die Madame nickte. »Warum bin ich hier?«

»Du kannst nicht weiter ohne einen Traum.«

»Und du wirst ihn mir geben?«

»Nein. Das kann ich ebenso wenig tun, wie ihn dir zu zeigen. Du musst deinen Traum selbst finden, in all den anderen, die ich ersinne und vergesse und wiederfinde.«

In Mireias Kopf stürzten Gedanken wie Sandburgen ein. Der Herr der Träume nahm die Feder wieder auf und schrieb, als hätte er nie aufgehört. Schon rieselte wieder neuer Sand auf den dünenhaften Berg unter ihren Füßen.

Mireia schluckte. »Was, wenn mein Traum längst in die Tiefe gefallen ist?«

Das leichte Kratzen der Feder begleitete die Antwort. »Das ist er nicht, wenn du es nicht willst.«

Das Schweigen danach fühlte sich endgültig an, sodass die Madame mit einem leisen Seufzen in die Knie ging und sich mit den Händen auf den Sand stützte. Sofort sanken ihre Hände ein.

Wie fand man einen Traum in tausend Träumen?

Sie ließ den Sand durch ihre Finger fließen. Manche Körnchen glitzerten, andere waren durchsichtig und ließen das Dunkel der Umgebung in sich wohnen. Hier und da waren auch ganz schwarze unter ihnen. Albträume, erkannte Mireia. Weil alles Licht und Schatten haben musste, selbst in der Summe aller Träume.

Wie sah ihr Traum wohl aus? War er von heller oder von dunkler Art?

Die Madame war nicht so töricht, einen Traum mit einem Wunsch zu verwechseln, obwohl beides wahrhaftig sein konnte und oftmals aus demselben Holz geschnitzt zu sein schien.

Als ihr vom Tisch neuer Sand auf den Kopf fiel, rutschte sie ein Stück weit nach vorne unter die Platte. Kurz tastete sie nach der Karte und dem Ei, aber ihr war schon zuvor aufgefallen, dass die Silberschale nicht so zerbrechlich war wie andere Dinge. Eier, aber auch Herzen. Und Träume.

Erneut griff sie wahllos eine Hand voll Sand, nur um zuzusehen, wie er zwischen ihren Fingern hindurch rann. Er fühlte sich erst warm, dann kühl an. Mit dem letzten Körnchen sickerte etwas in ihr Bewusstsein.

Ihre Augen konnten ihren Traum niemals finden, genauso wenig wie ihre Hände.

Träume fand man mit dem Herzen.

Manchmal waren sie mit einem Fluch belegt und ließen Menschen sterben. Manchmal fiel man und wachte auf, ehe man aufschlug. Dann wieder waren Träume wirr und voller Rätsel, die man niemals lösen konnte. Und manchmal wachte man auch einfach nicht auf … musste sie schlafen? Nein, nein, nicht hier. Dieser Ort kam vor dem Schlaf, der Schlaf lag unter dem rieselnden Sand, sie aber saß darüber.

Abrupt schlug die Madame die Augen wieder auf, vergewisserte sich, dass um sie herum alles gleich war. Die Insel, der Sand, der Tisch und der Herr der Träume. Über ihr kratzte die Feder weiterhin über die Seiten des Buches, bis das Geräusch plötzlich ausblieb. Kein weiteres Sandkörnchen fiel herab.

Verwundert kletterte Mireia unter dem Tisch hervor und zog sich hoch.

Der Herr der Träume erwiderte ihren Blick. In seinen Augen loderten alle Farben, wie in einem Kaleidoskop, dessen Scherben immer wieder neue Muster bildeten.

»Du fürchtest dich«, stellte er fest. »Dein letzter Traum war ein Zauber, und du kannst es nicht vergessen.«

Die Madame nickte. Es gab nichts zu leugnen.

Wie aus dem Nichts stand eine kleine, verkorkte Flasche auf dem Tisch. Die Flüssigkeit war mit silbern schimmernden Wolken durchzogen.

»Das kann dir die Angst nehmen. Aber es kann dir auch die Sinne rauben.«

»Alles hat sein Gutes und sein Schlechtes«, murmelte Mireia leise vor sich hin.

Der Herr der Träume nickte.

Kurz wog Mireia ab, ob sie nach dem Trunk greifen sollte, entschied sich aber dagegen.

Es würde nicht helfen, wenn sie die Angst betäubte. Sie schob die Flasche von sich weg. Sie verschwand in der nächsten Sekunde. Ihr Gegenüber nahm die Feder wieder in die schmalen Hände, aber ehe er zu schreiben begann, sagte er noch: „Dein Traum liegt nicht in der Tiefe. Er ist eben erst geboren." Damit wandte er sich wieder dem Buch zu.

Mireia ihrerseits ging zurück auf die Knie, betrachtete abermals den Sand und glitt mit ihren Händen darüber. Nach einer Weile nahm sie feine Nuancen wahr und schloss erneut die Augen.

Eine Wüste aus Farben offenbarte sich Mireia, ähnlich dem Kaleidoskopmuster in den Augen des Traumgottes. Rot verwirbelte zu Purpur, Grün trennte sich in Blau und Gelb, Silber und Gold funkelten dazwischen. Vorsichtig strich die Madame eine feine Schicht fort, gleichzeitig fütterte das Buch den Berg mit neuen Körnchen. Mireia entfuhr ein leiser Fluch. Ihr Traum durfte nicht begraben werden oder schlimmer noch – für immer verloren gehen.

»Konzentrier dich«, mahnte sie sich und strengte sich gleichzeitig an, ihr ängstlich hämmerndes Herz zu beruhigen.

Es gab Träume, um die man kämpfen musste, gleich wie klein oder groß sie sein mochten, solange sie nur bedeutsam waren.

Das Wort schrieb sich so unvermittelt in Mireias Gedanken, dass sie es nur gerade so fassen konnte. Es leuchtete und wärmte ihr Herz. Dann wurden die einzelnen Buchstaben zu Linien, die Konturen zeichneten. Fast atemlos verfolgte die Madame, wie die Sandkörnchen auseinanderstoben, nur um sich nach Farben sortiert neu zusammenzufinden und die Konturen mit Leben zu füllen.

Mireia glaubte, ihr Herz müsste vor Freude zerspringen. Aus der Ferne meinte sie, die Stimme des Herrn der Träume zu hören, die ihr »Vertraue dir« zuflüsterte, aber die Insel war von jetzt auf gleich fort, mitsamt allem, was dort gewesen war.

Oder war sie selbst es, die die Insel verlassen hatte und nun durch die Nacht glitt, getragen von einem fliegenden Teppich, den ihre Phantasie gewebt hatte? Die Fasern unter ihr bewegten sich, erzählten alte Geschichten und mischten sich mit Dingen, die vielleicht sein könnten.

Neben ihr saß eine Frau, die sie nicht kannte und die kein Wort zu ihr sprach. Sie war Mireia fremd, und doch vertraute die Madame ihr den Kurs an, den der Teppich nahm; deutete die Frau nach links, lenkte die Madame ihn dorthin. Parallel hielt sie die Karte im Blick, die sie vor sich ausgebreitet hatte.

Wenn sie sich nicht irrte, flogen sie vom Abendhell in die Mitternachtslande.

Kapitel 16

Sie trafen einander um Mitternacht und ein tiefer Glockenton begleitete ihr Wiedersehen.

Die Fremde neben Mireia löste sich auf, als der Teppich in den Sinkflug ging. Immer blasser und durchscheinender wurde sie, und als sie ganz vergangen war, entdeckte die Madame das aus Sternen geborene Einhorn, das über den Himmel auf sie zu jagte.

Es setzte mit den gespaltenen Vorderhufen gleichzeitig mit den Fransen des Teppichs auf dem Boden auf und Mireia entdeckte Arian auf seinem Rücken.

Er strahlte über das ganze Gesicht und glitt von dem Einhorn, so wie Mireia von ihrem Teppich aufsprang, um ihm entgegenzueilen. Doch plötzlich wurde er langsamer und das Strahlen in seinem Gesicht verlosch. Unsicher bremste auch die Madame ihre Schritte, versuchte, zu verstehen. Sie begriff, als sie aufeinander trafen und Arian schrie: »Die Murmeln! Wo sind sie?«

Alle Farbe wich aus ihrem Gesicht und ohne, dass sie Hinsehen musste, wusste sie, dass Arians Worte auch den feinen Teppich ihrer Träume zerrissen hatten. Das Einhorn hinter ihm warf unruhig den Kopf zurück, woraufhin ein Schmetterling mit hellblauen Flügeln aus seiner Mähne abhob.

Die Madame nahm all das in wenigen Sekunden wahr, doch sie brauchte ein Vielfaches länger, um Worte zu finden, mit denen sie Arians Frage beantworten konnte.

Wie er sie ansah, nachdem sie ausgesprochen hatte, dass die Murmeln von den gläsernen Stufen der Treppe in die Tiefe gestürzt waren, kaum, dass der Drache ihn verschlungen hatte. Zorn, sogar Hass lagen in seinem Blick. Vor allem aber Traurigkeit und Enttäuschung. Er wandte sich ab, ohne ihr die Chance zu geben, sich weiter zu erklären. Es war das

Einhorn, das ihn mit gesenktem Horn zwang, sich wieder zu ihr umzudrehen. Sein Gesicht war verschlossen, aber es öffnete sich, je mehr die Madame erzählte, was geschehen war.

»Ein Ei?«, fragte er erstaunt. Mireia nickte und holte es hervor. Ihre Hände berührten Arians, als sie es ihm gab.

»Celia«, flüsterte er. Das Einhorn stieß ein leises Wiehern aus.

Arian blickte auf. Mireia sah seine Spiegelung in den Augen des Sternentieres. Sie wusste, was er von dem Tier wissen wollte.

Was hat das zu bedeuten?

Das Einhorn berührte das Ei mit der Hornspitze. »Es ist das Kind der Nacht. Ich spüre seinen Herzschlag, schwach noch, aber wachsend.«

»Soll das heißen, Celia wird wiedergeboren?« Arian Galenos Aufregung schwappte auf die Madame über, die sich seltsam fehl am Platz fühlte. Noch immer hallten der Hass und die Traurigkeit in ihr nach, die Arian ihr entgegengebracht hatte. Ihr war kalt, so schrecklich, schrecklich kalt.

Nur dumpf drang die Antwort des Einhorns zu ihr durch. „Nein. Wenn ein Wolkenphönix stirbt, vergeht er zu Regen, Nebeln und Sternenstaub. Celia aber starb als Mensch, und nur ein Zauber hat die Tropfen in Kugeln aus Glas geschlossen, doch selbst dieser hat nicht gereicht, diesen Menschen zu retten. Aus diesem Ei kann nur ein neuer Wolkenphönix geboren werden, doch er wird die Gefilde der Nacht zum ersten Mal erblicken und in ihm wird kein Leben sein, das vorher war, keine Erinnerung an Zauber und Murmeln und die Liebe eines Menschen.“

Falls man das Geräusch eines brechenden Herzens hören konnte, war es in diesem Moment als feines Knacken zu vernehmen, und obwohl die Madame deutlich die Risse in ihrem eigenen Inneren spürte, die Arians Reaktion verursacht hatten, trat sie zu ihm und griff nach seiner Hand. Zuerst lag sie nur schlaff in ihrer, dann erwiderte er den Druck. Sein Blick ruhte immer noch auf dem Ei in seiner anderen Hand, als er leise sagte: »Es tut mir leid.«

Mireia nickte, nicht sicher, ob er es überhaupt bemerkte. Das Wiehern des Einhorns riss die Madame aus der Starre, in die sie gefallen war.

»Ihr müsst weiter. Die Mitternachtslande können ihre Tücken und Fallen haben, doch alle Wege führen in die Sternengärten, solange ihr euch nicht verliert.«

»Was ist in den Sternengärten?«, wollte Mireia wissen.

»Dahinter liegt der Mondpalast«, lautete die Antwort.

»Wir müssen zur Nacht.« Eine Feststellung, keine Frage. Die Flügel des Schmetterlings färbten sich golden.

Endlich kam auch Arian aus dem Gefängnis seiner eigenen Gedanken zurück. »Was wird dort geschehen?«

Das Einhorn schnaubte. »Das weiß ich nicht. Die Nacht hat Abermillionen Schatten, doch findet man in ihr ebenso viel Licht.«

»Und das gilt auch für jene, die über sie herrscht«, schloss die Madame.

»Ja. Die Königin der Nacht ist wie ihr Mondherz. Sie hat eine helle und eine dunkle Seite, und ganz selten ist sie auch der Spiegel, den andere in ihr sehen.«

Kurz überkam die Madame ein Frösteln, aber die schüttelte es ab. Jede Nacht war anders.

»Es ist also gleich, welchen Weg wir einschlagen«, erkundigte sich Arian gerade. Mireia blinzelte. Ein Licht strahlte an der Hornspitze des Sternentieres und es drehte seinen schlanken Hals leicht nach links.

»Ja und nein. Dieser dort ist der kürzeste, sofern ihr zusammenbleibt. Tut ihr es nicht, seid ihr verloren.«

Fast hätte die Madame vor Schreck ihre Hand zurückgezogen, aber Arian hielt sie fest. Erleichtert nickte die Madame ihm zu. Diese Nacht würde enden, und sie war keine Gefangene eines Traums.

Das Leuchten des Einhorns wurde ein wenig heller. „Ihr solltet jetzt gehen“, befand es. »Die Mitternachtslande erheben sich. Der Zenit des Sternenlichts ist fast erreicht.«

Die Madame wechselte einen schnellen Blick mit Arian. In sein Gesicht war die gleiche Ratlosigkeit geschrieben wie in ihres. Sie mussten mehr wissen, doch das Einhorn war fort, nur der Schmetterling flatterte noch in all dem Blau, doch auch er löste sich im letzten Rest des Abendhells auf.

Mireia fühlte sich allein gelassen, dabei war Arian noch da und hielt ihre Hand. Vielleicht war das, was er in ihr zerstört hatte, doch größer gewesen als seine Entschuldigung und ihr Wissen darum, dass man im Schmerz oftmals schlimme Dinge sagte, die man niemals so meinte. Hier aber war nie ein böses Wort gefallen, hier lagen ungesagte Worte in der Waagschale, vor allem aber die Schuldzuweisung, die die Madame aus seinen Blicken gepflückt hatte.

Du bist Schuld, dass Celia weg ist.

Denn das Ei, das war nicht länger sie. Und ganz gleich, dass Arian Galeno die Möglichkeit in Betracht gezogen hatte, Celia niemals wieder zu sehen, war die Gewissheit sehr viel schlimmer, als er es sich je ausgemalt hatte. Sie selbst hatte das Bersten seines Herzens gehört, dabei waren die feinen Risse in ihr selbst schlicht und einfach übersehen worden.

Wieder versuchte sie, ihre Hand aus seiner zu lösen, wieder ließ er es nicht zu.

»Wir dürfen uns nicht verlieren«, sagte er eindringlich.

Es dauerte, bis die Worte Mireia erreichten. »Ich bin nicht Schuld«, erwiderte sie. »Ich wollte die Murmeln erreichen, aber die gläsernen Stufen …«

Arian hob beschwichtigend die freie Hand. »Ich weiß. Ich … ich hätte nicht … es war bloß …«

Jetzt war es die Madame, die ein »Ich weiß« flüsterte. Und obwohl sich nichts geändert hatte, war alles anders. Manchmal reichte es, dem Schmerz in Worte zu kleiden, um ihn zu lindern.

»Lass uns gehen«, schlug Arian vor.

Mireia nickte. »Wir sollten dem Einhorn zufolge längst unterwegs sein.«

Arian brachte ein halbherziges Lächeln zustande. »Was machen schon ein paar Minuten im Angesicht der Unendlichkeit?«

Sie beide wussten, dass manchmal eine einzige Millisekunde über das Schicksal entschied, aber sie sprachen es nicht aus. Sie gingen einfach los, und um sie herum erhob sich die Mitternacht.

* * *

Das Gesicht der Mitternacht war ein anderes als das des Abendhells. Arian erzählte ihr von all den wunderhaften Gebilden, an denen ihn das goldene Band vorbeigeführt hatte: Von der Meerjungfrau, den Fischen, dem Skorpion und dem schlafenden Löwen, bis hin zu seiner Begegnung mit dem Einhorn und dem Schmetterling.

»Ich habe all diese Wesen auch gesehen, sogar noch viele mehr, aber mich haben sie verfolgt«, warf die Madame leise ein.

»Das Einhorn sagte so etwas wie, dass die Angst dich vom Weg abgebracht hat.«

Kurz dachte Mireia nach. »Ja, so mag es gewesen sein. Vielleicht wussten all die Wesen aber auch, dass ich erst meine Träume wiederfinden musste und den Mut, mich in sie hineinfallen zu lassen.«

Nun war es an ihr, Arian von ihrem eigenen Weg zu berichten, von der Insel aus Sand, dem Buch und dem Herrn der Träume selbst, dem sie ein Körnchen abgerungen hatte. Sie konnte erkennen, dass Arian nach dem Wort fragen wollte, dass sie gefunden hatte, aber er tat es nicht und sie war froh darüber. Es gehörte ihr allein.

»Hast du auch andere Träume erkennen können?«

»Nein. Da waren unterschiedliche Farben, Temperaturen und Melodien, aber mehr war da für mich nicht. Ich glaube, deshalb konnte ich auch die Worte nicht lesen, die der Herr der Träume schrieb.«

»Hast du eine Vermutung, warum er nie die Seite umblätterte?«

Die Madame zuckte mit den Schultern. »Womöglich hat jede Nacht ihr eigenes Blatt. Aber ist das denn wichtig?«

»Vermutlich nicht.« Arian zuckte mit den Schultern und richtete seine Aufmerksamkeit auf ihre Umgebung.

Die Mitternachtslande waren ein wenig wie eine Geisterstadt, ein verlassener Jahrmarkt oder ein Zirkus, der in Vergessenheit geraten war. Alles war Grau und Blau, allenfalls gab es mal ein wenig blasses Weiß, das die gespenstische Stille untermalte.

Die Madame versuchte, der Umgebung einen Sinn zu geben. Im Abendhell wurden die Träume geboren und die Sternbilder erwachten zum Leben. Aber das hier?

Alles war so still und leer und … vergangen. War dies der Ort, an dem man den Tag hinter sich ließ? Als wäre der Gedanke ein Schlüssel gewesen, füllte sich die Leere plötzlich mit Dingen, doch sie waren ebenso verstaubt, vergessen und tot wie alles sonst hier.

Mireia wandte sich ab, bereit, weiterzugehen und alles zu ignorieren. Arian hingegen zog sie zur Seite, wo sich kaputte Puppen und zerfetzte Lumpenkasperle neben zerrissenen Perlenketten zur Ruhe gebettet hatten.

»Nicht!«, rief die Madame.

Ihre Warnung kam zu spät, Arian hatte sich bereits gebückt und einen kleinen Gegenstand vom staubbedeckten Boden aufgehoben. Alarmiert lauschte Mireia in die Stille, rechnete fest damit, dass diese kleine Veränderung im Gefüge dieses Ortes irgendwas verschob.

Nichts geschah, und die Madame nahm an, sich geirrt zu haben.

»Was ist es?«, fragte sie Arian Galeno.

»Eine Murmel.« Er richtete sich wieder auf, die kleine Glaskugel in seiner offenen Handfläche präsentierend. Sie war tiefrot, wie aus Blut gegossen. In Arians Augen rangen der letzte Funke Hoffnung mit dem Wissen, dass jede Hoffnung längst vergangen war, miteinander.

»Leg sie zurück«, bat Mireia ihn mit sanfter Stimme.

Arian runzelte die Stirn und schloss die Finger um sein Fundstück. In der Madame machte sich ein ungutes Gefühl breit. Die feinen Härchen in ihrem Nacken stellten sich auf, ein Schauer legte sich über ihre Arme.

»Warum sollte ich?«, verlangte Arian zu wissen. Mireia umfasste ihre Oberarme.

»Ich weiß nicht, es ist nur, ich glaube, wir sollten hier nichts nehmen. Es gehört uns nicht, es …«

»Aber diese Murmel ist ein Teil von Celia«, unterbrach er sie. Seinen Worten war anzuhören, wie sehr er sich an diesen kleinen Funken klammerte, doch noch etwas ändern zu können, obwohl es längst nicht mehr zu ändern war. Es gab keine Murmeln mehr, die er finden konnte. Arian konnte der Madame kaum in die Augen sehen, so groß war die Angst darin, die Wahrheit zu sehen, die er längst kannte. Seine Hand umfasste die Murmel so fest, dass seine Knöchel weiß hervortraten, aber dann ließ er sie doch los.

Die Murmel schlug im silbrigen Staub auf und das leuchtende Rot verblasste zu einem matten Grau. Dann war sie fort, verborgen unter der Decke der Vergangenheit.

»Ich wollte …«, begann Arian.

Mireia winkte ab. »Ich weiß. Es tut mir leid, dass wir Celia nicht retten können.« Unbemerkt zog sie ihn weiter, vorbei an mehr Ruinen und Dingen, die für irgendwen irgendwann einmal eine Bedeutung gehabt hatten.

Mireia ignorierte die Sachen, blendete sie aus, konzentrierte sich nur auf den Boden zu ihren Füßen. Schritt, Atemzug, Schritt, Atemzug … nur weiterkommen, raus aus den Mitternachtslanden.

Die Karte war ihnen keine große Hilfe. Sie sprach von Orten die ›Tal der Tränen‹ und ›Bergwerk der Bilder‹ hießen, aber keiner dieser Namen passte zu dem, was sie umgab.

Schließlich steckte die Madame die Karte wieder ein. »Das bringt nichts.«

Arian gab ihr Recht und murmelte leise, dass nichts mehr wichtig war. Mireia schwieg. Sie hatte diese Reise wegen einer Veränderung angetreten, und sie zu einem großen Teil bereits gefunden. Die Rettung Celias war für sie ein Bonus gewesen, nicht wie für Arian der einzige Grund.

Unruhig wanderten ihre Blicke über die Mitternachtslande, und plötzlich fingen ihre Augen etwas ein, von dem Mireia geschworen hätte, dass es bislang nicht dort gewesen war.

Es war ein Haus, das ihr wohl bis an die Hüfte gehen mochte, wie ein Puppenhaus, nur dass es keine offenen Zimmer mit Miniaturmöbeln gab. Das Haus war aus Spielkarten gebaut, die unterschiedliche Größen und Formen hatten.

Ungläubig näherte Mireia sich dem Kartenhaus. Arian sagte etwas, aber die Worte drangen nicht zu ihr durch, ebenso wenig wie die Tatsache, dass er versuchte, sie aufzuhalten. Die Madame zog ihn einfach mit sich, bis sie beide vor dem Bauwerk standen, das kaum weniger vergänglich war als eine Sandburg.

Die Madame starrte das Haus an, das bar jeder Realität gebaut war. Sie kannte es, jeden Erker und jeden der schmalen Türme, für deren Bau die Karten gebogen worden waren. Und sie kannte auch die Karten, jede einzelne.

Sie hatte gedacht, beides niemals mehr wieder zu sehen.

Eine sehr viel kleinere Mireia hatte diesem Haus eines Tages den Rücken gekehrt. Und die Karten hatte sie in der der Morgendämmerung zurückgelassen, nachdem sie betrogen worden war. Sie hatte ihre Asche im Honigmeer auf der Zunge geschmeckt …

Ihre Hand bewegte sich, ohne dass sie darüber nachdachte, wie automatisch zu einer der Karten, die einen der Erker bildete. Sie zeigte das Bildnis einer kindlichen, fast puppenhaft dargestellten Königin. Ihr Haar war schwarz, ihr Kleid weiß und rot. Sie hielt einen herzförmigen Silberspiegel wie ein Zepter in der Hand, und neben ihr hockte ein weißes Kaninchen. Rechts oben und links unten in den Ecken waren zwei Schachfiguren abgebildet, eine weiße und eine schwarze, in den gegenüberliegenden Diagonalen überlappten sich die Symbole von Pik und Herz.

»Liz.«

Der Name kam der Madame wie von selbst über die Lippen. So hatte sie die gemalte Königin genannt, in Erinnerung an die einzig schöne Geschichte, die es je in diesem Haus gegeben hatte.

Es war auch die erste Karte gewesen, die sie gefunden hatte. Liz war die einzige Freundin, die auf ihrer Seite gewesen war …

Mit einem Ruck zog die Madame die Karte raus. Ihre eigene Warnung echote durch ihren Kopf, aber sie konnte nicht widerstehen.

Das Kartenhaus fiel in sich zusammen, und mit ihm die gesamte Mitternacht.

* * *

Es glich einem Spiegel, der in Scherben und winzige Splitter zerbrach oder einem Bild, das in Fetzen und konfettigroße Fitzelchen zerrissen wurde. Nur, dass es eben nicht nur eine Leinwand war, sondern alles um sie herum, sogar der graublaue Himmel und der unwirklich schimmernde Boden.

Sie fielen nicht, auch wenn die Madame beinahe damit rechnete.

Sie blieben einfach stehen, Hand in Hand.

»Was war das?«, durchbrach Arian Galeno die Stille.

»Ich habe die Vergangenheit hinter mir gelassen, indem ich das genommen habe, was einst von Wert war.« Ihre Finger fuhren über die Karte, spürten die abgegriffene Oberfläche und die vielen kleinen Knicke.

Fast wunderte es sie, dass diese Karte geblieben war, wo alles andere nicht mehr existierte. Dann teilte sich der wiedergeborene Nachthimmel vor ihnen wie ein Vorhang und der Gedanke fiel ins Vergessen.

Kapitel 17

Hinter dem Vorhang lag ein Garten aus dunklem Smaragdgrün und einem sanften Gold, das hier hell, da honigfarben und an anderer Stelle dunkel wie Messing schimmerte.

Sie waren so von dem Anblick gefangen, dass sie die schmale Gestalt des jungen Mannes erst bemerkten, als er sie ansprach.

»Seid Willkommen in den Sternengärten, Wandernde. Eure Karte, bitte.«

»Karte?« Arian Galeno und die Madame stellten die Frage beinahe gleichzeitig.

»Ja, eure Eintrittskarte. Ihr müsst sie erhalten haben, sonst hätte sich der Schleier nicht erhoben.«

Mireia starrte ihn sprachlos an. Selbst ihre Gedanken standen still.

Arian rüttelte an ihr.

»Ja?« Sie drehte ihm den Kopf zu.

»Die Karte. Gib sie ihm.«

Wieder dauerte es ein paar Sekunden, bis die Worte bei Mireia ankamen. Nur langsam hob sie die Hand und zeigte dem Mann die Karte der wiedergefundenen Königin. Er nahm sie an sich. Mireia nahm ihn zum ersten Mal wirklich wahr, sein helles Haar, die schwarze Uniform mit den Knöpfen aus Bernsteinsternen, die grünen Augen. Er betrachtete die Karte, musterte die Königin und das Kaninchen nur beiläufig. Dann drehte er die Karte um. Die Madame keuchte. Dort, wo eben noch die vertrauten Knicke auf dem schlichten Grund gewesen waren, leuchteten nun kurz ein Kleeblatt und ein Schlüssel auf.

Ohne auf ihre Reaktion einzugehen, steckte der Mann die Karte in die Tasche seiner Uniformjacke.

»Habt Dank«, sagte er und trat zur Seite, sodass ihnen der Weg in die Sternengärten offenstand.

Noch etwas unschlüssig trat Arian Galeno einen Schritt nach vorne, während die Madame dem Fremden hinterher sah, der von jetzt auf gleich mit der Nacht verschmolz.

»Komm«, flüsterte Arian ihr ins Ohr. Unbemerkt war er wieder zu ihr getreten. Die Madame nickte mit zusammengepressten Lippen.

Es war schwer, sich an all das Licht zu gewöhnen, mehr aber noch an die Wärme. Mit jedem bisschen Wärme, dass in ihren Körper kam, wurden Mireias Gedanken klarer, ihr Blick schärfer. Die Sterne, die dem Garten seinen Namen gaben, wuchsen an Bäumen und bildeten dort gleichermaßen strahlende Blüten aller Größen wie an Sträuchern und Blumen. Man könnte sie pflücken, aber niemand musste der Madame sagen, dass sie dann verglühen und sterben würden. Der Gedanke schmerzte sie, und sie besann sich darauf, die Schönheit zu genießen.

»Celia hat diesen Ort nie erwähnt«, flüsterte Arian neben ihr.

»Jetzt siehst du ihn selbst«, erwiderte Mireia und er nickte. Nachdenklich sagte sie: »Wir können einander ein Leben lang kennen und wissen doch nichts von dem jeweils anderen. Du kanntest sie in eurem gemeinsamen Leben. Aber Celia hat hunderte Leben gelebt, womöglich sogar tausende – mehr als wir erfassen können.«

Arian Galeno atmete tief ein. »Ja, vermutlich hast du Recht.« Jetzt war er es, der seine Oberarme umschlang, als müsste er sich festhalten, um nicht zu zerbrechen.

Die Madame schwieg.

»Ich weiß nicht, wo ich hingehen soll … wenn das hier vorbei ist. Wenn wir zurück sind …. Auch wenn ich wusste, dass es geschehen könnte, habe ich mir nie ein Leben ohne Celia vorgestellt. Sie war immer Teil meiner Vorstellungen, weißt du?«

Mireia wusste nicht, aber sie konnte es sich vorstellen. Sie könnte ihm sagen, dass sich immer ein Weg fand, aber das würde Arian nicht trösten.

»Lass uns erst mal weitergehen. Wir müssen erst das Ende der Nacht erreichen, bevor wir von neuen Tagen träumen können.«

Arian lächelte. Nach einer Weile löste er seine Arme und die Madame konnte sehen, wie er sich nach und nach mehr für die Schönheit ihrer Umgebung öffnete. Die Sterne spiegelten sich in seinen Augen. Sie selbst strich mit den Fingerspitzen über die spitzen Blüten, was den Sternblumen jedes Mal ein hauchdünnes Klingeln entlockte. Der Ton ließ die Madame an das gluckernde Lachen eines Kindes denken und langsam fiel eine Last von ihrem Herzen ab, von der der sie bisher nicht gewusst hatte, dass sie dagewesen war.

Der Anblick der leuchtenden Blüten hielt sie so sehr in ihrem Bann, dass Arian sie am Arm berühren musste, damit sie ihm zuhörte.

»Schau«, sagte er.

Mireia hob den Kopf und sog überrascht die Luft ein. Von den Bäumen stiegen scharenweise Sterne auf. Wie die kleinen Schirmchen von Pusteblumen schwebten sie immer höher und höher in die Dunkelheit über den Gärten auf und wehten von dort aus in alle Richtungen davon.

»Ich glaube, hier werden die Sterne geboren«, wisperte die Madame mit Tränen in den Augen. Auch Arian schwieg ergriffen. Trotzdem war er es, der sie irgendwann weiterzog. Etwas Silbernes glomm zwischen den Bäumen auf.

»Der Mondpalast«, murmelte Mireia.

Gleichzeitig flüsterte Arian: »Das Herz der Nacht.«

Er griff mit der Hand in seine Tasche, tastete nach dem Ei, zog die Hand aber schnell zurück, vermutlich weil es ihn daran erinnerte, dass es nicht länger Celia war, die er rettete.

Über ihnen stiegen immer noch Sterne auf, kleine Scharen und große Schwärme. Ein Teil von Mireia wollte einfach hier bleiben, aber etwas anderes sagte ihr unmissverständlich, dass sie weiter mussten. Denn zwischen all den hochfliegenden Sternen stürzten andere mit brennenden Kometenschweifen Richtung Garten. Sie verglühten zu Asche, die wie feiner Nieselregen auf sie herabfiel.

Die Madame schluckte. Das Lächeln auf ihren Lippen starb genau wie das Licht der fallenden Sterne.

Nichts war perfekt und alles hatte zwei Seiten. Selbst dieser Ort.

Jetzt war sie es, die Arian zum Gehen aufforderte, denn plötzlich empfand sie all das Licht als bedrückend. Sie sehnte sich fast nach Dunkelheit und Schatten. Ihre Hände suchten nach Halt und fanden in ihren Taschen die beiden verbliebenen Murmeln aus den Gefilden der Abenddämmerung. Die größte von ihnen fühlte sich kalt und tot an - und einem plötzlichen Impuls folgend ließ die Madame sie unbemerkt in das hohe Gras fallen. Sie konnte sich selbst nicht erklären, warum sie es tat, doch als sie die Murmel wieder aufheben wollte, waren sie bereits einen halben Schritt weiter und die Glaskugel trotz des Sternenlichts im dichten Smaragdgrün der Wiese nicht mehr zu sehen.

Kurz überlegte sie, auf die Knie zu gehen, um danach zu suchen und Arian nach Hilfe zu fragen, aber sie ließ es.

Manche Dinge geschahen, und ob es nun damit zusammenhing oder nicht, fanden sie sich plötzlich vor einer hohen, perlmuttweißen Mauer wieder, in die ein kreisrunder Spiegel eingelassen war, höher als zwei Menschenlängen.

Arian war blass, seine Blicke waren auf die Mauer gerichtet. »Wie das Labyrinth«, stammelte er leise und Mireia spürte seine Furcht, sich wieder in endlosen Gängen zu verlieren. Sie nickte beiläufig. Ihr Augenmerk galt allein dem Spiegel. Denn obwohl Arian so dicht neben ihr stand, dass sie ihn fast berührte, konnte sie nur ihr eigenes Spiegelbild sehen: Die silberne Fläche war leer, wo Arians Reflektion hätte sein müssen.

Sie drehte den Kopf und vergewisserte sich, dass er wirklich noch da war, ehe sie sich wieder ihrem eigenen Abbild zuwandte.

Die Madame Mireia Mabel im silbernen Glas war sie und zugleich nicht. Nach und nach kristallisierten sich feine Unterschiede heraus. Da war ein Lächeln im Gesicht des Spiegelbildes, das Mireia nicht lächelte, kleine Falten um ihre Augen, die sie nie zuvor gesehen hatte. Und wieder war da das kurze Aufblitzen eines Kleeblatts und eines Schlüssels, so kurz, dass sie abermals glaubte, dass es nur eine Illusion war – wie ihr fremdes Selbst im Spiegel, nur ein wenig beständiger.

»Was siehst du?«, fragte Arian. Er klang verunsichert.

»Mich. Aber einen Teil von mir, den ich noch nicht kenne oder längst vergessen habe. Und du?«

»In etwa dasselbe.« Er verbarg etwas in den wenigen Worten - eine Lüge, ein Geheimnis – was es auch war, jeder von ihnen musste dem entgegentreten, was er im Spiegel sah. Deshalb waren sie allein im Glas.

»Wir müssen hindurchgehen«, brachte Arian ihren Gedanken auf den Punkt.

So einfach …

Warum traten sie dann nicht einfach in den Spiegel?

Weil sie nicht wussten, wie? Ob er sie einfach einlassen würde wie ein Vorhang aus Wasser? Oder mussten sie ihn mit einem Schlag zerbrechen?

Nein. Das würden sie sehen.

Was sie zögern ließ, war die Ungewissheit vor dem Dahinter. Dass sie nicht wussten, ob sie einander dort wiederfinden würden oder ein weiteres Mal in den Weiten der Nacht verloren gingen. Weder Arian noch sie selbst wollten der Herrin der Nacht allein gegenüber treten …

»Nicht jede Nacht ist schlimm«, sagte Arian in diesem Moment und zu ihrer Überraschung trat er einfach auf das Spiegeltor zu. Eine aus Silber gegossene Hand streckte sich ihm entgegen, kaum dass er das Glas auch nur kurz berührt hatte. Arian Galeno lächelte ihr noch einmal zu, dann verschwand er im Spiegel.

Nichts deutete mehr daraufhin, dass er eben noch dagewesen war, nicht einmal das Glas schlug die kleinste Welle. Die andere Madame stand ihr vollkommen reglos gegenüber.

»Einfach gehen«, sagte Mireia sich. Aber sie bewegte sich nicht. Obwohl sie es wollte. Sie musste ihren Fuß richtig vom Boden wegzerren, als hätte sie dort Wurzeln geschlagen. Doch endlich schaffte sie die entscheidenden Schritte und tauchte in den Spiegel wie in einen vertikalen See.

Bei ihr gab es keine Hand, die sie einlud.

Die Welt, in die sie eintrat, war aus flüssigem Silber. Alles hatte Form und Gestalt, und doch war nichts fest, alles verschwamm und wogte langsam und träge hin und her. Es gab Fragmente aus ihrer Vergangenheit: Der Laden, der Zirkuswagen, kleine Zimmer und leere Häuser. Verschiedene Varianten ihrer selbst kamen auf sie zu, manche schienen aus dem Gestern zu stammen, andere reichten bis tief in ihre Kindheit hinein. Sie alle rannten auf sie zu, einige liefen sogar durch sie hindurch, während andere sie bloß streiften. Wortfetzen drangen ebenso zu ihr wie der Klang ihres Lachens oder das Wispern ihrer Tränen, wenn sie weinte.

All diese vergangenen Varianten ihrer selbst vergingen, kaum dass sie an ihr vorbei waren, bis da nur noch die eine andere Madame war, die sie bereits vor dem Spiegel gesehen hatte.

Sie stand ein paar Meter vor ihr, und mit jedem Schritt, den Mireia ihr näher eilte, entfernte sie sich einen weiteren. Dabei wirkte ihr Gesicht immer angestrengter.

Es dauerte, bis der Madame klar wurde, dass sie die Spiegelmadame niemals würde erreichen können. So wie all die anderen aus der Vergangenheit kamen, war sie ein Stück ihrer Zukunft – vielleicht der nächste Moment oder die nächste Minute, gerade nah genug um die Anstrengung ihres jetzigen Ichs zu spüren.

Erst, als sie stehenblieb, wurde auch ihr Ebenbild langsamer. Die vertrauten Gesichtszüge entspannten sich und wenig später bemerkte auch Mireia selbst, dass sie ruhiger wurde. Abwartend beobachtete sie die andere Madame. Drei oder vier Herzschläge später bewegte die silberne Spiegelfrau sich wieder, ging einige Schritte, bückte sich dann, hob augenscheinlich etwas auf. Während sie das alles tat, setzte die Madame selbst sich ebenfalls in Bewegung. Es war keine willentliche Entscheidung, es geschah einfach. Sie ging dorthin, wo ihr Spiegelzwilling gerade noch gewesen war. Die andere Madame war schon ein Stück weiter. Wie sie zuvor bückte Mireia sich und betrachtete den mit staubfeinem Sand bedeckten Boden, ohne etwas zu finden. Zuerst glaubte sie, an der falschen Stelle zu sein, da fiel ihr ein metallener Glanz auf, ein Hauch Gold im matten Weiß. Sie wischte den feinen Sand zur Seite und legte einen Schlüssel frei, so lang wie ihre ausgestreckte Hand. Sie hob ihn auf, dann folgte sie dem Pfad, den sie ein paar Sekunden zuvor bereits in anderer Gestalt gegangen war.

Ihr Spiegelbildnis war nach wie vor nicht weit vor ihr, aber plötzlich verschwand es von jetzt auf gleich. An seiner Stelle wuchs nun ein Silberbaum aus dem Boden, ähnlich dem Murmelbaum in den Gefilden der Abenddämmerung. Und tatsächlich hing dort eine walnussgroße, blutrote Murmel, ganz wie jene, die Mireia fallengelassen hatte.

»Pflück mich«, flüsterte es aus dem roten Glas und Mireia wollte die Hand heben, aber der Schlüssel wog so schwer, dass es ihr nicht gelang. Sie nahm die andere Hand, doch kurz bevor sie die Murmel berührte, hörte sie ein knarzendes Geräusch, das die Stille zerriss. Sofort suchte sie nach dessen Ursprung. Links neben ihr befand sich eine alte Holztür, die aufrecht in ihrem Rahmen stand, vollkommen frei zu allen Seiten. Mit ihrem dunklen Braun, den Astlöchern, Splittern und dem altgoldenen Knauf passte sie nicht in all das Spiegelsilber.

»Der Schlüssel«, verstand die Madame und hob abermals die Hand, die ihn hielt. Jetzt ging es ganz einfach, fast wie von selbst schloss sich die Tür auf und Mireia trat hindurch. Auf der Schwelle drehte sie sich um und schaute nach der Murmel. Sie wusste, wenn sie zum Baum zurückkehrte, würde sich die Tür schließen und wieder im Nichts vergehen. Der Schlüssel wäre verloren. Mit einem Kopfschütteln wandte sie sich ab und ging vollends durch die Tür.

* * *

Das Herz der Nacht war ein unendlich großer Palast und ein Zirkus zugleich, gebaut aus allen Epochen und Teilen der Welt.

Arian wartete vor den Ausläufern auf sie. Er hatte sich verändert. Graue Stellen hatten sich an den Schläfen in sein Haar geschlichen. Er umarmte sie, und die Madame spürte, dass der eine Schritt durch die Tür sie hatte zu der anderen Madame werden lassen. Sie würde herausfinden, was das nun bedeutete.

Zunächst löste sie sich aus Arian Galenos Umarmung. Beide wandten sich dem Mondpalast zu. Mireias erster Eindruck hatte sie nicht getäuscht, doch nun erkannte sie die wahren Ausmaße dessen, was sie nur für ein Gebäude gehalten hatte. Der Palast bildete einen Hügel, der zu beiden Seiten gleichförmig anstieg. Verschiedene Baustile mischten sich in seiner Architektur – schindelbedeckte Giebeldächer blitzten neben solchen auf, die mit Reet, Stroh, Palmblättern oder Holz bedeckt waren, gotisch verzierte Türme ragten neben Zwiebeldachbauten empor, Kuppeln wechselten sich mit flachen, von Zinnen bewehrten Flachdächern ab. Sogar Pyramiden gab es, spitz zulaufende und treppenartig flach auslaufende. Mireia entdeckte Pagodendächer, auf denen steinerne Drachen Wache hielten, und einfach gebaute Hütten. Es gab auch Zelte, mit Fellen bedeckt oder aus Blättern gebaut, und ein Iglu. Vor ihnen, beginnend am Fuß des Hügels bis zu dem Punkt, an dem sie standen, war ein Zirkus aufgebaut, das stolze Zelt mit den drei Masten schwarzweiß-gestreift, umrundet von Zirkuswagen.

Egal, wohin man blickte, immer entdeckte man etwas Neues: Hohe und schmale Türme, breite und massiv gebaute Bergfriede, hier eckig, da rund … All das war aus Elfenbein und Mondstein gebaut, blassweiß und gräulich glänzend, hier und da changierte es in allen Farben des Regenbogens.

Von der Kuppe des Hügels aber wuchs ein gedrehter Turm in die Dunkelheit, an dessen Spitze die Blüte der Königin der Nacht weit geöffnet strahlte. Funkelnde Sterne stiegen blütenpollengleich aus ihrer Mitte hervor.

Lag dort ihr Ziel?

Die Madame wollte Arian fragen, da kam er ihr zuvor. »Celia sagte mir einst, dass die Mondphasen von der Königin der Nacht bestimmt werden. Schließt sie sich, nimmt der Mond ab, öffnet sie sich, nimmt er zu, und steht sie in voller Blüte, so zeigt auch der Mond sein ganzes Licht. Ich habe immer geglaubt, sie meinte die Nacht selbst, aber jetzt bin ich mir sicher, dass sie diese Blüte dort meinte.« Ein Lächeln huschte über sein Gesicht. »Der eigentliche Palast ist der große Kuppelbau darunter. Die Kuppel wirkt von hier aus weiß, aber aus ihrem Inneren muss man den Himmel wie durch Fensterglas betrachten können. Celia nannte es immer ihren Blick in die Freiheit, ehe sie dem Käfig entkam.«

Mireia lachte auf. »Und du sagst, du weißt nichts über diesen Ort.«

Arians Miene wurde ernst. »Sie hat mit ihr Gefängnis beschrieben, doch bei den Wundern dieser Welt blieb sie vage.«

Die Madame griff nach seinem Arm, so dass er sie direkt ansehen musste. »Du sagst, sie sei hier nicht glücklich gewesen. Man beschreibt die schlimmen Dinge oftmals viel genauer als die schönen. Das hilft, sie leichter zu machen und schließlich loszulassen.«

Sie ließ ungesagt, dass man all diese Dinge auch totschweigen konnte, bis sie plötzlich in einem unbedachten Moment zum Leben erwachten und einen in die Knie zwangen. Das war ihr Weg gewesen, denn auch wenn die Karten gute Zuhörerinnen gewesen waren, hatten sie nie einen Menschen ersetzen können. Nur, dass sie das nie begriffen hatte.

»Wer lebt in all diesen Gebäuden und Zeltbauten? Wer tritt in diesem Zirkus auf?«, lenkte sie Arians Gedanken fort von der Vergangenheit.

»Schatten. Erinnerungen, Träume. Aber niemand, der wirklich ist.«

Abermals ließ die Madame ihre Blicke über den Mondpalast wandern. Träumte man sich an diesen Ort, wenn man vom Zirkus träumte? Vollführte man die waghalsigsten Auftritte, tanzte mit den gefährlichsten aller Tiere? Und flohen träumende Zirkuskinder in die umliegenden Gebäude, wenn sie der Manege und den engen Wagen entkommen wollten?

Vielleicht steckte hinter jedem dunklen Fenster ein Raum mit einer eigenen Welt und die Körnchen des Traumkönigs führten mitunter genau dort hin … Oder konnte man diesen Ort nur auf Geheiß der Nacht selbst betreten?

Wenn dem so sein sollte, was würde sie erwarten?

Sie dachte an den großen Schlüssel, mit dem sie zum Mondpalast gekommen war.

»Auf welche Weise hast du den Spiegel durchquert?« Mireia stellte die Frage aus dem Wissen heraus, dass sie von unendlicher Wichtigkeit war. Hatte es auch für ihn einen Schlüssel gegeben, hatte ihn die Hand aus Silber geführt oder hatte er sich auf andere Art und Weise Zugang verschaffen müssen? Vor ihrem inneren Auge zerfielen Spiegel zu Scherben.

Arian antwortete nicht direkt, die Madame vermutete schon, dass er sie gar nicht gehört hatte, da kamen die Worte. Stockend, quälend langsam.

»Ich habe mich nicht gesehen, als wir vor dem Spiegel standen, auch keine andere Version von mir. Da war nichts im Spiegel, und ich dachte, ich könnte einfach durchgehen, so wie man unter einem Wasserfall durchläuft, aber als ich das Glas berührte, erschien diese Hand. Zuerst wollte ich sie gar nicht ergreifen, doch der Spiegel verwehrte mir den Einlass, und so nahm ich die Einladung der Hand an. Sie zog mich in ein Haus voller Spiegel. Ich sah mich hunderte Male, und all diese Reflektionen spiegelten sich tausendfach weiter. Und doch war jedes Bild ein wenig anders. Ein Lächeln, das es auf meinem Gesicht nicht gab, eine Träne, die nicht aus meinen Augen fiel, hier eine Falte, da eine Narbe – nirgendwo aber fand ich mich. Schließlich entdeckte ich eine Art blinden Fleck in all den Spiegelungen. Es war ein kleiner Flur, von dem zwei Treppen abgingen – eine nach unten in reine Schwärze, die sich irgendwie lebendig anfühlte. Die andere führte nach oben, Licht fiel auf mich herab und ich stieg hinauf – wenn ich schon die Wahl hatte, wollte ich lieber ins Licht, verstehst du?« Er wartete die Antwort nicht ab, sondern erzählte einfach weiter. »Auch dort erwarteten mich Spiegel, aber dieses

Mal war ihr Glas golden und kupferfarben und die Versionen meiner selbst, die ich sah, unterschieden sich vollkommen von meinem Ebenbild. Ein Spiegel zeigte mich als Greis über einen Stock gebeugt, ein anderer in einem Krankenbett liegend, in einem dritten war ich jünger und stand lachend in einem Wald – nur mich selbst entdeckte ich abermals nicht. Also ging ich die Treppe wieder nach unten und stieg dieses Mal in die Schwärze hinab, die ich zuvor hatte meiden wollen. Kaum, dass ich diesen Keller betrat, hellte sich der Raum auf, als wäre ich das Licht, vor dem die Schatten flohen. Und was glaubst du, enthüllte dieses Licht?« Arian Galeno rang mit den Händen. »Spiegel!«, rief er aus, ehe die Madame antworten konnte. »Nur, dass sie jetzt dunkel, angelaufen und fleckig waren. Trotzdem spiegelte ich mich auch in ihnen, jetzt jedoch als jüngere Versionen von mir. Ein Lausbub, der Frösche fing; ein stiller Junge, der lieber Bilder malte als Fußball zu spielen; ein junger Mann, der auf einer Brücke der Liebe seines Lebens begegnete. Sogar der Augenblick, in dem ich Celia an Tod und Zauber verlor, bis hin zu der Sekunde, in der meine Suche nach der ersten Murmel begann. Aber den, der ich in diesem Moment war, suchte ich auch hier ebenfalls vergeblich. Ich verstand, dass ich den nächsten Moment finden musste, dass dieses Bild der Schlüssel sein würde, der mich aus diesem Haus herausbringt. Deshalb kehrte ich zurück in den Raum mit den goldenen und kupferfarbenen Spiegeln. Unterwegs überlegte ich, wie ich mich verändert haben könnte – all die Erfahrungen der Reise sind nicht spurlos an uns vorbeigegangen. Der Sturz vom Regenbogen, der Traum an den Ufern des Morgenmeers, dich in der Wüste leiden und sterben zu sehen, die Geschehnisse im Labyrinth, nachdem mich der Drache verschlungen hatte … und endlich, als ich hunderte Varianten meiner selbst ausgeschlossen hatte, entdeckte ich einen Arian Galeno, der ein Lächeln auf den Lippen trug, dass ich bereits in mir spürte, weil ich begriff, vor dem richtigen Spiegel zu stehen. Und so legte ich meine Hand auf das Antlitz meines Spiegelzwillings, sodass ich unsere beiden Gesichter nicht mehr sehen konnte. Im nächsten

Moment befand ich mich hier. Keine Spur mehr von dem Haus oder dem Tor. Nur noch der Mondpalast und, zu meiner Erleichterung, plötzlich auch du, auch wenn ich keine Zeit gehabt hatte, dich zu vermissen.«

Er wirkte etwas schuldbewusst, aber Mireia winkte ab. Unendliche Erleichterung breitete sich in ihr aus, weil kein Spiegel zerbrochen worden war.

Es wäre kein guter Beginn ihres Besuches hier gewesen. Das war das Zerbrechen von Dingen nur selten, auch wenn es manchmal notwendig war.

Sie setzten ihren Weg wie von selbst fort, ohne dass einer von ihnen etwas sagen musste. Sie liefen einfach langsam auf die ersten Ausläufer des Palasthügels zu. Zelte und Zirkuswagen säumten ihre Schritte. Und obwohl es keine befestigten Pfade oder Straßen gab, wurden sie genau vor das große Zirkuszelt geführt. Dort, wo die schwarz-weiß gestreiften Planen für einen Eingang hochgebunden waren, drang verheißungsvolles Licht zu ihnen nach draußen.

Arian hatte den Kopf gehoben, seinem Gesichtsausdruck nach wog er gerade ab, ob sie den Zirkus betreten mussten oder ob es eine andere Möglichkeit gab.

Die Madame nahm ihm die Entscheidung ab. Auf eine gewisse Art und Weise gehörte ihr Herz immer noch dem Zirkus, und so beugte sie sich leicht nach vorne, um nicht mit dem Kopf am Zeltstoff hängenzubleiben, schenkte Arian noch ein kurzes, herausforderndes Lächeln und verschwand dann im Inneren des Zeltes.

Kapitel 18

Das Licht ging von schweren Scheinwerfern aus, die im Zelthimmel verankert waren. In der darüber liegenden Dunkelheit blitzten einzelne Lichtpunkte auf.

Zuschauer gab es keine. Die mit indigoblauen Holzbänken besetzten Ränge waren leer, und auch in der Manege war niemand. Die Madame hörte Schritte von hinten und drehte sich kurz zu Arian um. Als sie sich wieder der Manege zuwandten, stand ein Mann in ihrer Mitte. Sein Schatten teilte sich in alle Richtungen wie dunkle Sonnenstrahlen. In den Händen hielt er einen Zylinder, aus dem die langen Löffel eines Hasen ragten.

Seltsam, dachte Mireia noch, *Zauberer haben für gewöhnlich Kaninchen, keine Hasen …*, da machte das Tier einen Satz aus dem schwarz glänzenden Hut und sprang in einer weiten Spirale durch die Luft, immer um den Zauberer herum, der sich tief verbeugte.

Die Madame lächelte, verlor den Mann aber schnell aus den Augen. Sie folgte den sich weiter nach oben schraubenden Kreisen des Hasen mit den Blicken. Er hatte jetzt fast die Scheinwerfer erreicht. Sein weißes Fell glänzte gelbgolden in ihrem Licht. Kurz bevor er den Manegenhimmel erreichte, machte er einen Satz in die Tiefe und sprang direkt zurück in den Zylinder, dem er eben gerade erst entkommen war. Der Hut nahm das Tier vollkommen in sich auf und der Magier setzte ihn mit einer so leichthändigen Bewegung auf, dass man kaum noch an die Existenz des Hasen glauben konnte.

»Was …«, begann Arian neben ihr, führte seine Frage aber nicht zu Ende, weil der Zauberer in diesem Moment herumwirbelte. Er hatte die Arme erhoben und vollführte einige tollkühn wirkende Bewegung in der Luft, die an eine groteske Mischung aus Tanz und Schwertkampf erinnerten. Doch wo sich diese beiden Tätigkeiten sonst ähnlich waren, wirkten sie hier verzerrt und schlichtweg falsch, sodass die Madame sich einfach keinen Reim darauf machen konnte. Bis der Magier abrupt stehenblieb und seinen Zylinder wieder abnahm und ihn abermals mit der Öffnung nach oben auf den glatten Manegenboden stellte.

»Der Hase«, sprach Arian Galeno ihren Gedanken aus, denn wem sonst bereitete ein Magier so seine Bühne vor?

Aber sie irrten beide.

Denn anstelle des Hasen schwebte ein großer, weißer Ballon aus dem Hut, an dem eine silberne Schnur hing. Und der Zauberer, in der einen Sekunde noch ein Mann im schwarzen Frack, verwandelte sich vor ihren Augen in ein kleines Mädchen, das ein helles Kleid trug. Es winkte ihnen zu, ehe seine kleine Hand nach der Schnur griff, und es mit dem Ballon zur gegenüberliegenden Seite der Manege hüpfte. Die Kleine war fort, ehe sie das Ende erreichte und die Manege verdunkelte sich, bis nur noch der blass leuchtende Ballon blieb. Auch er verblasste nach wenigen Herzschlägen. Arian und die Madame blieben kurz in der Dunkelheit zurück, ehe kleine Lichter aus dem Zirkushimmel auf sie herabfielen wie Regen, der sie nicht berührte, sondern ein strahlendes Wort in die Manege schrieb:

WILLKOMMEN

Die Madame las das Wort laut vor, und kaum, dass die letzte Silbe über ihre Lippen gekommen und verklungen war, öffnete sich auf der gegenüberliegenden Seite des Zeltes ein Ausgang. Er glich haargenau dem Eingang, durch den sie gekommen waren – als hätte jemand das Zelt unbemerkt um sie herum gedreht. Der Eingang hinter ihnen war fort, wie Mireia mit einem kurzen Blick über ihre Schulter feststellte. Sie hatte den Kopf noch nicht ganz zurückgedreht, da wurde sie von Arian so grob mitgerissen, dass ein scharfer Schmerz in ihre Schulter fuhr. Protestierend stemmte sie die Füße in den Boden. Arian, so aus seinem Schwung gebracht, kam ins Schlingern. Verständnislosigkeit und Unglauben sprangen ihr aus seinen Augen entgegen, als er sich zu ihr umdrehte.

Kurz kämpften sie in einem stummen Zwiegespräch miteinander. Falls man von einem Gewinner aus diesem Duell sprechen konnte, war es Arian, denn die Madame löste ihre Spannung, so abrupt, dass sie beide zu fallen drohten.

Sie hielten sich gegenseitig aufrecht, und Mireia verstand, warum Arian sie ein drittes Mal so ungewarnt hatte fortziehen wollen. Der Ausgang hinter ihm schrumpfte zusammen, und nicht genug – die Stoffbahnen des Zeltes lösten sich auf und räkelten sich wie breite Schlangen in den dunklen Himmel. Von dem Weiß und Grau des Mondpalastes war nichts mehr zu sehen. Allein in dem Fenster, das vom Ausgang noch übrig war, schimmerten seine vielfältigen Gebäude noch im Hintergrund.

»Lauf!«, schrie sie, während beide schon rannten. In der letzten Sekunde warfen sie sich auf den Boden und robbten durch den Eingang. Schon drückte der Zeltstoff ihre Hüften zusammen wie es eine solide Mauer aus Stein getan hätte.

Gerade noch so quetschen sie sich hindurch. Arian gelang es zuerst. Er zog Mireia auf die Füße, die ihn kaum beachtete. Das Herz schlug ihr bis zum Hals. Hatten sie es geschafft? Nein, dachte sie, denn alle Gebäude waren fort, keine Giebel, Türme oder Dächer ragten mehr über ihnen auf. Ein Gefühl der Endgültigkeit überkam sie, traf sie wie ein Blitz, der alles so stark erhellte, dass man für eine kurze Zeit erblindete. Sie glaubte, in eine Tiefe zu fallen, dabei konnte sie den festen Boden unter sich spüren, der sie hielt.

Der Moment verging und das fast schmerzhaft blendende Licht folgte ihm. Zurück blieb ein Saal, der sich über ihnen zu einer kuppelförmigen Decke schloss. Abermillionen Sterne spickten den Raum, wie in eine blaue Decke genäht.

»Der Blick in die Freiheit«, raunte Arian. Sein Kopf lag im Nacken, das Gesicht war all den Sternen zugewandt, sodass er das kreisrunde Loch in der Mitte des gläsernen Runds zuerst bemerkt hatte. Es war silbern eingefasst, feiner Nebel kräuselte sich um den Rand, kroch mal in den Saal und dann wieder hinaus. Wie von etwas angezogen setzte sich Arian in Bewegung, geradewegs auf die Mitte des Raums zu, den Blick stetig nach oben gerichtet.

So wie er sie zuvor mit sich gerissen hatte, hielt die Madame ihn nun ihrerseits mit einem beherzten Griff an der Schulter zurück.

Stumm deutete sie auf ein Mosaik im Zentrum des runden Bodens. Eine Sonne - vielleicht war es auch ein Stern - mit vielen langen Zacken, zwischen denen die einzelnen Mondphasen abgebildet waren, bildete den Mittelpunkt. In ihrem Kern spiegelte sich der große Stern sehr viel kleiner wieder, und so ging es weiter. In den Strahlen der gespiegelten Sterne fanden sich abermals die Mondphasen, in deren Mitte der Stern leuchtete. Die Madame verlor sich in den Details. Das Mosaik zog sie in die Tiefe, mit jedem Mondpünktchen und Stern noch etwas weiter.

»Du darfst nicht fallen«, flüsterte es in ihr und sie riss sich fast gewaltsam durch einen Schritt nach hinten von dem Bildnis los. Auch Arian Galeno sah nicht länger in den Himmelshimmel, aber im Gegensatz zu ihr hatte er den Raum schon erkundet.

»Es gibt keinen Ausgang«, stellt er fest. Ganz wie im Zelt war der Eingang auch hier verschwunden, ohne jedoch einen neuen Ausgang zu schaffen.

Die einzige Öffnung war die zum Firmament. Dort, wo der Nebel immer noch wie ein lebendes Wesen auf und ab schwebte. Nur wer fliegen konnte, entkam diesem Raum.

Obwohl es der einzige Ausgang war, konnte Mireia nicht anders – ihre Blicke wanderten erneut zu dem Mosaik. Ein Stern, so klein, dass er kaum mehr als ein Punkt im Auge des Betrachters war, blitzte auf und setzte etwas in Bewegung, gleich einem Funken, der ein Feuer entfacht. Es breitete sich aus – das Licht sprang von einem Stern auf den Nächsten und von Mond zu Mond, so schnell, dass das Auge kaum folgen konnte – und dann fiel das Mosaik aus der Mitte heraus in sich zusammen und sank in den Boden. Die Madame und Arian wichen zurück. Atemlos beobachteten sie, wie die Steine klackernd und klickernd ineinander fielen. Das Geräusch war dem von Murmeln so ähnlich, dass Arian zusammenzuckte und seine Hand in seine Tasche schnellte, in der das Ei verborgen war, aber er zog sie beinahe ebenso schnell wieder heraus.

Das Klickern der Steine hörte auf, und aus dem Mosaik hatte sich eine Wendeltreppe in die Tiefe gebildet. Die oberste Stufe endete ebenerdig. Sie war gelb, doch je tiefer die Treppe führte, desto dunkler wurden die Stufen: In der Mitte wechselten sich sterngelbe, mondweiße und nachtblaue Steine ab, ganz unten waren sie alle tiefblau, soweit man es ausmachen konnte.

»Müssen wir hinunter?« Arian und sie stellten die Frage genau im gleichen Augenblick und lachten kurz darüber. Das Geräusch tanzte schier durch die Kuppel, sodass man ihm fast folgen konnte. Einen kurzen Augenblick lenkte es Mireia und Arian Galeno von der Treppe ab.

Die Madame wusste nicht, wer von ihnen zuerst wieder in die Tiefe sah, aber sie beide wurden der Frau gewahr, die die Stufen hinaufgestiegen kam.

Mireia hatte jemand anderen erwartet, obwohl sie der Nacht nur einmal im Traum begegnet war – weit entfernt in einem gläsernen Mond. Und doch … die Fremde trug ein weißes Kleid von schlichter Eleganz, ihre Haut war blass und ihr Haar von einem hellen Braun, das ein wenig golden schimmerte. Allein ihre Augen, silbern wie das Mondlicht, entsprachen dem Bild, das die damaligen Träume der Madame von der Nacht gemalt hatten. Und doch gab es nicht den kleinsten Zweifel. Die Frau, die ihnen mit erhobenem Haupt entgegentrat, war die Nacht selbst. Sie war eindeutig die dunkle Schwester der Bienenkönigin, und doch ging von ihr ebenso viel Licht aus, dass es Welten erhellen konnte. Auch folgten der Nacht keine Bienen. Stattdessen wirbelten um sie herum kleine Planeten, deren Umlaufmittelpunkt sie war.

Obwohl sie sich immer noch tief unter Arian und der Madame befand, stand sie schon über ihnen und Mireia neigte leicht den Kopf, als sie schließlich den ebenen Boden betrat. Arian hingegen beugte sich nicht, sondern sah ihr mit festem Blick entgegen. Die Madame bewunderte seinen Mut, zugleich schalt sie ihn innerlich für seine Torheit.

Fast furchtsam wagte sie einen Blick zur Nacht. Das Lächeln in ihrem schmalen Gesicht überraschte sie mehr als der Umstand, dass ihr eben noch schneeweißes Kleid sich nach und nach dunkler färbte, wie in Tinte getaucht. Die kleinen Planeten zogen ihre Bahnen in Kreisen und Ellipsen um sie herum. »Sei gegrüßt, Zauberer. Und auch du, Kartenlegerin.«

»Ich bin keine Kartenlegerin mehr«, erwiderte die Madame kopfschüttelnd, und auch Arian Galeno widersprach der Nacht.

»Und doch haben dich die Karten erst hierhergeführt, Mireia Mabel«, sagte die Nacht leichthin zu Mireia, ehe sie sich Arian zuwandte. »Und genauso bist du ein Zauberer. Denn nur ein Zauberer hätte der Spur aus Murmeln folgen können.« Sie machte eine kleine Pause. »Nicht jedoch allein.«

Mireias Kopf schnellte hoch. »Ihr habt die Murmel so platziert, dass ich sie finde.«

Die Nacht musterte sie. Ein Stern glomm in ihren Augen auf. »Ja und nein. Jemand fand die Murmel und verlor sie wieder, ehe sie zu mir kommen konnte. Dann aber las ich in den Sternen von den Karten, und der Weg war mir somit verschlossen, weil er sich für dich geöffnet hatte.«

»Was, wenn ich nicht mitgekommen wäre?« Die Madame spürte, wie ihr ganzer Körper bebte. Sie hasste das Gefühl, wieder nur eine Marionette gewesen zu sein, gezogen von Schicksalsfäden, die jemand anderes geknüpft hatte, gefangen in einer vorgefassten Spur.

Das Lächeln auf den Lippen der Nacht erstarb. »Dann wäre seine Reise zu Ende gewesen. Es brauchte die Karte, um den Weg in die Morgendämmerung zu finden. Der Wolkenphönix wäre für immer verloren gewesen. Und was euch betrifft, die Sterne hätten einen neuen Weg für euch in den Himmel geschrieben, so wie sie es mit jeder neuen Entscheidung tun.«

Mireia presste die Lippen zusammen. Natürlich. Nichts war festgeschrieben, kein Weg, keine Entscheidung und kein Orakel der Welt war mehr als ein Wegweiser, dem man folgen konnte – nicht *musste*. Gleich, ob es Karten aus Papier oder die Sterne selbst waren. Die Erkenntnis ließ die Risse im Herzen der Madame heilen, füllte sie mit Licht, so wie geschmolzenes Gold in einer fernen Schmiede zerbrochenes Porzellan wieder zusammenfügte.

»Bereust du es?« Zuerst begriff Mireia nicht, dass die Nacht zu ihr sprach, dann schüttelte sie den Kopf. »Nein. Es war an der Zeit, wieder aufzubrechen, neuen Wegen zu folgen und neue Risiken einzugehen.« Zufrieden nickte die Nacht und streckte ihr die Hand entgegen. In ihrer Handfläche lag die blutrote Murmel.

»Die Vergangenheit ist ebenfalls ein guter Wegweiser«, meinte sie und ließ sie in die Hand der Madame fallen, die diese der Nacht entgegenstreckte. Ohne noch auf eine Reaktion zu warten, schritt die Nacht unterdessen weiter und trat auf Arian Galeno zu. Auch ihm streckte die den ausgestreckten Arm entgegen, allerdings war die Hand leer.

Die Nacht wollte nichts geben, sie forderte etwas ein.

Arian nickte knapp und legte ohne Zögern das Ei des Wolkenphönixes hinein.

»Ich möchte dir danken, Zauberer. Nicht nur dafür. Sondern vor allem dafür, dass du Celia, wie du sie nanntest, Liebe geschenkt hast – und einen Frieden, den sie nirgends sonst hat finden können.«

»Sie hat dafür einen hohen Preis bezahlt. Und ich konnte sie nicht retten.«

Das Lächeln im Gesicht der Nacht wurde eine Spur schmaler. »Auch der Tod ist eine Form von Frieden. Wir, die nie sterben, vergessen das nur allzu oft. Und es ging nie darum, Celia zu retten, Zauberer. Es tut mir leid, dass dir diese Hoffnung am Ende nichts als schmerzhafte Erkenntnis brachte.«

Arian schüttelte den Kopf. »Schon gut. Ich glaube, ich wusste es von Anfang an. Auch wenn die Gewissheit mehr schmerzt, als ich je erwarte hätte.«

Die Nacht neigte den Kopf. »Das tut mir leid. Ich glaube, ich verstehe ein wenig von deinem Schmerz.«

Sie schloss die Hand um das Ei, das sie die ganze Zeit still darin gehalten hatte.

»Und es tut mir leid, dass euer Weg so schwer war. Aber ihr musstet finden, was ihr vergessen oder verloren hattet. Es wird sich zeigen, was aus einem Zauberer, der nie einer war, und einer Wahrsagerin, die sich oft selbst betrogen hat, geworden ist.«

Die Madame schloss die Augen. Weil auch diese Wahrheit wehtat. Eine Berührung an der Hand ließ sie ihre Lider wieder aufschlagen. Kälte ging von den dünnen Fingerspitzten der Nacht aus.

»Träume, Mireia Mabel. Träume so weit, hoch, tief und schnell du kannst. Dein Herz weiß alles. Du hast es nur hinter einem Stapel Karten vergessen lassen. Und du, Zauberer – verschließe nie dein Herz. Die Liebe hat ebenso viele Gesichter wie das Glück, und gleich wie leicht Ängste und zerbrochene Hoffnungen dir den Weg verbauen – sie ist es immer wert. Selbst für eine Sekunde.«

Sie machte ein paar Schritte von ihnen weg und ging in einem Bogen wieder auf die Treppe zu, als folgte sie selbst einer Umlaufbahn.

»Doch nun lebt wohl …«

Die Madame hatte plötzlich das Gefühl, um ein Vielfaches leichter zu sein. In den Händen der Nacht lag mit einem Mal ein vertrautes Pergament, das sie zuvor nicht gehalten hatte. »Ihr braucht sie nicht mehr. Mein Schiff wird euch durch das Vordemmorgendunkel tragen.«

»Und dann?«, wollte Mireia wissen. Sie konnte nicht glauben, dass das alles gewesen sein sollte.

»Dann werden wir sehen«, lautete die wenig aufschlussreiche Antwort, aber die Nacht konnte eben auch nur lesen, was die Sterne schon geschrieben hatten. Stumm nickte die Madame.

»Was ist mit dem Wolkenphönix?« Arians Stimme klang, als würde er genau wissen, dass dies die letzte Frage war, die er der Nacht stellen würde.

»Er wird eines Tages erwachen und durch mein Reich fliegen. Vielleicht besucht er meine Schwestern und lernt von ihnen, vielleicht sucht er auch nach Liebe, womöglich kehrt er auch einfach zu mir zurück.« Die Nacht zuckte mit den Schultern. »Auch das habe ich von euch Menschen gelernt. Liebe ist auch Freiheit. Und nichts, was man festhält, kann je frei sein.« Sie lächelte Mireia an. »Ich habe es in einem Traum gelernt, Kartenlegerin. Ich glaube, du warst auch dort. Nun aber geht. Der Morgen naht. Euch bleibt nicht viel Zeit. Mein Schiff wird für euch bereit sein.«

Damit trat sie zurück auf die oberste Stufe, deren Gold sich unter ihrem Fuß nachtschwarz färbte, während aus der Tiefe der Treppe ein warmes Leuchten zu ihnen drang. Mit jeder Stufe, die die Nacht nach unten ging, floss die Dunkelheit wieder aus ihrem Kleid, und als das Leuchten der Stufen sie verschlang, war sein Stoff wieder weiß.

Arian Galeno schickte sich an, der Nacht zu folgen, aber in der gleichen Sekunde, in der sein Fuß die oberste Stufe berührte, löste sich die Treppe wieder auf. Leise klackernd und klickernd malten die Steine das Mosaik wieder in den Boden.

Verwirrt hob Arian den Kopf. »Aber sie sagte doch, dass ihr Schiff wartet, oder?«

Mireia nickte. »Aber vielleicht nicht dort, wo sie hingeht.«

Arian schnaubte. »Es war der einzige Weg nach draußen«, erinnerte er sie.

»Nicht ganz«, erwiderte die Madame. Sie legte den Kopf in den Nacken und blickte zu dem silbergerahmten Loch, das sich vollkommen mit Nebel gefüllt hatte. Mehr und mehr des milchig trüben Rauchs waberte in den Raum, wurde von Sekunde zu Sekunde dichter, so dass es bald wie breite Bahnen aus Tuch wirkte.

Mireia bewegte den Kopf ein wenig und schaute in den Himmel. Aus allen Richtungen floss Nebel heran, wie gewebter Stoff, den der Wind in

Wellen durch die Luft trug. Es sammelte sich über der Kuppel, so dicht und vielgestaltig, dass es ihnen kaum noch möglich war, das Dunkel um den Mondpalast zu sehen. Alles wurde blass und mattgrau. Der Raum um sie herum füllte sich mit Kälte, die ihren Atem zu kleinen Sternen aus Eis gefrieren ließ.

Aus den Nebeln, der unter der Decke hing, formten sich zwei gleichmäßige Stoffbahnen, glänzend wie Seide. Sie schlängelten sich in weiten, sich immer erneut kreuzenden Kreisen auf sie zu, so dass die Kuppel bald auch von innen vollkommen eingesponnen war. Schon breitete sich der Nebel auch über den Boden aus. Wie eine weiße Flut kam er auf sie zu. Mireia und Arian wichen zurück, bis sie im Zentrum des Raums standen und es keine Ausweichmöglichkeit mehr gab. Die lebendige Nebelseide berührte ihre Fußspitzen, stieg höher, legte sich wie weiche Fesseln um ihre Knöchel, ihre Unterschenkel, kletterte in Spiralen an ihnen herauf, bis zu ihren Hüften. Beide versuchten, sich zu befreien, aber die Nebelseide war glatt und ließ sich nicht greifen. Sie wurde unter ihren Händen durchlässig, während sie gleichzeitig unzerstörbar schien. Doch gerade Arian kämpfte verbissen mit aller Kraft gegen die bleichen Fesseln an. Er bewegte seine Beine soweit es ging, wand sich hin und her, zog und zerrte verzweifelt an dem Stoff, nur um wieder und wieder durch lebendigen Rauch zu greifen.

Die Madame unterdessen suchte nach einem anderen Ausweg. Irgendwie, irgendwo musste es einen geben – die Nacht hatte ihnen ein Schiff versprochen … keinen Nebel, der nun weiter an ihnen hinaufstieg, ihre Arme, den Bauch, den Rücken und die Brust umspannte, sich in lockeren Schlingen um ihren Hals legte und schließlich ihren Mund bedeckte, ehe er wieder stillhielt.

Die Nebel hielten sie wie in einem Kokon. Arian erging es nicht anders. Eine Sekunde später hob der Nebel sie hoch, Arian ein Stück über ihr. Sie tragen uns zum Ausgang, begriff die Madame, und Arian rief: »Das Schiff! Mireia, sieh doch, das Schiff!«

Kapitel 19

Zuerst konnte sie nichts sehen, denn die Nebel, die Arian hielten, versperrten ihr die Sicht. Sie sah das Schiff erst, als sie durch die runde Öffnung aus dem Mondpalast gehoben wurde, und es verschlug ihr kurz den Atem.

Ein riesiger Dreimaster ragte neben der Kuppel empor. Sein Rumpf und die Masten waren aus Wolken gebaut, seine Segel aus derselben Nebelseide, die die Madame und Arian vorsichtig an Deck absetzte. Obwohl sie auf festem Boden stand, überkam die Madame das Gefühl, zu schweben. Die Nebelfesseln lösten sich. Zurück blieb nur ein Stück, das sich wie ein schützender Umhang um sie legte und ihren Kopf wie mit einer Kapuze bedeckte, um sie so vor den feinen Regentröpfchen zu schützen, die wie nasser Staub durch die Luft tanzten. Arian stand neben ihr und blickte über die Reling in die Tiefe. Da war ein Meer, das eben sicher noch nicht existiert hatte – jetzt aber trug es das Schiff mit seinen beiden Passagieren davon. Es gab keine Besatzung, nicht einmal eine Brücke mit einem Steuerrad, nur das flache Deck. Arian äußerte zu Recht die Vermutung, dass selbst die Segel an den Masten nicht nötig gewesen wären. Das Schiff bewegte sich allein durch die Magie der Nacht. Es folgte dem Kurs, den sie vorherbestimmt hatte.

»Nach Hause«, flüsterte Mireia tonlos, und die Worte schmeckten fremd. Wo war das, Zuhause? Neben ihr legte Arian die Hände auf die Reling des Schiffes, als müsse er sich vergewissern, dass es echt war. Doch seine Hände versanken in dem fest aussehenden Material und er machte einen erschrockenen Satz nach hinten, wo er wiederum in den Boden sank. Schon waren seine Füße verschwunden. Die Madame selbst stand ganz fest.

»Es ist wie mit dem Regenbogen. Er trägt dich nur, wenn du keine Zweifel hast.«

Damals war sie selbst gefallen, weil sie es nicht verstanden hatte, doch nun war sie es, die Gewissheit hatte, dass der Weg sie halten würde.

»Ich dachte, wir sehen ihn«, flüsterte Arian. »Ich dachte, wir sehen den Wolkenphönix.«

Mireia lächelte traurig. »Das dachte ich auch. Aber wir haben ihn gerettet.«

Arian nickte, dennoch füllten sich seine Augen mit Tränen. »Es ist plötzlich so dunkel.« Seine Beine sanken bis zu den Knien in den weißen Boden ein. Über ihnen blähten sich die Nebelseidensegel in einem Wind, den sie nicht spürten. Doch selbst all das Weiß konnte der tiefen Finsternis nicht trotzen, die sie umgab. Kein Stern erstrahlte mehr. Nirgends durchbrach ein noch so kleines Funkeln die dichte Schwärze. Stattdessen trübten sich Schiff und Segel, wurden ihrerseits dunkler, ganz als würden sie von der Finsternis trinken. Die Nacht hatte diesen Ort Vordemmorgendunkel genannt, und nichts hätte ihn treffender umschrieben. Trotzdem fürchtete die Madame sich nicht, weder vor dem unbekannten Jetzt noch vor dem ungewissen Tag, der am Ende der Reise hoffentlich auf sie wartete.

Wie Arian zuvor legte auch sie ihre Hand auf die Reling. Das sonderbare Gewebe trug sie. Es fühlte sich fest an, genau wie der Boden, über den sie nun langsam zu Arian ging. Ihre Hand glitt noch über die Reling und löste ein winziges Wölkchen, das in das Dunkel schwebte.

»Lass uns träumen«, sagte sie zu Arian und nahm seine Hand. »Wie in der Morgendämmerung, als wir uns in den Tag geträumt haben.« Arian nickte und schaffte es, seine Beine aus dem Boden zu befreien. Gemeinsam stellten sie sich so, dass sie über den Bug schauen konnten. So würden sie den Morgen sehen, das erste Rot, wenn die Dämmerung sich erhob, den ersten Sonnenstrahl …

Kurz dachte Mireia an die Hexe mit den zwei Gesichtern und den so unterschiedlichen Leben – die eine erblickte immer den Anfang, die andere stets nur das Ende, so wie der Tag nur seine Helligkeit sah und die Nacht einzig ihre Dunkelheit. Und doch kannten sie alle das jeweils andere, weil sie eins waren, allen Grenzen und Unterschieden zum Trotz. Nach der Nacht kam der Morgen, gleich wie dunkel es war.

Die Madame hatte es immer schon gewusst. Sie hatte es nur vergessen, so wie man vermeintlich Selbstverständliches oft vergaß. Aber nichts war selbstverständlich. Kein Tag, keine Nacht, kein Traum – und kein Wolkenphönix.

Sie drehte sich um und blickte über das Heck des Schiffes dorthin, wo sie den Mondpalast vermutete. Tatsächlich sah sie für den Bruchteil einer Sekunde einen leuchtenden Vollmond am Himmel, dann legte sich die gleiche Finsternis über ihn, die sie selbst umgab. Und dann hörte sie Arian Galeno schreien. Seine Hand drohte aus ihrer zu rutschen. Rasch packte sie fester zu und wirbelte herum, doch es war zu spät.

Seine Finger lösten sich aus den ihren und er sank bereits vollkommen in den Boden ein, der für ihn nun nichts weiter als eine Fläche instabiler Wassertropfen war. Gerade sah Mireia noch seinen Kopf und wollte abermals seine Hand greifen, doch auch die verschwand im Boden. Vergeblich versuchte sie, ihm zu folgen, aber der Boden unter ihr war so fest wie wirkliche Planken aus Holz. Trotzdem schlug sie mit den Händen darauf ein, hoffte, doch irgendwo eine Luke oder etwas Ähnliches zu finden – nichts.

»Arian«, schrie sie, aber ein lautes Rauschen übertönte den Ausruf. Über ihr füllten sich die Segel so stark mit Luft, dass die Seile unheilvoll knarrten. Das Schiff schwankte und Mireia verlor das Gleichgewicht. Sie rollte zur Seite und schlug hart gegen die Reling. Der Aufprall presste ihr die Luft aus den Lungen, und kaum, dass sie wieder atmen konnte, neigte sich der Dreimaster knarzend zur anderen Seite. Es gab keinen Halt, die Madame wurde wie ein Ball herumgeschleudert. Die Reling auf der anderen Seite fing sie sanfter ab und Mireia schaffte es zurück auf die Beine. Sie hangelte sich hoch, sodass sie sich an der Kante festhalten konnte. Dankbar stellte sie fest, dass nun auch ihre Hände ein wenig in das Wolkenholz einsanken und das Gewebe sie auf diese Weise festhielt.

Kurz spürte sie Erleichterung, aber der Sturm, der um das Schiff tobte, wischte diese mit der nächsten Welle wieder fort.

Wie Berge türmten sie sich auf, das Wasser schlug auf das Deck, und der Madame kam es wie ein Wunder vor, dass sie nicht vom Schiff gespült wurde. Der nächste Wellenberg fiel wie in einem Bogen über ihr auf das Schiff, das Wasser toste wild, aber Mireia blieb bis auf einen Schwall, der ihr ins Gesicht schwappte, unbehelligt. Sie spuckte das Wasser aus. Gleichzeitig stampfte sie auf den Boden auf, aber er war immer noch stabil und ließ sie nicht darin eintauchen wie Arian zuvor.

Erneut schrie sie seinen Namen. Ob er unter Deck war? Oder hatte ihn das Schiff längst an die wütende See weitergegeben? Die Madame verbot sich den Gedanken.

Um sie herum neigte sich das Schiff zur anderen Seite. Sie ging in die Knie und kauerte sich geduckt an die Reling, die Hände weiter im Wolkenholz verwurzelt. Kurz bevor das Wasser wieder über dem Schiff einbrach, sah die Madame durchsichtige Schemen, die sich über sie beugten und verschwanden, kaum dass das Wasser wieder abfloss. Das Schiff war inzwischen pechschwarz, es hob sich kaum noch von der Umgebung ab. Blitze zuckten zwischen den Masten und Segeln hin und her.

Das Aufflackern von Licht offenbarte noch mehr in der Finsternis. Dieser Sturm war kein Kind des Windes, es waren riesige Ungeheuer, die sich aus den Wellen erhoben – Seeschlangen, deren Leiber Wirbel ins Wasser rissen. Ein Krake tauchte aus den Fluten auf, seine langen, saugnapfbehafteten Arme ruhten schon auf dem Schiff, bereit, es zum Kentern zu bringen. Eine Pause zwischen den Blitzen ließ die ganze Szenerie wieder im Dunkel verschwinden. Der nächste Blitz brachte einen Meerdrachen zum Vorschein, dessen Körper halb über das Schiff reichte. Einer der Masten brach, das Krachen übertönte sogar das Tosen des Wassers.

Doch nach wie vor blieb das Schiff schwankend auf seinem Kurs. Aus der Reling lösten sich zwei Riemen, die sich der Madame wie ein Gurt um die Hüften legten, um sie noch fester zu halten. Die unsichtbaren Schemen schützten sie weiterhin wie ein Schirm vor dem Wasser.

Die Blitze zuckten über den Himmel. Die Ungeheuer waren so vielgestaltig, dass Mireia sie kaum noch auseinanderhalten konnte. Ihre teils grotesken Formen flossen ineinander.

Ein Schlag traf das Schiff und das Beben übertrug sich auf die Madame. Die nächste Welle traf sie härter als alle anderen, und plötzlich griff etwas nach ihr, nass und kalt und glitschig. Es riss an ihr, dann war es wieder fort. Erneut war ein Schemen zu ihrer Rettung herbeigesprungen. Der Fangarm des Kraken legte sich um ihn, es gab keinen erkennbaren Körper, nur eine Form aus Luft, die in die Höhe gewirbelt wurde und in den Fluten verschwand.

Mireias Zuversicht schwand. Sie fühlte sich nicht länger sicher, sie hatte Angst – und schon spürte sie den Boden unter sich weicher werden, bis auch sie in eine weiße, watteartige Welt einsank, in der alles still war. Wärme hüllte sie ein. Erschöpft schloss die Madame die Augen, öffnete sie aber unmittelbar wieder, weil die Ruhe ihren aufgewühlten Gedanken Raum gab, an Arian zu denken.

Abermals rief sie nach ihm, ohne eine Antwort zu bekommen. Er war nicht da, und doch … sie war nicht allein. Die Nacht trat aus den hellen Schatten. Ihr Kleid war wieder dunkel.

»Ich dachte, wir wären auf diesem Schiff sicher«, sagte Mireia anklagend.

»Und ihr wart es, soweit ich es vermochte. Der Zauberer war es, der die Monster in den Tiefen erweckt hat. Mit seiner Angst, seiner Ungewissheit und seinen Zweifeln.«

Mireia stockte. »Geht es ihm gut?«

»Nein«, urteilte die Nacht ungerührt. »Er hat noch einen weiten Weg vor sich, aber die Sterne sind ihm wohlgesonnen. Sie mögen ihn, weil Celia ihn liebte.«

»Und ich?«

»Wie ich schon sagte: Träume, Kartenlegerin. Die Träume werden dir den Weg weisen.«

Die Madame wollte weitere Fragen stellen, nach den Sternen und dem Wolkenphönix, aber ihre Zunge war so schwer und die Augen fielen ihr zu. Als sie blinzelte, war die Nacht verschwunden, und sie ließ zu, dass die Erschöpfung sie übermannte.

* * *

Mireia wusste nicht, ob sie schlief oder wach war – sie befand sich auf einem Schiff, gebaut aus Wolken. Ruhig glitt es durch ein tintenschwarzes Meer aus Finsternis. In einer fernen Ecke ihres Bewusstseins tummelten sich Monster und Ungeheuer unter der Wasseroberfläche dieses Ozeans, aber sie blieben in den Tiefen und auch aus den Gedanken der Madame verschwanden sie wieder.

Sie reckte die Nase in die klare Luft und atmete tief ein. In ihren Händen hielt sie drei Murmeln und eine Karte, die sie nie zuvor gesehen hatte. Sie zeigte das Bildnis einer Murmel, einer Biene und eines Phönix, dessen Gefieder aus Wolken und Wasser gemalt war. Mit einem Lächeln ließ die Madame die Karte los. Sofort griff der Wind nach dem Papier und wehte es spielerisch davon. Kurz blickte Mireia ihm nach, dann drehte sie ihr Gesicht wieder dem Bug des Schiffes zu. Die Umrisse eines blattroten Gebirges zeichneten sich blass am Horizont ab.

* * *

Der kleine Teeladen von Tamina Theodora war eines jeder Geschäfte, die mitunter ihren eigenen Willen hatten, und so wunderte es die Teehändlerin nicht, dass die Teekessel sie eines Tages schon vor dem Morgengrauen mit einem fröhlichen Pfeifen weckten.

»Was haben wir denn da?«, fragte sie mit einem Blick auf die verschiedenen Kräuter und feinen Teeblätter, die auf der schmalen Anrichte neben dem Herd lagen. Über ihr raschelten die rot-weißen Harlekinrosen aufgeregt mit den Blättern. Erst vor kurzem hatten sich ihre Blüten für Tamina geöffnet und sie fand es immer noch schwierig, mit den Blumen umzugehen.

»Ein ganz besonderer Gast also«, stellte Tamina Theodora jetzt fest und ließ die losen Teezutaten in das warme Wasser rieseln. Tanzend drehten sie sich im Kreis, sanken in die Tiefe der Kanne, trieben wieder auf, suchten sich neue Tanzpartner, ehe das Wirbeln schlussendlich aufhörte und die Schwere des ruhigen Tees die Kräuter endgültig auf den Boden der Kanne zog.

Das helle Klingeln der Türglöckchen riss Tamina aus ihrer Trance. Sie hatte den Laden am Abend gewissenhaft abschlossen, sie war sogar extra noch einmal aufgestanden, um es zu kontrollieren.

Rasch lief sie nach vorne und fand eine Frau zwischen den leeren Tischen stehen, auf denen sonst Tee und Gebäck gereicht wurde. Eine Ranke der Harlekinrose hatte sich von der Decke gelöst und streckte sich der Fremden entgegen, die vorsichtig über die Blüte strich. In ihrer anderen Hand entdeckte Tamina Theodora einen Schlüssel, den sie einst zusammen mit einer kleinen Sanduhr in ein perlenbesticktes Täschchen gesteckt hatte.

»Sie sind zurück«, sagte sie, ehe sie ihren Gast mit einer Umarmung begrüßte. Die Harlekinrose bebte pikiert, weil ihr die Madame so die Aufmerksamkeit entzog und hob ihre Ranke zurück an die Decke.

Die beiden Frauen lösten sich voneinander, ließen sich aber nicht los, während sie sich in die Augen sahen.

Die Madame ist nun jemand anderes, erkannte Tamina Theodora und Mireia ihrerseits verstand, dass sie lange fortgewesen und Tamina Theodora nun die Hüterin des Ladens war, obwohl sie sich noch nicht ganz heimisch fühlte.

»Wie lange?«, brach die Madame das Schweigen.

»Etwa ein Jahr.« Tamina deutete mit einem Nicken auf die Rosen. »Sie haben sich quasi erst gestern für mich geöffnet«, meinte sie vielsagend.

Mireia lachte. »Ja, so kenne ich sie.« Ihr Gesicht wurde wieder ernst. »Wo sind wir?«

»Immer noch dort, wo Sie aufgebrochen sind. Der Laden ist nur einmal in all der Zeit an einen anderen Ort gegangen. Es war kurz, nachdem ich wieder eröffnet hatte. Eines Morgens wachte ich mitten im Nichts auf, um den Laden herum gab es bis auf eine alte Scheune nichts, ein Regenbogen verblasste gerade im Morgenrot … doch als ich die Umgebung erkunden wollte, befanden wir uns schon wieder hier.«

Die Madame strich über die Theke, auf der sich alles verändert hatte. »Danke«, flüsterte sie leise. Tamina Theodora lächelte. »Er hat auf Sie gewartet.«

Unglauben spiegelte sich in Mireia Mabels Gesicht. »Das hätte ich nie erwartet. Ich fand diesen Schlüssel in meinen Taschen, aber ich wusste nicht, zu welchem Schloss er passen würde. So ging ich einfach los, und plötzlich war ich hier.«

»Die Magie des Ladens«, brachte es Tamina Theodora auf den Punkt. Mireia nickte. Ihre Blicke wanderten durch den Raum, tasteten über Kräutergläser und Teetassen, Zuckerlöffel und all die anderen Sachen, die Tamina Theodora an Suchende ausgab, ganz wie die Madame es zuvor mit all den kleinen und großen Dingen getan hatte.

Tamina fiel etwas ein. »Jemand hat etwas für Sie abgegeben. Eine Frau – sie hat keinen Namen gesagt. Es ist noch gar nicht lange her.«

Tamina Theodora umrundete die Theke, holte einen braunen Umschlag aus der Schublade unter der Kasse hervor und reichte ihn ihrer Vorgängerin. Diese öffnete ihn und zog einen Zettel hervor, auf dem nichts als ein Kreis abgebildet war. Kurz betrachtete die Madame ihn, steckte ihn aber dann schnell wieder weg.

»Wissen Sie noch, wie die Person aussah?«, fragte sie.

»Natürlich«, begann Tamina Theodora, stockte jedoch. »Nein«, korrigierte sie sich. »Gerade eben sah ich sie noch vor mir, jetzt ist das Bild wie aus meinen Erinnerungen gelöscht. Tut mir leid.«

Die Madame winkte ab. »Schon gut. Danke, dass Sie es für mich verwahrt haben.«

»Gerne.« Tamina Theodora trat unruhig von einem Fuß auf den anderen. »Sie sind also zurück«, wiederholte sie. Dieses Mal war es mehr eine Frage als eine Feststellung.

Der Kopf der Madame zuckte zu ihr herum. Offenbar war sie mit ihren Gedanken längst woanders gewesen.

»Ja«, murmelte sie, »und nein.«

Tamina runzelte die Stirn. Als Mireia es bemerkte, warf sie rasch hinterher: »Ich bin zurück, ja. Aber ich werde nicht mehr in den Laden zurückkehren.«

Ihre Worte lösten ein Beben der Entrüstung aus. Augenblicklich verloren die Harlekinrosen all ihre Blüten, genau wie in der Nacht, ehe sie gegangen war. Regen gleich fielen sie herab, bedeckten fast jeden Zentimeter mit rot-weißen Blättern. Auch die Madame und Tamina Theodora bekamen ihren Teil ab.

»Es tut mir leid«, sagte Mireia leise und strich sich die Blätter traurig von den Schultern. »Aber ich kann nicht bleiben. Ich muss weiter, aber für eine Weile werde ich hier warten müssen, wenn ich darf.«

Tamina Theodora nickte. »Natürlich. Das Gästezimmer steht immer breit, wie Sie ja wissen. Ich hole Ihnen einen Tee. Wenn sie mögen, können Sie mir dabei von Ihrer Reise erzählen.«

Sie wischte einige der Rosenblätter von einem Tisch, sodass man das dunkle Holz wieder sehen konnte und befreite auch den danebenstehenden Stuhl von den bereits welkenden Blütenresten.

Ihr Gast dankte ihr lächelnd. »Das ist nett. Aber ich kann meine Geschichte noch nicht erzählen. Sie ist noch nicht zu Ende. Aber ich freue mich auf den Tee. Und ich helfe Ihnen, die Blüten gleich wegzukehren.« Sie warf den nun vollends grünen Rosenranken einen vorwurfsvollen Blick zu. »Das wäre nicht nötig gewesen«, schalt sie sie. Die Rosen schwiegen beleidigt.

»So sind sie eben. Eigen, ganz wieder der Laden selbst«, meinte Tamina Theodora. »Aber manchmal schenken sie mir auch einige junge Knospen für den Tee. Ich darf ihn nur an besondere Gäste ausschenken. Heute lagen Sie auch neben dem Kessel. Warten Sie.«

Sie holte den Tee und goss der Madame ein. Seine milde Schwarzteenote wurde von Zitronengras, Rosenblüten und einem Hauch Lavendel begleitet. Schweigend tranken die beiden Frauen ihren Tee, ehe sie sich daran machten, all die Rosenblätter aufzusammeln. Tamina Theodora würde sie trocknen und zermahlen. Die Madame strich über das knorrige Rosenholz an einer der Wände. »Morgen werden neue Knospen da sein.« Die Gewissheit in ihrer Stimme erstaunte Tamina, aber sie glaubte ihr.

»Was denken Sie, wie lange Sie warten müssen?«

„Das weiß ich nicht. Der, auf den ich warte, musste einen Umweg gehen." Sie lachte verschwörerisch. „Vielleicht musste er sogar noch gegen einen Meeresdrachen kämpfen." Damit ging sie wie selbstverständlich in die Küche, um die Blätter auf dem großen Tisch in der Mitte auszubreiten.

Kopfschüttelnd folgte ihr Tamina. Sie glaubte, dass da mehr war, als die Madame sagte, aber sie sagte nichts dazu.

* * *

Sieben Tage später erwachten die beiden Frauen in einer kleinen Stadt, durch die sich Flüsse und Bäche schlängelten. Ein altes Mühlrad klapperte in der Nachbarschaft und die neu erblühten Rosen raschelten mit ihm im Takt.

Draußen schien die Sonne, und Mireia und Tamina stellten in der kleinen Gasse vor dem Laden einige Tische und Stühle auf. Die Madame nahm an einem von ihnen Platz, und wenn es die Zeit zuließ, setzte Tamina sich zu ihr. Die Tage hatten Freundinnen aus ihnen gemacht, und sie lachten oft gemeinsam über die Kapriolen der Harlekinrosen.

»Kannst du den Laden bei Anbruch der Dämmerung schließen?« Mireias Frage traf Tamina unvermittelt. Sie hatte sich auf einen Abend bei Kerzenschein im Freien gefreut. Trotzdem nickte sie. Weil sie gewusst hatte, dass ihre Zeit mit der Madame endlich gewesen war und manche Dinge geschehen mussten.

***

Der Fremde kam bei Anbruch der Nacht. Die kleine Gasse war vollkommen leer, nur die Madame saß dort. Lächelnd stand sie auf und begrüßte ihn mit einer Umarmung.

Mehr Grau hatte sich in sein dunkles Haar geschlichen, aber sonst hatte Arian Galeno sich optisch nicht verändert. Nur seine Augen verrieten, dass sein Weg bis hierher vielleicht noch einmal schwerer gewesen war, als der, den sie gemeinsam gegangen waren.

»Du hast mir gefehlt«, flüsterte er in ihr Haar.

»Du mir auch«, erwiderte sie.

Sie hatte manchmal von ihm geträumt, nicht wie von einem Liebenden, sondern wie von einem Freund. Doch immer hatte sie sich mit ihm auf den Weg gemacht, in Tage und Nächte, die sie nie zuvor gesehen hatte.

Heute aber würden sie einfach nur dasitzen und in den Nachthimmel sehen, weil die Sterne ihnen ein Versprechen gegeben hatten, von dem sie erst vor kurzem erfahren hatten.

Der Zettel mit dem aufgemalten Vollmond lag auf dem Tisch vor ihnen.

Epilog

Das kleine Mädchen, das mit dem vollen Mond an der Leine spazieren ging, zog an der Hand der Frau, die es begleitete. Meistens musste sie den Weg allein gehen, und sie freute sich, heute ein Stück des Weges begleitet zu werden.

Die Frau lachte. Ihr Kleid war heute weiß, während es in den letzten Wochen oft tiefschwarz wie die Traurigkeit gewesen war. Das Mädchen freute sich über den Klang des Lachens, hieß es doch, dass ein neuer Stern geboren werden würde, größer und machtvoller als jeder, der in den Sternengärten erblühte.

Der Weg unter ihren Füßen war golden, und über ihnen erwachten die Sternbilder langsam im Abendhell.

»Lass ihn los«, bat die Frau das Mädchen. »Es ist an der Zeit, den Mond für die Welt aufgehen zu lassen.«

Kurz zog die Kleine einen Schmollmund, dann aber ließ sie die Schnur los und der Vollmond stieg langsam in die Höhe. Das Mädchen sah ihm nach, dann sprang es nach oben, wie um nach der Schnur zu greifen. Sie verfehlte das silberne Garn knapp. Die Kleine grinste. »Ich fange ihn ein. Das tue ich immer.«

Die Frau lächelte. »Ich weiß. Viel Spaß!«

Doch das Mädchen war schon losgelaufen. Es jagte dem Mond hinterher und die Frau setzte ihren Weg fort.

Ihr Ziel war die kleine Insel aus Licht und Sand, auf der ein einsamer Mann saß und Worte in ein Buch schrieb, die als Träume auf die Welt rieselten.

Er begrüßte sie mit einem Nicken, ohne sein Schreiben zu unterbrechen. Die Nacht erwiderte den Gruß und kniete sich vor einen kleinen Hügel Asche, der inmitten all des goldenen Sands grau herausstach.

Der Herr dieses Eilands hatte ihr gesagt, dass ungeträumte Träume niemals wärmen konnten. Deshalb hatte sie eine Mischung aus verloschenen Hoffnungen, verbrannten Träumen und verglühten Sternen gesammelt und all das mit einer ihrer eigenen Tränen und einem Wunsch entfacht.

Nun schob sie die Asche vorsichtig mit beiden Händen zur Seite. Der Kopf eines Vogels kam zum Vorschein, und bald befreite das Tier auch seine grau-weißen, von feinen Tropfen durchwebten Flügel, um in die Luft zu steigen.

»Flieg«, flüsterte die Nacht und das Glück in ihrem Herzen ließ Myriaden von Sternschnuppen über den Himmel jagen. »Flieg, so weit du willst.«

Mit einem Schrei erhob sich der Wolkenphönix in die Höhe, und die Nacht wusste, dass er im Licht des vollen Mondes gesehen werden würde. Von einem Mann und einer Frau, die immer noch ein Teil von ihm waren, ohne es zu wissen.

Dank

Hier ist ja,
sagten die Stimmen.
Hier ist, du darfst.
Hier sind der Freundschaftsdienst,
die glückliche Begegnung,
das Fieber, das kurz vor Sonnenaufgang abklang
und dein Blut gereinigt zurückließ.
Hier sind der Wunsch, der in Erfüllung ging
Und der verständnisvolle Blick.
Hier ist die Freundlichkeit,
die du erfahren hast und
so weiterzugeben lerntest.
Hier sind die Vernunft und die Klarheit,
die du verloren glaubtest.
Hier ist alles in Ordnung.
(Stephen King)

Diese Geschichte begann in Welten, die in Dunkelheit getaucht waren. Dass sie trotzdem so voller Licht ist, liegt an ein paar Menschen, denen ich hiermit danken möchte:

Isa für die Murmel, die alles ins Rollen brachte, den Mut auf dem Weg, die Magie, die sie in den Worten fand und den Wegweiser zum Ende hin. Janika und meiner Schreibseelenschwester Laura für den Glauben an ungeschriebene Worte. Christin, die nicht nur verhinderte, dass ich in Plotlöchern verschwand, sondern auch für die großartigen Corona-Schreibsessions. Carsten und Christian für das Bändigen des Chaos, als ich selbst es nicht konnte.

Bea, Katrin, Kerstin und Nadine – die im wahrsten Sinne des Wortes die Allerbesten sind. Bernhard für eine große Portion Mut in so vieler Hinsicht und ein Stück des Weges. Sameena dafür, dass sie ein wachsames Auge auf die Figuren hatten, die aus anderen Kulturkreisen stammten.

Christina, Petra, Marco, Aimée, Linda, Bernhard S., Sven und Jenny, Carmen, Tatjana, Heike, Katrin M. und Nadine R., die das Tarot der tausend Stimmen lebendig werden ließen, auch wenn Mireia es hinter sich lassen musste.

Stephanie und vor allem Isa, die die Federn des Phönix auf magische Weise glattstrichen.

Holger, denn ein Buch ist nichts ohne einen wunderbaren Verleger, der ihm ein Zuhause zwischen Seiten gibt.

Und Christoph – für den Wind unter meinen Flügeln.

Die Autorin

Fabienne Siegmund, geboren 1980, flog schon als Kind liebend gerne auf dem Rücken eines Glücksdrachen über Phantasién oder sprang mit Begeisterung in literarische Kaninchenlöcher. Mit der Zeit wurden phantastische Geschichten mehr und mehr ihre Leidenschaft, und so begann sie irgendwann selbst damit, Welten zu bauen und Geschichten zu weben.

Seit 2009 finden diese regelmäßig den Weg ins Universum der Bücher. In der Edition Roter Drache veröffentlichte sie *Der Zirkus der Einhörner*, und jüngst erschien im Art Skript Phantastik Verlag ihr Roman *Das Mühlenreich*.

Ihr Herz für Kurzgeschichten lebt sie immer wieder als Herausgeberin von Anthologien aus. Ende 2015 war sie Mitbegründerin des Phantastik-Autoren-Netzwerk (PAN) e.V.

Falls euch das Buch gefallen hat, besucht unsere Präsenzen im Netz und folgt uns auf den sozialen Medien:

roterdrache.org

www.roterdrache.org/catalog

editionroterdrache

Verlag.EditionRoterDrache

Edition Roter Drache

@EditRoterDrache

RoterDrache2006

Die Edition Roter Drache ist Fördermitglied im
Phantastik-Autoren-Netzwerk e.V.

PAN
PHANTASTIK-AUTOREN-NETZWERK E.V.

www.phantastik-autoren.net